桐野夏生

日没

岩波書店

目次

装丁　鈴木成一デザイン室

装画　大河原愛「深層の森」
キャンバスに油彩　91×72.7cm　2016年

日没

第一章

召喚

1

金曜の夜、急にパソコンの調子が悪くなった。ネットに繋がったり切れたりを繰り返し、不安定になったと思ったら、切れてしまった。いろいろ試してみたが、ルーターは正常だし、パソコン本体の故障でもないようだ。数日前、動作がひどく重いことがあって、苛々したものだが、あれが不調の前兆だったのだろうか。

気が滅入ることが、もうひとつあった。飼い猫のコンブが、夕方から姿が見えなくなったのだ。コンブは白黒の雌猫で、背中にコンブのような黒い模様がある。臆病な猫で、散歩に出ても、夜になれば必ず戻ってくるのに、この日は二階のベランダから、隣家から伸びた松の枝伝いに出て行って、そのまま姿を晦ましてしまった。

朝になれば、コンブも帰ってきて、パソコンの調子もよくなるかもしれない。やむなく寝たが、夜が明けてもコンブは戻らず、パソコンも相変わらずだった。しかし、急ぎの仕事もないのだから焦ることもあるまいと、私はパソコンの電源を落とし、仕事のメールはスマホで済ませた。

私は基本的に世の中の動きには興味がない。というのも、絶望しているからだ。いつの間にか、市民ではなく国民と呼ばれるようになり、すべてがお国優先で、人はどんどん自由を明け渡している。ニュースはネットで見ていたが、時の政権に阿(おもね)る書きっぷりにうんざりして、読むのをやめてしまった。もちろん、テレビは捨てたし、新聞も取っていない。

だから、コンブの帰りを待つ以外にすることは何もない。私は、溜まっていた本を読むことにした。小説を書く仕事をしているのに、同業者の本はあまり読まない。他の作家の書いたものに、興味が湧かないのだ。

しかし、木目田蟻江の本は別だ。蟻江は、世間ではエロ小説を書く女性作家、と認識されている。それも、最初から最後まで、女が男と、あるいは同性と交わりまくるエロシーンしか書かない。若い女の激しい欲望と、女の夢見るありとあらゆるセックスを書き散らして、とめどがない。私は、木目田蟻江の大ファンだった。

蟻江の新作のタイトルは、「みつねむる」。タイトルは意味深だが、中身はパワフルなセックスシーンだらけで、凄みがあった。私は一気に読み終わり、こんな小説が書けたらどんなにいいだろう、と蟻江の才能を心から羨んだ。

私が昨年出した本も、性愛を描いていた。タブーや世間一般の良識など想像もつかぬところに、人間の本質があると信じて、読者の眉を顰めさせたかった。レイプ、ペドフィリア、フェチ。自分でもかなり入れ込んで書いたつもりだったが、蟻江の自由さには到底及ばなかった。私は密かに蟻江に嫉妬していた。

しかし、蟻江が鬱病を患って入院している、という噂を耳にしたのは、いつ頃だっただろうか。「みつねむる」は最新作だが、数カ月前に出た作品だった。「みつねむる」を校了した直後に、入院したのだろうか。

これほどのパワーを炸裂させるために、蟻江の心に沈殿する澱は、暗く重く、さぞかし量も多いのだろう。私は生身の蟻江に思いを馳せた。が、その実、蟻江が何歳で、どんな顔をしているのかは、まったく知らないのだった。

「みつねむる」を読み終えたら、パソコンはいつの間にか復旧していた。ほら、見たことか。単に、ご機嫌が悪かっただけさ。私は安堵して、いつものように気に入りのブログやインスタグラム、知り合いのＦＢやツイッターなどを読み耽った。

しかし、土曜の午後になっても、コンブは帰ってこなかった。交通事故にでも遭ったのかもしれない。不安になった私は、コンブを探しに外へ出た。

コンブが行きそうな路地や、猫の集まる公園などを探し回ったが、コンブの姿はない。探し疲れた私は、ファミレスでハンバーグセットを食べ、コンビニで夜食の弁当を買って、アパートに戻った。

郵便受けを覗くと、「マッツ夢井様」と書いた、大きな青い封筒が入っているのが見えた。「マッツ夢井」とは、私のペンネームである。見覚えのある封筒だったから、例の定期便だろうと思った。定期便とは、昔住んでいた東中野のアパートの住人から、二、三カ月に一回の割で、送られてくる手紙だ。

その住人の名は、田中。下の名前は知らない。田中は私と同年代、つまり四十代前半くらいの主婦らしいが、友人ではないから詳しくは知らない。同じアパートの階上に住む私が作家だと聞いて、自分の周囲の面白そうな話をせっせと集めては、わざわざプリントアウトして、送ってくる変人である。

あれは三年前だったか、アパートの郵便受けに、大きな青い封筒が放り込まれていた。「執筆のご参考までにお届けします。田中」というメモが付いていた。それが最初の手紙だった。

切手も貼らず、住所も書かずに、ただ郵便受けに放り込んであっただけなので、引っ越せば、もう手紙は届かないだろうと高を括っていた。だが、どこで私の新住所を調べたのか、引っ越した今でも、送りつけてくるのだ。

スーパーの店長が、店の売り上げを伸ばすために取った方法あれこれ、免許を持たない自動車修理工場主が、どう仕事をこなしたかという話、イジメに遭った子供の母親が、自分の子供時代を回顧する話、などなど。そのほとんどは、私にとってはどうでもいいような、苦労話の類だった。

私が興味を引かれたのは、彼女が集めてきた話ではなく、作家とはこういう物語を求めているのだろうと誤解している、彼女の凡庸な思考に、だった。彼女はそれを無礼だとは思わないのだろうか。私は、屈辱だとまで思っているのに。

つまり、このように、作家という人種は度量が狭く、他人やその営みを斜に構えて観察しては、侮蔑さえしている傲慢な者たちなのだ。しかも、自分が当事者となって巻き込まれることだけは、ひたすら避ける臆病者でもある。

なのに田中は、作家は総じて、こんな四方山話を好み、自分の作品に使いたがるだろう、と役に立ったつもりでいる。私は、青い封筒を見るたびに腹が立った。

今のアパートに引っ越した理由も田中にある、と言っても過言ではない。二度と投函しないでくれ、と今度こそ言ってやろうと決意し、念のために裏を返すと、差出人の名は田中ではなかった。

「総務省文化局・文化文芸倫理向上委員会」とある。
私は役所にはまったく縁がないので、何の知らせかわからなかったが、見るなり嫌な予感がした。部屋に戻って開封すると、中から出てきたのは、薄い紙が一枚。冒頭に「召喚状」と書いてある。

召喚状　B98号

マッツ夢井（松重カンナ）殿
総務省文化局・文化文芸倫理向上委員会では、貴殿に対する読者からの提訴に関する審議を行い、事情を聴取すべく、貴殿に、審議会への出席を乞う旨の願い書を、三月一日付で送付致しました。しかし、返答のないまま、指定した期間が過ぎましたので、貴殿には、下記期日に、下記場所への出頭を要請します。
当地では、若干の講習などが予定されています。宿泊の準備等、お願い致します。
病気その他、やむを得ない事情で出頭できない時は、医師の診断書など、その事情を証明する書類を添えて、すぐに期日変更願い書を委員会事務局に提出してください。
期日：六月二十七日　午後一時
場所：ＪＲ線Ｃ駅改札口

総務省文化局・文化文芸倫理向上委員会

「出頭日」は、明後日で、場所は茨城県との県境に位置する、千葉県の海辺の町だった。出頭と言うからには、都心の省庁と思っていたが、なぜこんな辺鄙（へんぴ）な場所の改札口などに行かねばならないのだろうか。しかも、日にちも、二日後と迫っている。講習のために宿泊も必要らしいし、この有無を言わさぬ感じは、まるで犯罪者に対する収監措置のような扱いではないか。私はしばらく呆然として、これは誰かの悪い冗談か、悪戯ではないかと考えを巡らせていた。

しかし、この「召喚状」に書いてある「願い書」には、確かに覚えがあった。

今年の三月、茶色の封書が届いていた。審議会に出席してほしいというようなことが書いてあったが、どんな読者が、私の何の作品のどこを、どうして提訴しているのか、さっぱりわからないから、無性に腹が立っただけだった。

その時、あるパーティで顔見知りの年配の作家に会ったので、「願い書」について訊いてみた。その作家は、成田（なりた）麟一（りんいち）という名で時代小説を書いている五十代の男だ。私は同じくエンタメ作家という範疇に入っており、気取った純文学作家よりも、こういう俗世の権化のような男の方が気が合った。

成田は私の話を聞くと、「馬鹿馬鹿しい。そんな手紙、捨てちまいなさい。読者からの文句なんて、作家に黙って出版社が処理すりゃいいんですよ」と言った。私が封筒ごと手紙を破り捨てたのは、成田の口調の生きのよさに影響されたところもあったのだ。それ以来、先方からは何の連絡もなかったから、解決したのかと思っていた。

私は復旧したばかりのパソコンを立ち上げて、「総務省文化局・文化文芸倫理向上委員会」なるものを調べようとした。だが、「総務省文化局・文化文芸倫理向上委員会」という語は、Ｇｏｏｇｌｅでもヒットしなかった。

これは、架空の組織なのではないだろうか。私の他にも、召喚状を貰っている作家はいるのか。

私は、辻岡（つじおか）に電話して訊いてみることにした。辻岡は、二十代後半の女性で、今ちょうど連載をしている月刊小説雑誌「りてらり」の担当編集者だ。

若いこともあって経験もなく、頼りないが、今一番親しくしているのだから、彼女以外に相談する人物が思いつかなかった。他の編集者は、最近疎遠になったり、もともと信頼できなかったりするので、適任者が思い当たらない。

土曜日だからか、辻岡はなかなか電話に出なかった。辻岡との連絡は、ほとんどメールかＬＩＮＥだから、肉声を聞くこともあまりない。

「もしもし、辻岡です」

コールを七つほど数えた後、やや面倒臭そうな声音で、辻岡が出た。背後からは、雑踏の中にいるような、ざわめきが聞こえてきた。土曜の夕方だから、街で遊んでいるのだろう。

「マッツだけど、今いいですか？」

「はい、マッツさん、大丈夫ですよ。どうかしましたか？」

辻岡は、休みの日なのに何だよ、という不満を隠そうとしない。これが会社での電話だと、周囲の耳があるせいか、やたらと愛想がいい。今時の編集者は、週末は電話どころか、メールやＬＩＮ

Ｅの遣り取りさえも嫌がる。

「あのさ、辻岡さん。ちょっと訊くけど、総務省の文化局とやらにある、文化文芸倫理向上委員会って知ってる？」

私は封筒の裏書きを見ながら訊ねた。案の定、辻岡は知らない様子だ。

「何ですか、それ。せいふく向上委員会みたいなヤツですか？」

「それ、何」

「ＡＫＢとか、その手のアイドルですよ。昔のですけど」

「違うと思う」

苦笑せざるを得ない。

「それがどうかしたんですか」

辻岡は、曖昧なままで、話をクリアにしようとはしなかった。

「そこから、召喚状がきたの」

「招待状？」

「いや、召喚状って書いてある」

「しょーかんじょー、ですか」と、鸚鵡返し(おうむがえ)しに呟く。

「そう。それで月曜に出頭しなければならないって書いてあるんだよね。だから、編集者のあなたが何か知らないかなと思って、電話してみたの」

「へえ、聞いたことないですね」と、気のない返答だった。

「私の他に貰った人はいないかしら」

「それも聞いたことないですね」

「どうしたらいいか、編集長か上の人に、訊いてみてくれないかな」

「はい。それ、月曜でいいですか?」

さもありなん。私は小さな声で呟いた。

「それじゃ間に合わないんだよね」

「そうですか。どうしましょうか」と、辻岡が困惑した風に言う。

「編集長に訊いてみてくれる?」

「いいですけど、伝言ゲームみたくなるから、直接連絡されたらどうでしょう」

冷たい対応だった。

「じゃ、いいわ。またね」

私はそそくさと電話を切った。編集長はパーティで見かけても、顔を背けるような男だったから、電話にも出ないと思われた。

数日間留守にするなら、コンブを早く回収して預け先を決めなければならない。あれこれ考えたら、時間がほとんどないことに気が付いて焦ってきた。

名刺を入れた箱を引っ繰り返して、成田麟一の名刺を探した。すぐに見つかったので、成田の携帯電話に電話してみる。

「もしもし」

不安そうに出てきたのは、嗄れた女性の声だった。嫌な予感がした。

「すみません、こちらは成田さんのお電話でよろしいのでしょうか？」

驚いて訊ねると、女性は疲れた声で答えた。

「はい、そうですけど」

私は同業者だと名乗って、成田に話したいことがあると告げた。すると、妻らしき女性がこう言う。

「成田は、ふた月前に、くも膜下出血を起こしまして、現在入院中なんです。電話に出ることができないので、用件は私が承りますが」

聞けば、出血した部位が悪く、ほとんど意識不明状態が続いているという。まったく知らずにいたことの非礼を詫びて、慌てて切った。

もう誰も頼れなくなった。一人で決めなくてはいけない。どうしよう。私は軽く混乱して、三歳下の弟、信弥(しんや)に電話した。

信弥は舞台美術の仕事をしているが、フリーター同然の身だ。年に一回も会わないけれど、コンブを預けるとしたら、信弥を頼るしかない。

信弥はなかなか電話に出ない。そのうち留守電に切り替わったので、吹き込んだ。

「久しぶり、カンナです。元気？　お母さんは、その後どう？　あんたに任せっきりで申し訳ないと思ってる。ところで、頼みがあるんだよね。うちの猫をしばらく預かってくれないかしら。私のところに、どういうわけだか、総務省の文化文芸倫理向上委員会てところから、召喚状がきたのよ。有無を言わさない感じなので、行くことになりそうなの。猫のこと、頼んでいいかな。明日、捕まえて連れて行くからさ」

その時、コンブの鳴き声が聞こえたような気がした。私は急いでベランダに行って、外を見た。コンブのために、虫が入るのも厭わず、ベランダの戸を開けていたのだが、猫の姿はどこにもない。もし、コンブが月曜までに帰って来なかったら、私が出かけた後に戻ってきてもいいように、ベランダの戸を開けておいて、餌を大量に置いておくしかない。

だが、それをすると、餌目当てにゴキブリが大量に発生するのだった。海外旅行の際に、コンブを預けるに忍びなくて、留守番させたことがあった。が、後でひどく後悔する羽目になった。ゴキブリを完全に退治するまでに、かなりの時間がかかったのだ。

しかし、コンブはいなくなってしまったのだから仕方あるまい。私は恨めしい思いで、召喚状を眺めた。

それにしても、「読者からの提訴」とは何だ。いわゆるクレームか。私の作品がエロだと非難している読者がいるのなら、お門違いだ。木目田蟻江がいるじゃないか。

そう思った途端に、木目田蟻江が鬱病で入院しているという噂を思い出して、不安な気持ちになった。

成田と言い、蟻江と言い、周囲でいったい何が起きているのだろう。私はあまり作家同士の付き合いがないから、噂話も耳に入らないし、誰も何も教えてはくれない。しかし、知らないところで、作家たちに何かが起きているのかもしれなかった。

もう一度辻岡に訊いてみようと電話をしたが、今度は、いくらコールを鳴らしても出なかった。何か問題が起きた時に、編集者が作家と共闘してくれた時代もあったらしいが、すでに過去になっている。出版社の社員も会社員なのだから、作家個人の味方でいるより、会社全体の利益をまず優先して考えるようになってきた。従って、現在の作家は、何もかも独りで対処しなければならないのだった。

風呂に入る前に、私はもう一度、コンブを探しに外に出た。だが、見付けられぬままに虚しい思いで帰ってきた。こんな大変な時に、いったいどこに行ってしまったのだろうか。何も食べずに彷徨(さまよ)っているコンブを想像すると、哀れでならなかった。

寝る前に、ネットで、Ｃ駅への行き方を調べた。私の住んでいるＭ駅からは、中央線と特急とで、三時間程度で行けそうだ。

何を持って行けばいいのだろうか。スマホと充電器、下着の替え、パジャマ、現地で読む本。自分を待っている「若干の講習」を思うと憂鬱になった。まだ誰かに騙されているような気がしてならない。

日曜の朝、枕元に置いたスマホが鳴ったので飛び起きた。午前八時。信弥からだ。

「もしもし、マッツさん？　遅くなってすみません」

信弥は、私と話す時は、「マッツさん」とペンネームで呼ぶ。「マッツ夢井」がリングネームみたいだから、気に入っているのだそうだ。

「おはよう」

電話で起きた私は、コンブが帰って来ていないかと部屋を見回した。だが、コンブの姿はなかった。外は雨が降っているらしく、何とも気鬱な日曜だった。

「遅くなってごめん。昨日は公演で出られなかったんだ」

「そう、忙しいのに悪いね」

低姿勢になっているので、信弥が訝った。

「いったい、どうしたんだよ」

「いや、何だかわけがわかんないのよ」

「あれか、留守電にあった召喚状」

「そう。三カ月くらい前に一度、同じようなことが書いてあるのが来たんだけど、無視していたら、今度は召喚状だって」

あーあ、と信弥が溜息を吐く。

「マッツさん、しっかりしてくださいよ。召喚状って、普通は公判通知とかだよ。いつ何時に地裁に出頭しろってやつだよ。出頭しなければ、勾引されるって書いてあるやつだよ。で、それはどっからきたんだよ？」

「総務省文化局の文化文芸倫理向上委員会」

「何だ、それ。長ったらしいな」信弥が間髪をいれずに茶々を入れる。「そんな組織があるのかよ。初めて聞いた」

「私も初耳」

「つまり、マッツさんの新作が過激だってことか？」

「まさか。たいしたことないよ。そうでしょう？」

「うん。全然たいしたことない。それ以上のことを書いてるヤツはたくさんいるよ」

信弥にはっきり言われて、私は少しむっとした。

「ねえ、信弥、これってどう思う？」

「わかんねえ。でも、変な噂を聞いたことがあるよ」

「どんな？」

「ネットの噂だからさ。あまり気にするなよ」と、信弥は前置きをした。「最近、作家がよく自殺するって言われている。例えばさ、青砥(あおと)康春(やすはる)は、去年突然、死んだだろう。あと、菅生静(すごうしずか)っていう女の作家いたじゃない。あの人も死んだ。それから、これは六十過ぎだけど、森山直樹(もりやまなおき)。割と突然自殺する人が多いって、言われているじゃない」

「それって、みんな鬱病とかじゃないの？」

「どうかな。全然元気だったという話もあるよ。演劇界や映画界でも、このところ、訃報が多いよ」

「そっちもみんな年寄りなんじゃないの」

「そうでもない。三十代で死んだヤツもいる」

「へえ、そうなんだ」

それは偶然に過ぎない。私は生返事をして、スマホを耳に当てながら、カーテンを開けに行った。引いた途端、道路に立って私の部屋を見上げていた男が、慌てて去って行ったような気がして、立ち竦んだ。後ろ姿を目で追ったが、白シャツと黒いパンツで、黒い鞄を提げている姿は、営業マンのようにも見える。

「途中でどうしたの？」

話が途切れたので、信弥が心配したらしい。

「何でもない」

「ま、俺も偶然だと思うけどね。気を付けなよ」

「気を付けたいけど、何に気を付けていいのかわからないよ」

「そうだな」と、笑う。

「ところで、肝心の猫だけどさ。今、脱走しているのよ。見つかったら、あんたのところに連れて行ってもいい？」

「その件だけど、駄目なんだよ。俺、明日から地方巡業なんだよ。動物病院に連れて行けよ」

「わかった。それからお母さん、どう？」

「変わんないんじゃない」

私たちの父親は二十年以上前に死に、七十四歳の母親は、認知症で施設に入っていた。弟のアパートの近くなので、見舞いや連絡は弟に押し付けている。私は忙しさを口実に、最近は会いに行くことも少なくなっていた。行ったところで、娘の顔さえも覚えていない母に、寂しさを感じるからだった。しかし、明日は出頭かと思うと、私は気弱になった。

「お母さんに会いに行ってこようかな」

「うん、行ってやんなよ。たまには」

「わかった。じゃあね」

ほぼ一年ぶりの弟との会話は、五分で終わった。母に会いに行くとは言ったものの、私の優先事項は、コンブを見付けて捕まえ、動物病院に預けることだった。そうしないと、不安で出かけられない。

「総務省文化局の文化文芸倫理向上委員会の者」と名乗る男から、携帯に電話がかかってきたのは、公園やあちこちの電信柱に、コンブを探すビラを貼っている最中だった。

携帯ではなく、会社からかけてきたような見知らぬ電話番号だった。

「私は文化文芸倫理向上委員会の西森（にしもり）と申します。こちらはマッツ夢井さんのお電話でよろしかったでしょうか」

「はい、そうです」

慇懃（いんぎん）な口調の、柔らかい男の声だった。

どうして私の携帯の番号を知っているのだろう。

「先日、お送りした召喚状の件でお電話致しました。明日の出頭、お時間の方は大丈夫でしょうか？」

「はい、大丈夫です」

「電車の時刻など、おわかりになりますでしょうか」

「はい、調べてあります」

「それはどうもありがとうございます。C駅では、私がお迎えにあがりますので、どうぞよろしくお願い致します」

まるで、講演の出迎えのような、丁重な口調だった。

「あの、講習とありましたが、何日くらいかかるんでしょう」

「はい、数日のおつもりでいいかと思います。人によっては、一日でお帰りになられる場合もございますので」

「その基準は何ですか」

答えを考えているような、一瞬の間があった。

「私は担当ではございませんので、お答えできかねます。でも、そう長くはなりませんので、どうぞご心配なさいませんよう。それでは、明日駅でお待ちしておりますので、よろしくお願い致します」

電話を切った後、私は自分が樹木に貼った手製のビラを眺めた。コンブの写真を大きくプリントアウトして、A４の紙に貼った物だ。

猫を探しています。24日の夕方に行方不明になりました。

白黒の雌猫で、背中にコンブのような黒い模様があります。

だから、名前は、「コンブ」です。５歳。

臆病なので、名前を呼んでもこないかもしれません。

もし、コンブを見かけたら、こちらにお電話ください。

よろしくお願いします。


たとえ電話がかかってきても、私が電話に出られない状況になっていたら、コンブとは二度と会えなくなるかもしれない。私はボールペンを出して、信弥の携帯の番号も書き添えた。

その夜、私はほとんど寝ずに近所を探し回ったが、コンブは見付からなかった。せめてもの慰めは、雨が上がったことだろうか。コンブが、濡れずに済む。

まんじりともしないうちに夜が明けた。すっかり晴れ渡って、暑くなりそうな一日の始まりだった。

出かける前に、コンブのためにベランダの戸を少しだけ開け、新しいドライフードを大きな盆に盛った。この量ならば、二週間は生きられるはずだ。

だが、コンブが帰ってきても、私の姿がなければ寂しく感じるだろう。にゃーにゃー鳴きながら、私を探し回るコンブを思うと、切なくて胸が痛い。何としても、講習を早く終えて帰らねば、と思う。

コーヒーを飲みながら、成田麟一が元気だったら、私が召喚状に素直に従ったことに怒るだろうか、と考えていた。召喚状には、強制だとひと言も書いていないのに、そう感じさせるものがあった。

もし、召喚状に従わなければどうなるのだろう。罰則は書いていなかったが、何らかのペナルティ、いやパニッシュメントがあることを匂わせてもいるのが不気味だった。

『最近、作家がよく自殺するって言われている』

信弥の不吉な言葉を思い出して、私は早く忘れようと頭を振った。絶対に偶然だ。その時、この召喚状そのものが、すでにパニッシュメントなのだ、と気が付いた。私はすでに罰を受けているのだ。

駅まで、徒歩だと十五分かかる。バスが追い越して行ったが、乗る気がしなかった。なるべく引き延ばしたくて、私は肩からずり落ちるバッグを何度も直しながら、俯き加減で歩いた。

スマホが鳴った。非通知だ。コンブのことかもしれない。慌てて出ると、男の声でこう言った。

「お宅の猫が死んでいるのを見ました」

「どこでですか?」

「ゴミ捨て場」

そう言ったきり、電話は切れた。この電話は、召喚状と同様、悪質な悪戯なのかもしれない。でも、私は真実のような気がして、涙を流した。

2

ホームは、東京駅の地下深くにあるという。エスカレーターで、どんどん下降して行くと、地底のような薄暗いホームに行き着いた。人気（ひとけ）がなく、すでに入線した電車が、暗がりの中の棺桶のごとく、陰気に停まっている。

地下ホームの先は、さらに地の底に向かうトンネルであるかのように真っ暗だ。あまりの寂しさに意気消沈して、ビールでも買おうかと周囲を見回したが売店はなく、自販機が暗闇に青白く光っているだけだった。仕方なしに、奮発して特茶のペットボトルを買って、電車に乗った。

車内はガラ空きで、私の車両に乗っているのは、スーツを着たビジネスマン風の男が二人と、四人の初老の女たちのグループだけだ。男たちはばらけて座っていたが、女たちのグループは、通路の反対側に暑苦しく固まって座っている。

一人が早くも菓子の袋を回し始め、もう一人は、プリントアウトした地図らしき物を出して、何かを相談したがっていた。あまり乗り気でない仲間に、「ねえ、どうすんの。知らないわよ、もう」と、苛立った声を上げている。

いつの間にか、電車は静かに発車していた。しばらく地下トンネルの中を走り、別の地下駅に着いた。東京駅と似たような殺風景な景色だったが、ホームに立っている人は多かった。私の車両にも数人が乗り込んできたため、初老の女たちはしばらく静かにしていた。

やがて電車は地上に出た。しかし、線路は馬の遮眼帯のような高い塀に覆われて、まったく景色が見えない。

私は、スマホに入っているコンブの写真に見入って過ごした。せめて、その死骸を綺麗な箱に入れて、花で飾ってやりたかった。ゴミ捨て場で死んでいたのなら、そのままゴミとして捨てられてしまうのではないか。あの柔らかな温かい体が、冷たく固くなっていく様を想像すると、悲しくて遣り切れない。

ふと、金ヶ崎有のことを思い出した。東中野時代に一年間、同棲していた相手である。金ヶ崎という変わった名をしていたので、「金が先、です」と片手を出して、面白くもないギャグを言う、お調子者だった。

彼が、路上で子猫のコンブを拾って来たのだから、喪に服す義務もあろう。私は誰かとコンブの死の悲しみを共有したくて堪らなかった。それで、あんな男には二度と連絡すまい、と固く誓った禁をやすやすと破った。

そもそも、東中野から引っ越したのは、変な手紙を寄越す田中が鬱陶しいという理由もあったが、金ヶ崎の記憶も棄て去りたかったのだ。

ご無沙汰です。

コンブが死んでしまったみたい。

みたい、というのは、確かめたくても確かめられない状況にあるので、確定ではないのです。

でも、死んだのを見た、という電話がありました。
あなたが拾ってきた猫だから、一応知らせときます。
悲しいです。

素っ気なさと甘えが同居しているような珍妙なメールだったが、文案を考え直すのも面倒で、私はさっさと送信してしまった。受信拒否か宛先不明で戻ってくるかと思いきや、無事に送信できたので、ほっとした。すると、十分後に返信がきた。

お知らせありがとうございます。
私は有の母親です。
有は三カ月前に自殺しました。
私も悲しいです。

金ヶ崎も自殺？　信じられずに何度も読み返した。まるで、私の周囲が全員で、壮大な罠を仕掛けているような気がした。
金ヶ崎は顔の綺麗な痩せた男で、私より八歳も下だった。無職で何もせず、毎日することと言ったら、怪しい拳法の練習に通うことだけ。彼を形容するために、私の友人たちはよく「可愛い男」という言葉を使った。だが、金ヶ崎がその名の通り、浪費家で私の金を当てにしてばかりいるのも、漢字の大半が読めないことも含めて「可愛い」と言うのなら、「可愛い」という語は、「馬鹿」と置き換えてもいい。つまり彼は、自殺するようなキャラではなかったはずだ。

いや、そうではなく、私が金ヶ崎という男を、まったく理解していなかっただけかもしれない。彼は本当にやりたいことだけやる、混じりけのない男で、その美点に私だけが気付いていなかったのか。自信を失った私は、激しく混乱した。

金ヶ崎は何が原因で、どうやって死んだのだろう。メールをくれた「母親」に訊いてみたい気がしたが、訊いたところで気分が落ち込むだけだろうし、「母親」が本物かどうかもわからないのだから、このメールを本気に受け止めてもどうか、と思う。

もしかすると、私を恨んでいる金ヶ崎本人が、母親を装って、悪意あるニュースを寄越したのかもしれない。しかし、金ヶ崎はそんな嘘を吐く機転もないはずだ。

あれこれ考えているうちに、わからなくなった。コンブにしても、金ヶ崎にしても、その死を確認したわけではないのだから。

最近すっかり忘れていた金ヶ崎有という男が、私の心に新たな居場所を見つけて居座ったようで不快だった。コンブのことなど、知らせなければよかった。

ふと、落語の「愛宕山」を思い出した。音信不通となった相手に連絡することは、闇夜の崖から投じるかわらけと同様なのだ。かわらけがどこで砕け散っているのかもわからないのに、敢えて投げることもあるまい。

コンブといい、金ヶ崎といい、私という人間を証明する過去が、音もなく次から次へと消えていくようで気が滅入る。私は闇の中で立ち往生している気分になった。そうだ、闇夜に向かって崖から投じられるかわらけとは、私自身に他ならない。後を追うこともできない闇夜に消え、地面のどこかで砕け散る運命。では、誰が投げているのだろうか。

　夢中になって見ていたスマホから目を上げると、遠くの山に、真っ白な風力発電の巨大なタービンがいくつも並んでいるのが見えた。光った三枚の羽根。山の向こうの空は、後ろにぽかんと広い空間があることを感じさせるような澄んだ青い色をしている。海が近い。「ちょっと、あれ見て」「わー、おっきな風車」と、タービンを指差してはしゃぐ初老の女たちと反対に、私の心は重くなってゆく。

　終着駅のC駅は、ホームに花壇が作られ、丁寧な案内板があった。岬に向かうローカル線と接続しているせいか、長閑（のどか）な古い駅だった。

　私は指示通り、改札口へ向かった。待ち合わせまで時間があるので、駅のコンビニで買った、手作りらしい握り飯を待合室で食べた。ラップで包んだだけの握り飯は、海苔がしっかり巻いてあって大きく、旨かった。コンブと金ヶ崎の不確実な死を知りながら、旨い握り飯を食べていることに悲しみと孤独がいや増す。

　握り飯を食べ終わり、小さな観光案内所で手製の観光地図を貰う。このまま観光できたらいいのに、と思い、灯台のマークを眺めた。すると、背後から声をかけられた。

「マッツ夢井先生ですね」

振り向くと、白い半袖シャツに黒いパンツ姿の、三十代と思しき男が立っていた。黒い鞄を提げている。

見事に陽灼けして、中背の体には、贅肉ひとつない。鍛え上げられているのは、服の上からもわかった。声からすると、電話を寄越した男に間違いないだろう。

「私は、ブンリンの西森と申します。本日はわざわざお運び頂きまして、まことにご苦労様です」

「ブンリン？」

「はあ、文化文芸倫理向上委員会の略です。私どもは、長いのでブンリンと略して呼んでいます」

西森は名刺を差し出した。

「総務省文化局・文化文芸倫理向上委員会　西森功（いさお）」とある。役職名は書いてなかった。住所は厳めしく、霞が関の総務省内となっている。

この男は役人なのか。私は役人らしからぬ西森の、真っ黒に灼けた首筋を眺めた。痩せていて首が長いので、西森は丹頂鶴とかフラミンゴなどの鳥類を思わせる。

「療養所は、少し奥にありますので、お車までお願いします」

途端に、苦い違和感が広がった。今、西森は「療養所」と言わなかったか。

「療養所なんですか？」

思わず訊くと、西森は静かに頷いた。

「はあ、以前、療養所があった施設を借り受けていますので、私どもも『療養所』と、そのまま呼んでおります」

「何の療養所だったんですか?」

「さあ、そこまでは知りません」

「結核とか?」

「どうでしょうか」

西森は、考えたこともないという風に、頭を傾げた。少し顎を引いて、頭を右前方に傾げる。首の長い西森がやると、舞踊の振りのようだった。

健康で実直そうだが、あまり賢くないのかもしれない。いや、賢くないという言い方は傲慢だ。金ヶ崎もよく怒ったっけ。マッツはどうしてそんなに偉そうなの、と。

それなら、余計な気を回さない人、と言い換えた方がいい。私は、西森の迷いのない目を見ながら思った。

駅前の閑散としたロータリーに出る。駅からまっすぐの道路が海に向かっていることがわかる。海の上は空の色が違うのか、なぜか見えないのに存在が知れるのだった。

さっきまで晴れていたのが、太陽は雲間に隠れて、あらゆるものが白く鈍く光って見えた。

「あの車です」

左手に、黒い軽自動車が停まっていた。私は西森に言われるままに、後部座席に荷物を置いて、助手席に座った。

姿勢よく運転席に座った西森が、やや乱暴に発進させる。

「ここからは一時間以上のドライブになりますから、どうぞリラックスしてください」

「どこに行くんですか」

「海沿いに茨城県の方に向かいます。お疲れでしたら、お休みになっていて結構ですよ」

西森は、少し迷惑そうに言った。私にあれやこれや質問されるのが嫌なのだろう。

「西森さんは、ずいぶん、陽に灼けていますね」

私は当たり障りのないことから始めた。

「はあ、私はトライアスロン競技をやっているんです」

「道理で、無駄な肉がないですね」

西森はむっとしたように押し黙った。見事な肉体を褒めたつもりだったのだが、セクハラ的な発言だったのだろうか。敢えて沈黙に耐えていると、とうとう西森の方から口を開いた。

「厳しいレースですからね」

「鉄人レースって言うんでしたっけ」

「いや、アイアンマンは、距離が一番長いやつです。トライアスロンもいろいろあるのです」

西森はそう言ったきり、何がどう違うのか、自分は何を専門としているのか、一切説明しようとはしなかった。プライベートな話は、したくないのだろう。

不快になったので私も黙り、外の景色を眺めることにした。房総半島の一番張り出した場所だから、高い山はない。緑濃い丘陵のてっぺんには、必ずと言っていいほど、風力発電の巨大なタービンが並んで立っていた。時折、道路の間から海が覗けたが、かなり高さのあるところを走っていると見えて、海面ははるか下方だ。

西森は海岸に沿った道を、時速四十キロを守って、黙然と運転し続けている。私は耐えかねて話しかけた。

「西森さん、ちょっといいですか」

「何でしょう」

顔は前方を見据えたまま、西森が答えた。

「この件ですけど、私は何の心当たりもないんですが、本当にすぐに帰れるんでしょうか」

西森は、また優雅な角度で首を傾げた。

「さあ、私は何も聞いていませんので、お答えのしようがありませんね」

西森は子供の遣いに過ぎないのか。

「じゃ、どなたが決めるんですか？　あなたの上司ですか？　その方はどんな役職にあって、どんな権限があるんですか」

私が詰め寄ると、西森は迷惑そうに眉を顰めた。

「そういう質問にはお答えできません」

西森の態度が気に入らない。

「そんな無責任なことってありますか。私は仕事を途中で放って、自費でここまで来たんですよ。何の権利があって、あなたたちはそんなことを私にさせるんですか。何となく気持ち悪いから来たけど、どういう意味があるのか、あなた方に何の権限があるのかを教えてください。つまり、あなた方は国家権力ということですね。国家権力の弾圧って、言葉には聞いたことがありますけど、こういうことですよね」

「マッツさん。警告します」と、西森が叫んだ。「車の中で暴力を振るうと罰せられますよ」

「暴力なんか振るってないですよ」

私は逆上して怒鳴った。すると、西森が急に減速してハザードを出し、路肩に車を停めた。

「暴力はフィジカルなものだけではありません。言葉の暴力もあります。モラハラって言葉はご存じでしょうね」

西森が憤然として言う。

「言葉の暴力なんて振るっていませんよ。私は単に疑問を口にしただけです。それがどうして暴力になるのかわからない」

「減点になりますから、これ以上、喋らないでください」

「減点って何ですか。ゲームみたいなこと言わないでください。こっちは生活がかかってんだから」

「ともかく、口を噤まれた方が、あなたのためになりますよ」

「何、その脅し文句は」

私は頭に来て、ドアを開けて外に出ようとした。西森に右の腕を押さえられる。

「減点1」

「何ですか、それ。車の教習じゃないんだよ。私は降ります」

振り払ってまたドアを開けようとすると、肩を強い力で摑まれた。

「やめた方がいいですよ。まだ減点1ですから。これで留めておいた方が無難です。滞在が長引くのはいやでしょう」

西森が今度は優しく言ったので、私は黙らざるを得なくなった。西森は再び、車を発進させて舗装路を進む。

私は次第に恐怖を感じ始めた。減点が貯まるとどうなるのだろう。重い罰が用意されているのだろうか。自由を奪われる人間の恐怖や不安というものがどんなものか、初めて知った気がした。自分はおそらく、彼らの言いなりになって、怯えて暮らすだろう、ということが想像できるのだ。彼らが望むものが何か見えないのに、違反すれば罰則があるということだけは予感できるからだ。

「ここから入ります」

車は突然、藪の中を右折した。両脇に雑草が生い茂る道なき道を行く。蔦の絡まる樹木の密生する小山を越えると、谷底のような場所に、有刺鉄線を載せた塀が忽然と現れた。

「この中にあります」

紺の制服を着た若い門番がいて、鉄の門を開けてくれる。コンクリートの塀がぐるりと取り囲み、その上に有刺鉄線。まるで刑務所か、秘密基地だ。

やがて、草ぼうぼうの敷地内に、病院のような白い三階建ての建物が見えた。古びた鉄筋コンクリートで、ところどころ白い塗料が剝げている。玄関までの道以外は、カヤのような雑草に覆われたままなのは、あたかも廃墟であるかのように見せかけているのかもしれない。たとえ、私がこの施設を無事に出て、告発できたとしても、この場所を特定できるかどうかは自信がなかった。そのくらい、隠蔽されている。

「ここが療養所です。どうぞ、お入りください」

病院に収容されるようで、心許なかった。しかし、いくら何でも、手続きを経ずに拘束されるわけがない、ここは法治国家なのだから。私は荷物を抱えて、西森の後に従った。

玄関を入ると、左手に受付と事務室がある。受付のガラスの小窓が開く様は、まるで役所である。だが、小窓には黄ばんだカーテンが下がっていて、中を覗くことはできない。

「お疲れ様です」

事務室のドアが開いて、長身の男が現れた。修行僧のように痩せて、西森と同じく陽灼けしていた。白いポロシャツに、灰色のパンツ、白いスニーカーという姿は、まるで体育教師である。西森と同様、トライアスロンをやっているか、ロードランナーだろうと見当を付ける。

「私が所長の多田(ただ)です。遠路はるばる、ご苦労様でした」

多田は、私の全身にさっと視線を巡らせながら挨拶した。その視線には、運動していない体への侮蔑が表れているような気がしてならなかった。

多田の名刺には、「七福神浜(しちふくじんはま)療養所所長　多田小次郎(こじろう)」とある。役人ではないことに安心したが、私が収容された施設が正式に「療養所」という名であることに衝撃を受けた。

「ここは療養所なんですか？」

名刺を見ながら思わず言うと、多田は頷いた。

「前身がそうでしたから、同じ名称を使っています」

役所がそんな粗いことをするわけがなく、ここは療養所としての機能があるのだろう。となれば、私にはどんな治療が施されるのか。作家として気ままに生きてきた私に、規則正しい生活や運動などができるわけもなく、ただただ怖ろしかった。

「西森君、どうもありがとう」

西森が一礼して、事務室の中に入って行った。その方向を目で追うと、事務室には数人が勤務しているようだ。誰も、机から顔を上げようとしない。

「西森君はね、私のランニング仲間なんです」

多田が自慢するように言う。

「トライアスロン競技をやっていると仰っていました」

「彼、いいとこまでいってるんですよ。オリンピック候補も夢じゃない」

「へえ、すごいですね」

まったく関心のない私は、力の抜けた声で適当に呟く。

「あなたの部屋に案内しがてら、施設を見せてあげましょう」

多田は先に立って歩き始めた。奥に進むとすぐ、十字路のように交差して伸びる廊下にぶつかる。右手に曲がった先は「食堂」と書いたプラスチックの札が下がっていた。

「ここが食堂です」

多田が、教室風の木の引き戸をがらりと開けた。途端に、給食室のような、安っぽいシチューの匂いがした。

長テーブルが無表情に並んでいて、折り畳み椅子が壁際に立てかけてあった。昼食の時間は終わったのか、食堂には誰もいない。厨房の奥で、太めの中年女が一人で食器を片付けていた。

「蟹江（かにえ）さん、ちょっと」

蟹江と呼ばれた女が顔を上げ、エプロンで手を拭きながらやってきた。

「この人は、今度入った先生。B98番」

「B98さん、よろしくお願いします」蟹江が頭を下げた。

マッツ夢井と言おうか、本名の松重と名乗ろうかと迷っていた私は、愕然とした。B98。私は番号で呼ばれるようになるのだろうか。

私は有名ではないが、無名でもない。街を歩けばごくたまに、「マッツさんですか」と言われることもあった。だからというわけではないが、番号とはどういうことだ。ふと、召喚状にそんな番号が書いてあったような気がした。としたら、私の番号はすでに決まっていたのだ。

「食堂は朝の七時から八時。昼は十二時から一時。夜は六時から七時。ま、その辺は臨機応変」

そう言って、多田は腕時計を覗いた。「六時まで開きませんね」

私は、駅の待合室で握り飯を食べていてよかったと思った。この先、何があるのかわからない。食べ物を調達してくれればよかったかもしれない。ところが、私の気持ちを読んだように、多田が指し示した。

「売店もありますから、ご案内しますよ」

食堂の隣に小さな売店があった。売っている物は、煙草、菓子の類。タオルやスリッパ、歯ブラシといった日用品もあった。病院の売店そっくりだが、新聞や雑誌の類はない。売店の横に小さな扉があり、そこから長い髪をポニーテールにした若い女が顔を出した。

「こんにちは」

まだあどけなく見えるが、えらの張った気の強そうな顔をしていた。

「この子はね、蟹江さんの姪御さん。高校出て、ここで働いてくれてるんですよ。厨房のアシスタントもしてくれてます」

「よろしくお願いします」

はにかみながら言う言葉には訛(なまり)があった。この土地の子なのだろう。しかし、女たちが施設で働いていることは、何となく心強かった。

売店と狭い廊下を隔てて、浴室がある。多田に連れられて食堂の方に戻ると、廊下の向こうに倉庫のプレートが出ているのが見えた。

「あなたの部屋は二階です。女性は二階と決まっています」

「男の人もいるんですね」

「はい。二階は十室。三階は十八室あります」

「三階の方が部屋数が多いんですね」

「三階は見晴らしはいいけど、部屋は狭いんです。あなたの部屋は大きいよ。何せ七畳もあるからね」

多田がそう言って笑った時は、寒気がした。どうして自分がこんな目に遭うのかわからなかった。

誰もその答えを教えてくれないまま、いつの間にかここにいる。

ずっといることになったら、どうしよう。弟以外、誰も自分のことを覚えていないかもしれない。ふと、弟は無事だろうかと気になった。コンブを探すビラに、弟の携帯番号を付記したことを後悔した。

階段を上りながら、多田が踊り場の窓を指差す。

「見てごらんなさい。この崖、美しいでしょう。日本で有数の崖ですよ」

窓から右手に広がる切り立った崖が見えた。百メートル近くはあるだろうか。ドーバー海峡の崖は白いが、この崖はどんな種類の岩でできているのか黒くて陰気だった。

「屛風ヶ浦ですか?」

「いや、あれは千葉県です。こちらの方が凄いのですが、入り江になっている上に私有地なので、海側からしか見ることができない。従って、あまり知られていないのです」

切り立った崖の下には、白い波が砕けていた。黒い岩がいくつか、波に耐えるかのように立っているのが見える。

「あなたの部屋は逆側だから、海が見えないんですよ。だから、説明しておきましょうか。あの岩はね、全部で七つあったんです。七福神と名前が付いていたそうです。それで、七福神浜と言われているんですね。でも、四つほど、震災と津波で砕けてしまったんです。今は三つしか残ってないから、三福神になってしまったけれども、福禄寿だけはわかるよね。あれです」

多田が指差したのは、あたかも男性器のような形をした塔のごとき岩だった。どうして福禄寿と名が付いたのかわからないほど、卑猥な形に見えた。

「あっちのどっしりしたのが布袋様で、残った小さいのが弁財天だそうです。もっとも弁財天になんか見えませんがね」

多田はそう言って笑った。平べったい形をしていて、真中が割れた巨大な岩は、女性器を想像させる。私は少しうろたえた。

「海には下りて行けますか」

多田は立ち止まって頭を巡らせた。何と答えようか迷っているらしい。

「断崖絶壁ですからね。まあ、無理でしょう」

だったら、答えに迷うことはないのに、と多田の逡巡が奇異な感じがした。

二階は、同じようなドアが、廊下の両脇にずらりと並んでいた。人の気配は一切しなかった。療養所というよりも、あまり高級ではない老人の養護施設のようだ。いや、やはり刑務所だ。一刻も早くここを出たい、と私は思った。

「ここがあなたの部屋です」

多田は階段にほど近い二一〇号室の前で立ち止まって、ドアの上の白いプレートを指差した。確かに海とは逆側の角部屋だった。七畳間という話だったが、実際は六畳より手狭に見えた。シングルベッドと、簡素な机が置いてある。小さな応接セット。トイレと洗面所。

窓からの眺めは視界を遮る小高い丘だった。丘の上には、例によって風力発電のタービンが聳えていた。近くで見上げると、巨大で怖ろしい。

「海側は空いてないんですか?」

「オーシャンビュー?」と、多田が笑う。

「そうです」

「残念ながら、こちら満室なんですよ、お客様」

多田がふざけて言う。

「それならいいです。訊いてみただけです」

私は諦めてベッドを見た。シーツがかかっていないので、がっかりした。すぐにでも横になりたかったのだ。

「リネン類は、あとで誰かが届けます。ご自分では取りに行く必要はありません」

多田が、私の心を読んだかのように言う。

「わかりました」

「少しお休みになられたら、事務室の横にある所長室の方においで頂けますか?」多田が慇懃無礼に言った。「ここでの生活について、ご説明申し上げます」

「生活?」と、私は嚙み付いた。「数日の滞在ではないんですか?」

「さあ、それはあなたの努力次第です」

「だから、何を努力するって言うんですか?」

私は苛立って叫んだ。

「それをこれから説明するから、そう焦らないで」

多田は細い顎を摘(つま)みながら言う。言葉遣いが邪険になった。

「わかりました」

「では、一時間後くらいに来てください」

私は多田の後ろ姿に訊いた。

「すみません、Ｗｉ－Ｆｉは？」

「職員専用です」

返事はにべもなかった。ネット環境も不自由でどうやって過ごす？　私は部屋の中を見廻した。

3

部屋の窓からは、常緑樹の繁茂した小山と、その上に聳える風力発電の白いタービンしか見えなかった。巨大なタービンは、山の向こうに唐突に出現したロボットのようで、薄気味悪い。しかも、よく見ると、風を受けてゆっくり回っていた。

さっきから虫の羽が鳴るような音が微かに響いていて、部屋の中の何かと共鳴していたのは、風力発電のタービンのせいだったのか。確かめてみたくて、私は机をどかし、アルミサッシの窓に手を掛けた。だが、潮で錆びていてなかなか開かない。力任せにこじ開けて、身を乗り出す。

巨大な羽根によって潮気を含んだ大気が掻き回され、細かい震動が生じているのは間違いなさそうだ。風の強い日は巨大な扇風機と化して、唸りにも似た音に苦しめられるだろう。その想像が、私をひどく憂鬱にする。こんな場所からは、一刻も早く出て行かねばならない。

いっそ飛び降りようか、と窓の下を見る。だが、窓の下は、普通の靴では到底歩けそうにない雑草の茂みだった。私の部屋からは、左手に玄関のファサードがちらりと見える。正面のファサードのところだけが、草が刈られていた。

つまり、この施設は、建物全体が丈の高い雑草に囲まれているのだった。見事なまでに、周囲の手入れを怠っている。

気配を感じて上を見ると、三階の窓から、人影がこちらを見下ろしていた。三階だから、男の収容者だろう。が、私の視線に気付いてか、相手は姿を隠してしまった。

私が収容されたことを、知っている人間がいるのだろうか。無人の寮に連れて来られたような心許ない気がしていただけに、人影を見るとほっとした。刑務所に入れられたわけではないのだから、仲間がいると思えば心強い。

元気になった私は、弟に連絡しようと、スマホを取り出した。しかし、圏外の表示が出ている。Ｗｉ－Ｆｉが使えないとは聞いていたが、電話も通じないとは、孤島に閉じ込められたようなものだ。これほど自由を奪われるとは、思いもしなかった。私がいったいどんな悪いことをしたというのか。

シーツのないベッドに腰を下ろして、横たわってみる。ベッドは消毒したばかりのような、薬剤の臭いがした。固い枕には昔ながらの蕎麦殻が入っていて、頭を動かすと、じゃりじゃりと耳障りな音がする。

仰向けになって眺める天井は、陽に灼けて黄ばんでしまっていた。水漏れらしい茶色い染みがところどころにある。頼りない蛍光灯が、一本埋め込まれているだけだから、夜はさぞかし薄暗いことだろう。気が滅入って、泣きたくなる。

コツコツと控えめなノックの音が聞こえた。

「何の用？　もう放っておいて」

半ば自棄気味で怒鳴ると、若い女の驚いたような声がした。

「シーツ、届けに来ました」

ドアの前に、売店で会った蟹江の姪という若い女が、リネン類を抱えて立っていた。さっき挨拶した時は、はにかんで感じがよかったのに、今はにこりともせず、無表情だ。

「ごめんね。怒鳴ったりして」

「いえ、べつに」

蟹江の姪は、おまえの正体を知ったぞ、というような表情で私を盗み見る。

私はシーツや枕カバーを受け取った。全部に糊が利いていて、黒いマジックで「二一〇」と部屋番号が書いてある。ふと気になって訊いてみる。

「前にここにいた人は、どんな人？」

「知りません」

蟹江の姪は、ポニーテールを振った。否定が強過ぎる気がする。

「わざわざ、持って来てくれてありがとう。洗う時はどうするの？」

「自分で風呂場で洗えばいいんじゃないですか」

つまらないことを訊くな、と言わんばかりだ。

「洗剤とかは？」

「自分で買うんです」

ホテルとは違うというわけか。私は苦笑いした。そのまま去ろうとするので、呼び止めた。

「ちょっと待って」

引き留めたくて仕方がない。

「何ですか？」

露骨に迷惑そうに眉を顰めるので、消え入りそうな勇気を振り絞って訊ねた。

「あなたの名前は？」

「カニエアキミですけど」

それが何か？　と続きそうな強い語調だった。私たちと話すな、と言われているのかもしれない。

「アキミさんて、どういう字？」

「秋の海です」

説明する時の秋海は、なぜか恥ずかしそうだった。

「秋生まれなのね」

その質問には答えない。俯いて誤魔化している。

「秋海さん、ちょっと聞きたいことがあるんだけど」

秋海は警戒心を隠さない表情で、いいとも悪いとも言わない。代わりに、立ち話していることを誰かに見咎められないかというような不安そうな顔で、部屋の中のあちこちに、目を走らせている。

「ここに何人くらいいるのかしら?」

「わかりません」

「女の人もいますか?」

「いるとは思います」

「お食事の時は、皆さんご一緒ですか?」

「いろいろです」

だったら夕食時に、この施設に入っている人の数や男女比がわかるだろう。もしかすると、知り合いもいるかもしれない。私の心は浮き立った。

「ありがとう」

秋海は、頭も下げずにくるりと踵を返した。蟹江譲りのがっちりした背中に、ポニーテールが左右に揺れている。

シーツを敷いて、枕カバーを付けるのは簡単だ。が、布団カバーを一人で付けるのは面倒臭い。布団は今時珍しい、重い綿入りだ。しかも干していないのか、黴臭かった。私の前にこの布団を使っていたのは、どんな女性だったのだろう。突然、涙が出そうになり、自分の反応に驚いた。

三日前までの自分は、こんな目に遭うなどと想像もしなかった。私はコーヒーマグを横に置き、パソコンに向かって、なかなか進捗しない小説を書いていたし、コンブは背後のソファで、のんびりと毛繕いをしていた。あの暮らしは夢だったのか。もう、自分の部屋に一生戻れないような気がして、底知れぬ恐怖を感じた。

それでも、持って来た本などを机の上に並べると、自分の部屋らしくなった。が、それがまた嫌で、私はバッグに本などを戻す。

「二一〇号室の方、一階の事務室までおいでください」

突然、スピーカーで呼ばれ、私は驚いて部屋の中を見回した。ドアの真上に、小さなスピーカーが埋め込まれているのに気付いた。この分では、盗聴器や監視カメラがあってもおかしくない。秋海の視線を思い出しながら、カメラを探した。だが、すぐには見付からない。探していることがばれるといけないので、私はとりあえず素知らぬ顔で部屋を出ることにした。

個室の中も気が休まらないと思うと、不快さを通り越して、恐怖が再び湧き上がる。だが、この恐怖の感情が問題なのだった。心も体もおどおどして縮こまり、何もできなくなる。

怒れ。理不尽さに対して怒れ。私は自分を鼓舞するために、怒りの感情を呼び醒まそうとしたが、あまりうまくいかなかった。

廊下は静まり返って、何の物音もしない。この二階十室、三階十八室の部屋に囚人、もとい、私のような作家が、何人収容されているのだろうか。

彼らは、どこの誰だろう。知り合いはいるか。好奇心が募った。いっそ、ひと部屋ずつノックして訪ねて回りたいくらいだ。しかし、廊下にも監視カメラがあるだろうと諦め、私は無表情になるように努めて、階段をゆっくり下りた。

事務室のドアをノックすると、Ｃ駅に私を迎えに来た西森が現れた。スピーカーで私の名を呼んだのは、この西森のようだ。首から、ＩＤカードをぶら下げている。ＩＤカードのカラー写真は、歯を見せて笑っていた。

「ああ、どうも。ご苦労さんです。お部屋で少し休まれましたか？」

西森は、私の腕を押さえて「減点1」と怒鳴った時の形相とは、似ても似つかぬ柔和な表情で言った。

「はい、おかげさまで。いい景色だし」

私はにこにこ笑いながら厭味を言った。

「それはよかったです。ここは空気がいいですからね。ゆっくり養生なさってください」

私は結核患者ではない、と叫びたくなるのをこらえて、曖昧な笑みを浮かべる。

「どうぞ、中にお入りください。奥に所長室があります。そこで多田がお待ちしています」

事務室は、壁に大型テレビが掛かっている他は、何の装飾もない部屋だった。窓には、ところどころ歪んだ白いプラスチックのブラインドが掛かっている。

大きなデスクが三つずつ向かい合って、全部で六つあった。六人のスタッフがいるということか。すべてのデスクの上には、ラップトップ型のパソコンが置いてある。

部屋の隅には、プリンタやファクス。スチール製の大きな書棚。ホワイトボードには、何やら数字がたくさん書いてあった。「囚人」の番号だろうと見当をつける。

入り口に近い端っこのデスクの前に、シーツを届けにきた秋海が座っていた。真面目な顔で、キーボードを叩いている。事務方とは意外だった。最初に、「厨房のアシスタント」と聞いていたから、秋海はもっと下働きに近い仕事をしているのか、と思っていたのだ。

秋海は私を認めて、一瞬微笑みを浮かべてすぐさま消す、大人のような冷たい会釈をした。そんなやり方をどこで覚えたんだ。辻岡を思い出し、わけもなく彼女に腹が立った。

秋海の隣のデスクには、初対面の若い男が座っていた。白いポロシャツに、紺色のパンツ。陽に灼けていて、髪は短く刈り上げている。男はすぐに立ち上がって、自己紹介をした。

「マッツ夢井先生、初めまして。私は東森遼（ひがしもりりょう）と申します」

西森功と東森遼。私が驚いた顔をしたので、すかさず東森が言った。

「不思議にお思いでしょうが、偶然なんです。西森さんは、ブンリンだけでなく、大学の先輩でもあります」

よく陽に灼けていて、首の長いところなど、二人は姿形もよく似ていた。

「東森さんも、トライアスロンをなさるんですか？」

「はあ、やります」

東森は照れ臭そうに言って、西森の方を見た。

「実は、僕らは東西両森なんて言われて、トライアスロン界では有名なんですよ」

西森が口を挟み、二人は顔を見合わせてにやにやしている。

「道理で雰囲気がよく似てらっしゃる。まるで、兄弟みたいですね」

「いや、とんでもない。そんなことを言ったら、西森先輩が気を悪くしますよ。先輩は、僕なんか及びもつかない、素晴らしいアスリートですから」

他人にはどうでもいいことをぺらぺら喋る。東森も多分、西森に似て融通の利かない阿呆だ、と私は見当を付けた。それにしても、西森に東森。漫才じゃあるまいし、偶然にしてもおかしくないか。もしかすると、二人とも偽名で、収容者たちを騙しているのかもしれない。多田小次郎という名だって変だ。そうだ、そうに違いない。私は勝手に決め付けて、どんどん不快になっていった。

東森がくれた名刺には、西森と同様、「総務省文化局・文化文芸倫理向上委員会　東森遼」と長ったらしい役所名が書いてあった。そして、やはり、具体的な役職名などは記載がなかった。

奥側にもうひとつドアがあり、「所長室」と書いた札が下げてあった。そこを、西森がノックした。

「マッツ夢井先生がいらっしゃいました」

「どうぞ、どうぞ」

大ぶりのデスクの前に、メタルフレームの老眼鏡を鼻に掛けた多田が座っていた。安物らしい、ビニール製のソファセットを指差す。

「どうぞ、こちらにお座りください」

西森が一礼して出て行った。私はソファに浅く腰掛けた。多田が、デスクの上のファイルを広げて眺めている。

「先生、少しお休みになられましたか?」

顔を上げて訊ねるので、答えた。

「ええ、まあ」

「リネン、届きましたか？」

「蟹江さんの姪御さんが、持って来てくれました。洗濯は自分でするんですか？」

「一応」

多田が澄ました顔で私を見る。

「療養所という名前なら、洗濯もやってくれるのかと思ってました」

「作家の先生方は、ここに研修でいらしてるんですから、洗濯するも自由、しないも自由です」

「だったら、連絡も自由でしょうから、街に出してください」

多田は私の質問に何も答えず、手元の書類に目を落としたままだ。そして、老眼鏡を外しながら、私の方を向いた。

「ところで、マッツ夢井先生は、ご本名が松重カンナさんと仰るんですね。ふざけたペンネームと比べて、立派なお名前じゃありませんか。松重さんとお呼びしたいところですが、番号で呼ばせて頂きます。先生は、Ｂの98番です。ここでは、これからはすべて、お名前は呼ばずに、Ｂ98番という番号で呼ばれることになります。それはもう、番号で呼ばれることにご不満をお持ちなのはわかりますよ。入所者の皆さんが皆さん、とても不快だって、文句を言われます。私たちも失礼だと思いますよ。しかし、先生たちは、社会で名のある方々ですから、その方をこんなところにお連れして、しかも、指導しようなんて、偉そうなことを申し上げるのは、こちらもやりにくいこと甚だしいのです。どうですか、お互いに、世間での名前を捨て去った方がやりやすいと思いませんか？」

ずいぶんと身勝手な論理だ。私がこいつらに指導される謂(いわ)れなど、何もないではないか。私は文句を言いたいところをこらえた。その時、ふと気が付いたことがあった。

「お互いに、ということは、多田さんたちも偽名でいらっしゃるんですか？」

「それは答えられません」

ということは、偽名なのだ。私はうんざりした。私たちは番号で呼ばれ、ブンリンの職員は偽名を使ってここにいる。いずれ、この拉致監禁が違法だと明るみに出た時も、誰も責任を取らないつもりなのだろう。

「多田さん、私はなぜ、ここにいなければならないのでしょう。家に帰してください」

私は多田に訴えた。だが、多田は目を瞑ったまま、細かく首を振り続けていた。

「申し訳ありませんが、しばらくお帰りになることはできません。こちらで、ご自分の作品の問題点をしっかり見据えて認識し、訓練によって直されてからなら、お帰りになることができます」

私は逆上して、大声を上げた。

「納得できません。何を根拠に、作品の問題点だの、訓練によって直すだのと言われなければならないのですか」

多田が困った様子で苦笑し、眉根を寄せた。

「まあまあ、少しは感情を抑えてください。あなたは感情的な方ですね。あなたに限らず、作家さんたちは、すぐにとんでもないことを仰る。自分たちは、わざと感情を解き放って暮らしてきたんだとか、感情が豊かでないと書けないとかね。だから、何をしてもいいというのは、論理の飛躍でしょう。それこそ、社会的に許されないんじゃないですか」

そんなことを誰が言ったのだろう。私たち作家は、実は地道な仕事をしている。一日中、パソコンの前に座って、他人にとってはどうでもいいような妄想を書き続けているだけなのだから。

「私はそんなことひと言も言ってないじゃないですか。感情を解き放って暮らしているから、何をしてもいい、なんて」

多田が、面白そうに私の顔を見た。

「そうでした。あなたが仰ったことじゃない。別の作家が言ったことでした。あの人はどうしたかな。そう、迸る感情を抑える訓練をなさってました。結果、成功されて、今は怒鳴ることもなく、暴れることもなく、穏やかに暮らしていらっしゃいますよ」

私は恐怖を抑えられなかった。

「いったい、その方に何をしたんですか?」

「何もしてません」多田が、うんざりしたように肩を竦めてみせた。「自分を律する訓練のひとつとして、ランニングをお勧めしました」

「ランニングですか」

驚いた私の声は半トーン上がったはずだ。

「はい、その先生は今、フルマラソンに挑戦されていますよ。ホノルルマラソンも完走されたそうです。記録はどのくらいだったかな。確か、六時間台じゃないかな。五十代後半に始めたばかりにしては、たいしたものじゃないですか。そう思いませんか?」

唖然として言葉が出なかった。多田は、本気でそんなことを考えているのだろうか。

すると、私の気持ちを読んだように多田が言った。

「ま、ご参考までにこういう例もあるということですから。皆さんが皆さん、ランニングで更生されるということではありません」

多田は手の中で老眼鏡を弄(もてあそ)びながら言った。姿勢がよく、陽に灼けた上腕の筋肉が美しい。左の手首に、ダイヴァーズ・ウォッチをしているのがよく似合う。もしかすると、己の肉体を自慢しているのかもしれない。

多田は作家の傲慢を糾弾しているが、アスリートの傲慢だってある。私はそんなことを考えながら、どうやったら誤解を解くことができるのだろうと、絶望的な気持ちと闘いながら座っていた。

「今、更生と仰いましたね」

失言だったと言い訳するかと思ったのに、多田は悪びれずに頷いた。

「はい、言いました」

「感情が迸って、他人に危害でも与えればそれは立派な犯罪です。激する感情があまりに強くて抑えられないということなら、更生ということもあるかもしれませんが、普通は社会に適応できなかった人たちに使う言葉ではないですか」

「仰る通りです」多田の口許から、白い歯がこぼれる。怖ろしいほど感じがよかった。「私たちは、あなた方作家さんたちに、社会に適応した作品を書いて頂きたいと願っているのですよ」

「適応した作品ってどんな作品ですか?」

「正しいことが書いてある作品です」

「そんなことを強制する権利が誰にあるんですか。誰にもないはずです」

私は呆れ、すでに激していた。

「コンプライアンスという言葉をご存じですよね? 総務省の方でも、作家の表現に少しコンプライアンスを求めようということになったのです。野放しはよくないという世論に準じた形です」

「聞いたことがありません。その法的根拠はありますか?」

私はまくしたてようとして、ごくんと唾を飲み込んだ。すると、多田が手を挙げて私を制した。

「そうそう、先生の著作を拝見しましたよ」

多田はデスクの下にあった紙袋から、数冊の単行本を取り出した。驚いたことに、この数年間に出した私の著作で、長編と短編集がひとつずつ、それに軽いエッセイ集だった。さらに多田は、連載小説が載っている小説雑誌や文芸誌を数誌、ソファの前のテーブルに積んだ。

「割と面白かったですよ」

多田は、雑誌をパラパラとめくりながら言った。褒めたつもりらしい。

「多田さん、はっきり言ってください。私の何が問題なんですか? どうして私は召喚されて、こんなところにいなければならないんですか? ひどいじゃないですか。突然、暴力的に拉致監禁されたようなものでしょう。それから、さっきの質問がそのままになっています。私たちの仕事に対して、誰が文句を言う権利があるというんですか」

私は多田の目を見て、訴えるように言った。

「拉致監禁？　それは少し大袈裟ですね。でも、あなたは拉致監禁がお好きらしい」

多田が鼻先で嗤(わら)ったので、私は無力感を感じて愕然とした。

「どういう意味ですか？」

多田が私の短編集を開いた。その時初めて気付いたのだが、小さな付箋が付いていた。その短編は、中年男が罠に嵌って誘拐されたのに、妻が身代金を払おうとしないので、犯人の女たちにいたぶられつつ、やがてそこで暮らし始める、という物語だった。戯画的に書かれたものだったせいか、好意的な書評がいくつも出たし、あの作品が一番好きだ、と言ってくれる友人や編集者も多かった。

「これのどこが問題なんです？」

私は喧嘩腰になった。多田は「いやいや」とはぐらかすように言って、ぱたんと短編集を閉じた。

「これが問題というわけではないんです。ただ、あなたはこのようなテーマを好んでお書きになるのかな、と思ったので、言っただけですよ。そう憤らないでください」

多田が再び両手を挙げて、制するように言う。

「私は好みのテーマなどありませんし、拘りもありません。すべて物語に適ったテーマが自然に生まれてくるんです」

多田が感心したように首を捻った。

「さすがですね、先生」

「先生なんて、厭味を言わないでください」

「では、Ｂ98番と呼びましょうか。ちょっと言いにくくないですか。とりあえず先生と呼ばせてください。馬鹿にされているとお感じになるのなら、ただのＢ98でもいいですが。先生、どっちがいいですか」

多田が、にやりと笑った。

「どっちでもいいですよ。どのみち記号でしょうから」

「記号？　また作家さんは難しいことを仰る」

「難しくなんかないです。あなたたちが偽名を使っているのと同じですよ」

反駁したつもりだったが、多田は急に真面目な顔をした。

「私どもは偽名なんかじゃありません。ああ、そうか。西森と東森コンビの名前を聞いて、そう思われたんでしょうね。彼らはまるで漫才ですものね。しかし、誓って言いますが、私どもは実名です。それも作家先生の悪しき妄想かと思いますよ。先生方もペンネームを使わないで、実名で勝負するなら、また作風も違ってくるんじゃないですかね？」

「それとこれとは話が違うでしょう」

今度は私が苦笑する番だった。

「そうですね」と、多田はあっさり引き下がった。

私は喋り続けていたので、喉が渇いたことに気付いた。思えば、この施設に着いてから、何も口に入れていない。

「すみませんけど、お水を一杯、頂けませんか？」

「おやすいご用ですよ」

多田は自ら立ってドアを開け、事務室に向かって叫んだ。

「誰か、先生にお水あげて」

盆を運んで来たのは、やはり秋海だった。秋海は、まず多田の前にグラスを置き、次に私の前に置いた。コースターなどなく、氷も入っていない。

「先生、どうぞ」

多田に勧められて、私は水を飲んだ。ミネラルウォーターかと思ったら、温くて潮臭かった。喉が渇いていた私は、一気に飲み干したが、多田は口を付けもしない。

「ちょっとしょっぱいでしょう？　この土地の水ですよ。よろしかったら、これもどうぞ」

私は遠慮なく多田の水も飲んだ。二杯目は潮だけでなく、仄かな土臭さも感じられた。私の部屋の前の小山を思い出す。あの山から流れてきた水だろうか。果たしてここは上水道など整備しているのだろうか、と心配になる。

多田が焦(じ)れたように言った。

「そろそろ本題に移りましょうか、先生。私どもは、近年の小説作品に危機感を持っています。何でもあり、というのは、いくら何でもおかしい。青少年には青少年向けの小説がなければならない。映画だって、Rという枠がありますからね。だから、ブンリンとは、映倫と同じことを小説でもやっていこうということなんです」

「しかし、映画は映像だからわからないでもありませんが、小説は言葉ですから、人によって喚起されるイメージがそれぞれ違うでしょう。人の心は自由です」

私が意気込んで言うと、多田は苦笑混じりに片手で発言を押さえる仕種をした。

「先生、ちょっと待ってください。まず、私に話させてください」

私は仕方なく黙った。

「表現は自由ですけどね、何もかもが自由というわけじゃありませんでしょう。そうでなければ、社会はすべてが野放しになってしまう。今は犯罪が多発して、性犯罪も増えてます。そして悪質化、低年齢化しています。イジメによる殺人や自殺も増えた。これらの原因は、野放しのマンガや小説ではないか、とも言われているんですよ」

そんなことだろうと思った。私は怒りのあまり、目の前が暗くなるほどだった。

「そんなつまらないことは言わないでください」

「しかし、影響がないとは言えない」

「影響がまったくない、とは言わないです。でも、それが芸術なんです。人の心の深いところに響いて、人を動かす。だからと言って、安易に規制するのは間違っています」

「ほら、先生も影響を認めてる」

「言質を取らないでください」

私は怒鳴った。

「まあまあ、先生。穏やかに」多田は笑ってみせた。「一年半前に、ヘイトスピーチ法が成立しましたね。これを機に、ヘイトスピーチだけでなく、あらゆる表現の中に表れる性差別、人種差別なども規制していこうということになったのです。それで、私どもは、まず小説を書いている作家先生にルールを守って貰おう、ということになったのです。それは法的根拠としてありますので、私どもは違法行為をしているわけではない」

「でも、私たちは差別しているわけではないです。作品の中で、差別的な人間を描くことだってあるでしょう。それが違法だと言うのですか？」

「はい、表現作品はすべて一律に適用されますので、基準を過ぎれば違法行為ということになります。ブンリンでも調査機関を作り、広く読者から意見を求めたんです」

滅茶苦茶な話だった。ヘイトスピーチ法を成立させる代わりに、表現に規制が及ぶのでは、と心配した作家は何人かいた。しかし、ここまで拡大解釈されるとは思わなかった。権力は、ひとつ妥協すれば、ひとつ罠を仕掛ける。完全に嫌がらせであり、自由の後退だった。

私もその罠を危惧した一人だったが、現実になるとは予想だにしていない。

「そもそもヘイトスピーチは、表現ではありません。あれは煽動です。差別そのものです。でも、芸術表現は創作物なんですから、創作者が責任を持つものです。一緒にするのは間違ってます」

私は必死に無力感と闘いながら言った。

「先生、文句は政府に言ってください」

「では、私の何が問題にされたんですか」

「読者から告発がありました。マッツ夢井はレイプや暴力、犯罪をあたかも肯定するかのように書いている、と」

あまりの意外さと失望に、私はソファから頽れそうになった。これから始まることの怖ろしさに、心底怯えた瞬間だった。

「その告発とやらは、手紙とか電話で来るんですか？」

私はやっとの思いで訊ねる。

「いいえ、ブンリンにはホームページがありましてね。文芸作品に関する読者のニーズを、広く公募しているのですよ。そこに寄せられたメールです」

役人は、密告を「ニーズ」と呼ぶらしい。ホームページに寄せられた密告を元に、「調査機関」とやらに委ねる仕組みになっているとは、まったく知らなかった。審議会への出席を乞う文書が来た時、もっと真剣に対応していればよかったのだろうか。

「知りませんでした。それは、いつ頃からやってるんですか？」

「一年ほど前からです」

「告知されてますか？」

「してます。ホームページ上で」

それは告知とは言わない。文化文芸倫理向上委員会の存在など、誰も知らないのだから。現に、私がＧｏｏｇｌｅで検索した時は、何もヒットしなかったではないか。ホームページの存在自体が怪しかった。

「私のどの作品についての意見なんです？」

「では、投稿を二、三、お見せしましょうか」

多田がタブレットを操作して画面をこちらに向けた。

『マッツ夢井の諸作品には大きな問題があります。レイプを奨励しているかのような書き方も嫌だし、子供を性対象にする男を描くなど、本当に許せない』

私は突然、不快な異臭を嗅いだような気がした。腐ったような、とても嫌な臭い。これが死臭というものだろうか。よほど顔を顰(しか)めたらしく、多田が驚いた顔をした。

「大丈夫ですか」

私はすぐに口が利けないほど、衝撃を受けていた。まさか、作品の中の性描写を読者に告発されるとは、想像もしていなかったのだ。

もちろん、これまでにも文句や拙い感想を聞くことはままあった。稀に、「マッツさんて、結構いやらしいことを想像しているんですね」と、呆れられたこともある。私は愚かにも、それは褒め言葉だと思っていた。なぜなら、必死に自分の想像の及ばない、おぞましい世界を創造し、おぞましい人物を生み出さねばならない、とあがいていたからだ。

「まさか。思ってもいませんでした」

私は正直に答えた。

「そうですか。でも、驚くことに、この手の告発のほとんどが女性読者からだったんですよ」

多田がもっともらしく言った。私の動揺ぶりを見て、してやったりという表情だった。女性読者は味方だと思っていたのに、裏切られた気分だった。私は失望を必死に隠して、細かく問い質した。

「どの作品が問題なんですか。それに、この投稿が本物だという証拠はあるんですか」

「証拠？　ありますとも。それに先生、ご自分の作品をお忘れになったのですか。いくつもありますよ」

多田は、テーブルの上に積まれた私の小説を横目で見ながら、本や短編の題名を挙げた。中には、近刊の性愛を描いた自信作もあった。

「そういう男を描きたかったから書いたのです。レイプという行為を肯定して書いたのではありません。私自身は大嫌いですし、これらの作品の中のセックスシーンは、レイプとは言えないものもたくさんあります」

「そうですかねえ」多田はわざとらしく首を傾げる。「割とレイプっぽく書いておられるように思いましたがね。そのものではなかったとしても、中にはレイプめいた性行為で歓びを感じる描写もありました。女性が腹を立てるのは、そのような、あたかも行為を肯定しているかのような描写なんです」

私は懸命に抗弁した。

「書いたからといって、肯定なんかしていません。小説は、全体でひとつの作品なのですから、その部分だけ、その言葉だけを取り上げて論ずるのは間違いです。文脈で読んでくれれば、その男女の関係がわかると思います」

「でも、先生。現に告発されていますから」

多田が勝ち誇ったように言う。

「それはおかしいです。既成事実だから認めろと言うのですか。なぜ、書いた本人の弁を認めないんです?」

「文学作品は、一度発表された以上、それはもう読者のものになるのだと思いますから」

「いいえ、読者のものだけではない。私のものでもあります」

「先生、著作権のことですか?」

「いいえ、そうではなく」

論争に飽きたのか、多田が遮った。

「でも、レイプはレイプでしょう。男が力ずくで女をやる。いや、逆もあるか」

多田が唇を歪めて、下卑た表情をしてみせた。

「下品な言い方ですね」

私が横を向くと、多田が笑った。

「先生の作品に合わせただけです。先生の作品が下品なんです」

「じゃ、いったい何が上品なんですか。上品な小説って何ですか。また、それもニーズを公募するんですか。私は作家なんですよ。人の職業を侮(あなど)るのも、いい加減にしてください」

むかっ腹が立って、私は思わず怒鳴っていた。

「誤解のないように言っておきますが、ブンリンはレイプを書くな、と言ってるんじゃないんです。レイプは犯罪ですから、結果としてレイプを非難する作品ならば許されるんです。つまり、作品の中で犯罪を正当化しないで、告発するような内容だったらいいんです。先生の作品は、まるでレイプが正しい行為のように書いてある」

「冗談じゃない。小説は、正しい、正しくないじゃないんです。出来事をそのまま書くだけで、その出来事を審判するものではない。だって、真実は、あなたの言う正しさとは違うところにあるんですよ。それは読者にも伝わるはずです。どうして、あなたがたは最近のハリウッド映画みたいな、コンプラまみれの、真っ当なことを言うんですか。どうしてそんな」

あまりにも腹が立って、すぐに言葉が続いて出てこなかった。焦りながら、多田を言い負かすための言葉を探す私を尻目に、多田が続けた。

「読者に伝わった結果が、こうなったんじゃないかと思います」

「それは、ブンリンの設問に問題があるのですよ」

言う端から、悔しくて虚しくて仕方がない。こんな議論をしても、もう無駄なのだ。多田も面倒臭そうに言う。

「レイプだけじゃない。先生は、他にも犯罪小説みたいなものも、お書きになってますよね。殺人や窃盗も書いてるし、他に何でしたっけ。ほら、覗き見が趣味の男の話です。男がアパートの女性の部屋を覗いて回って、一人で満足するってやつ。あれを読む限り、先生が女の人だって、誰もわからないんじゃないですか。すごい想像力ですよね。でも、先生は、男というものがみんなこういう人間ばかりだと思ってやしませんか。つまり、男はみんな異常者の素質があって、犯罪一歩手前の人間ばかり、と。私には、まったくそういう趣味はわかりません。男の方も、先生の小説を読むと鼻白みますよ。何でこの作家は男に対して悪意があるんだってね。先生、一度精神鑑定とかを受けてみたらどうですか?」

「私は想像して書いているだけです。悪意なんかありません」

私はまたも大きな声を上げたが、同時に背筋が寒くなった。愚昧な人間たちが、小説作品を精査して偏向もしくは異常だと断定し、小説を書いた人間の性格を糺そうとしている。これほど怖ろしいことはなかった。療養所。そして、精神鑑定。その先には、何があるのだろう。びゅんびゅんと回る風力発電のタービンの音を、間近で聴いているようで神経が麻痺しそうだった。

私は反射的に部屋から出て行こうと思い、唐突に立ち上がった。恐怖で肉体が勝手に反応した結果だった。

「どうしたんです」

タブレットをデスクに戻そうとしていた多田が手を止めて、私の方を見遣った。

「家に帰ります。こんなところに留め置かれるのはおかしいです。あなたの言うことは、失礼なことばかりです。私たちは誰かに罰せられるために、小説を書いているのではありません」

「じゃ、何のためです」

「自分のため」

「あれ、読者のためじゃないんですか?」多田がからかう口調になった。「それは不健全だな。てか、それでお金貰おうって、何か狡くないですか」

「何が狡いんですか。正当な報酬です」

「自分の薄汚い妄想を書き連ねるだけで金が貰えるなんて、そんな世の中、大いに間違っていると思いますよ」

「馬鹿にしないで」

私はドアを開けて出て行こうとした。

「まあまあ、先生。落ち着いて」

多田が椅子から立ち上がり、両手で私を抑えるような仕種をした。その顔には、また気の毒そうな表情が浮かんでいる。屈辱を感じて、私はその手を振り払った。

「やめてください。私は、あなたにそんな失礼なことを言われる筋合いはないんですよ。何が薄汚いんですか。いったい小説って何なのか、あなたたちはわかってるんですか。何か読んだことあるんですか。読んで、感動とかしたことあるんですか」

「ありますとも。先生が及びもつかないノーベル賞作家の作品をたくさん読みましたよ」

私は両手を差し出しながら迫ってくる多田の胸を、手で押し戻した。瞬間、素早く身をかわされたが、指先に触れた多田の胸は、硬い岩のような感触だった。

多田が薄く笑って、ソファを指差す。

「先生、座ってください。あまり興奮すると、減点されますよ。委員会の呼び出しに応じなかった時点で、減点2となっていますし、来る途中、西森に絡んで減点1を科されていますよね。今の態度でも、本当は減点対象となりますが、今回は大目に見ましょう。実は、私は論争が好きなんですよ。だから、健全な論争をしたということで、減点はしません。やめましょう」

多田は恩着せがましく言う。再び、スプリングのへたったソファに腰を下ろさざるを得なくなった私は、多田の顔を見上げた。

「減点が貯まるとどうなるんですか？」

「入院期間が延びます」

「この状態を入院と言うんですか」私は呆れながら訊いた。「いったいどのくらい延びるんですか？」

「減点1で、一週間です。先生の場合は、すでに減点3ですので、三週間の療養生活を送って頂くことになります」

「不公平です」

「何がですか」

「だって、減点されると勾留が延びるなんて初耳です。それに、委員会の呼び出しに応じない場合、減点になるんだとしたら、どうしてその文書に、そのことを記述しないんです？　そんなこと何も書いてなかったですよね」

「裏面にちゃんと書いてありましたよ。先生が見落とされたんでしょう」

すでに破り捨ててしまったから、見落としもあったのかもしれない。にわかに自信をなくして黙った私に、多田が被せるように言う。

「それから、勾留じゃなくて、あくまでも更生と矯正のための入院ですから」

「更生と矯正？」

「はい、できるならば直して頂きたいです」

私の何を、どう矯正するために、三週間もこんな場所に閉じ込められなければならないのだ。何だかんだといちゃもんを付けられて減点を繰り返されたら、永遠に延長される羽目にもなりかねない。私は情けなくも絶望して涙ぐみ、ソファの袖に寄りかかった。

「気分が悪い」

「おお、これはすみません」

多田が、ドアを開けて叫んだ。

「誰か、先生にお水」

またしても秋海が、水だけ入ったグラスを盆にも載せずに持って来た。それを見て、多田が怒った。

「蟹江さん、氷くらい入れて差し上げなさいよ。作家先生なんだから」

「はい、すみません」

秋海が踵を返す時に、にやりと笑ったのがわかって不快になった。あの種の笑いをどこかで見た覚えがある。近頃、周囲の者が見せつけることの多くなった笑いだ。

確かに私たち作家は、自分たちは世間からリスペクトを受けて然るべきだ、と思い込む節がある。「俺は作家だ、尊敬しろ」と威張る輩もいる。その意味では、おめでたい人種だ。しかし、最近、そんな作家の自意識は通用しなくなってきている。どころか、侮蔑の対象になることも多い。

例えば、「りてらり」の担当編集者、辻岡の小馬鹿にしたような態度は、決して私に対してだけではなかった。また、大手出版社の文芸局長や部長、編集長の視線は常に、私たちの少し背後を見ている。要するに、彼らが見ているのは作家ではなく、作家の背後にあるマーケットの大小なのだ。

かつて出版社は、良質な作品を書く作家を大事にした。それからしばらくは、作品の質は脇において、売れる作家を優先的に遇した。だが、最近は売れて、かつ正しいことを書く作家ばかりに仕事を頼む傾向にある。それは、正しいことを書く方が読者の支持を得やすい、ということだけでもないのだった。

私は、ようやくヘイトスピーチと小説とが、同レベルで捉えられるようになったという事実に辿り着いて愕然とした。これは、同じ「表現物」として公平に見せかけた、国家権力の嫌がらせだ。

しかも、小説とは言っても、どうやら規制の対象はエンタメで、ノーベル賞クラスの小説ならば何を書いてもいい、という差別があるようだ。要するに、売れて人気のあるエンタメ作品は、テレビ番組と同じで、政治権力の干渉を受けやすいということになる。

「はい。お待たせしました」

秋海が、今度は丸い盆に載せたグラスをふたつ運んできた。藺草を編んだコースターも付いている。グラスの中には、製氷皿でこしらえたような四角い半透明の氷が三つばかり入っていた。氷の角が丸くなっているのが不潔な気がしたが、私は冷たい飲み物に飢えていた。

口を付けると、ミネラルウォーターらしく、さっき飲んだ水とは比べものにならないほど旨かった。今度は、多田も口を付けている。私はそれを横目で見ながら、氷をばりばりと歯で嚙み砕いた。氷は水道水で作ったらしく、やはり潮と土の味がする。

後味の悪さに顔を顰めた途端、多田が大袈裟に嘆息して、私に笑いかけた。

「お互い、喋り疲れましたね」

多田は空になったグラスをコースターの上に置いた。ごついダイヴァーズ・ウォッチを見せびらかすような、スナップの利いた仕種だった。

「今日のところは、こんな感じで終わりにしましょうか。先生もお疲れでしょうから、お話はまた明日以降にしましょう。時間はいくらでもあります」

私も急に疲労を感じて、熱くなった頬を両手で押さえた。怒りのあまり、顔が上気している。

「多田さん、こんなところに閉じ込められてしまって、私は何をすればいいんです？　図書室でもあるんですか」と、言い返す。

「ありません」即座に否定した後、多田が気がなさそうに言った。「アウトドアはどうです。散歩とか体操とか。皆さん、工夫しておられるようですよ」

多田はタブレットの画面を見ている。こいつらだけがＷｉ‐Ｆｉを使い放題か。私は、どうにかして、パスワードを知りたいと思った。

「じゃ、先生。夕食まで少し時間がありますから、お部屋に戻られて休んでください」

多田がタブレットから顔を上げずに言う。

「散歩してもいいんですよね？」

部屋に監視カメラが付いているかもしれないと思うと、休む気分にはなれない。

「もちろんです。この敷地内なら自由です」

私は少しほっとして、ゆっくり立ち上がった。この「療養所」に囚われている他の作家に外で会えるかもしれないと思うと期待が高まるのだった。皆が集まるという食事時間まで我慢できなかった。

所長室から出て事務室を通り抜ける時、ホワイトボードを見た。さっき見た他の番号はいつの間にか消されて、「B98　#二一〇　③」とだけ大書されていた。私の番号だ。丸で囲んだ数字は、減点数に違いない。

「お風呂は、いつ入れるんですか」

デスクの脇を擦り抜けながら、秋海に訊ねる。

「女性は午後七時からです。順番になったら、放送があります」

パソコンから顔も上げずに、秋海が答えた。

入浴すらも勝手にできないのか。まるで重病の入院患者だ。入院患者を連想してから、精神鑑定の話を思い出して慄然とする。一刻も早く、ここを脱出したい。だが、脱出した後はどうすればいいのだろう。自宅も知られているのだから、弟の家に逃げるしかなかろう。その時、コンブを探すビラに、弟の携帯電話の番号も書き入れたことを思い出して、小さく舌打ちする。取り返しの付かない失敗をしでかしてしまった。弟に何ごともなければいいが。連絡したくても叶わない。

廊下に人影は絶えてなかった。だが、どこかにカメラがあって、監視されているのは間違いない。

私は方向を間違えたふりをして、そのまま正面玄関から出ようとした。しかし、頑丈に施錠されていた。事務室の連中は、どうやら別の出入り口を使っているらしい。

私は素知らぬ顔できょろきょろし、反対側の食堂の角を曲がって売店の方に向かった。売店の横に出口があったから、そこから裏庭に出て様子を見るつもりだ。

「何か買われますか?」

いきなり声をかけられて立ち竦んだ。蟹江が売店の中から、私を見ていた。蟹江は、白いTシャツにジーンズ、ピンクのエプロンを着けていた。エプロンのポケットあたりが薄黒くなっているのは、しょっちゅうエプロンで手を拭いているからだろう。蟹江は、体も幅広いが、顔もえらが張って四角い。ショートカットの髪に、化粧をまったく施さない顔は無表情だ。

売店はキオスクのような狭いスペースに、歯ブラシやらティッシュペーパー、トイレットペーパー、薄っぺらなタオルや、安物のシャンプーなどが並べられている。カップ麺とカステラのような菓子パンも置いてあるが、うっすら埃を被っていた。

その横には、同様に埃まみれの「コアラのマーチ」や「歌舞伎揚」、明治のチョコレートなどが置いてある。もの悲しくなった私は顔を背けた。

「お腹が空いたんですか?　カップ麺はどうですか」

蟹江が愛想笑いして、カップヌードルを指差した。

「お湯はどうすればいいんですか」

「ここで沸かしたのを入れてあげますよ」

蟹江は、背後の棚にある花柄の古めかしいポットを指差す。あの湯も潮臭いに違いない。カップ麺には、三〇〇円というシールが貼ってあった。驚いて菓子類を見ると、菓子も小売り価格の二倍近い値段だ。

「ここは高いですね」

蟹江が肩を竦める。

「そうですか」

私は所持している現金が五万円程度だったことを思い出して、急に不安になった。足りなくなったらどうするのだろう。

「ここにATMはありますか？」

私が買わないと知って不機嫌になった蟹江が、厨房に戻りたそうにしながら首を振った。

「いいえ、ありません」

「カードは使えますか」

「まさか」と、笑う。前歯が一本欠損しているのが見えた。

「お金がなくなったら、どうしたらいいのかしら」

「貸してくれますよ」

借金も減点の対象ではないのか。そうなったら、借金のために滞在が延びることになる。そのシステムは何かに似ているような気がしたが、思い出せなかった。

「ブンリンが貸してくれるっていうんですか」

「そうです。でも、借金は嫌だからって、皆さん倹約して、食堂で出されるものだけで過ごされているようですね」

食事だけが楽しみで、それを心待ちにするようになったら、私は本当の囚人になりそうな気がした。そんなことにならないために、カップ麺がいつでも食べられるように、現金は大事に取っておかねばならないのか。ふと、部屋に置きっ放しにした財布が気になった。部屋に金庫はあっただろうか。確かめておかねばならない。

「考えてからにします」

まさか、カップ麺ひとつ買うのにも躊躇うようになるとは、思ってもいなかった。これも、言うことを聞かない作家たちに対する、ブンリンの嫌がらせなのかと思うと腹立たしい。

「お部屋にあるトイレットペーパーですが、あれは支給されるんですか」

ついでに訊ねると、「はい」と、蟹江は商品を並べ直しながら頷いた。

「ただし、一週間にひと巻きと決まってます。他にも、鼻をかんだり、いろいろ使うでしょうから、皆さん足りないようです。買って行きますか?」

見るからに質の悪そうなトイレットペーパーは、一ロール一五〇円の値段が付いていた。

「いえ、まだいいです」

トイレットペーパーを一週間にひと巻きしか使えないとは、何と惨めな境遇だろう。絶望感だけが、いや増してゆく。

私は売店横の出口から、裏庭に出た。すでに午後四時近いというのに、少し傾いた太陽が正面から照り付けるのには驚いた。療養所は、日本列島の東側の海岸にあると思っていたのだが、入り江をぐるりと囲む細い岬の突端に位置するのだと初めて気が付いた。私の部屋は海側ではないから、東向きになるのだろう。しかし、目の前は小山だから、日の出は見られそうにない。

どーん、どーんと打ち付ける波の音が真下から聞こえてくる。私は断崖絶壁の方に、おそるおそる歩きだした。庭と言っても、芝生のような低い草の生えた傾斜地に過ぎない。しかも、海へ傾斜しているから、海に向かって行くのは、転がり落ちるようで心許ない。

庭には、ベンチもなければ花壇もなかった。横幅はほぼ建物と同じだから、百メートル程度だろうか。そして奥行きは、その半分もなく狭い。

庭の端っこまで行くと、転落防止のための白い木製の柵が一段下に連なっていた。しかし、その強度は怖くて確かめようがない。その下は断崖絶壁で、覗き込む気は起きなかった。入り江の向こうには、切り立った黒い崖が続き、リンガとヨニにそっくりな三つの岩が海中に聳えているのが見えた。これが七福神浜に建つ「七福神浜療養所」のロケーションなのだ。完全に閉じ込められた、と私は悟った。

「新入りの方ですか?」

突然、低い男の声がどこからか聞こえてきて仰天した。周囲を見回しても、人の姿はない。男が続ける。

「動かないで、そのままでいてください。僕は崖下の窪みにいます。そこからは見えない位置です」

柵に手を置いて覗き込もうとすると、すぐさま言われた。

「下を見ないで。この場所がばれるから」

「はい、すみません」

「ここでは、収容者同士の会話や、情報交換が固く禁じられています。だから、そのまま動かずにお話しください」

「わかりました」

私は相手の姿を捜すのをやめた。なるべく虚心坦懐に海を見ている風を装ったが、相手を見極めたくて仕方がなかった。すると、私の心を読んだように相手が言う。

「必ず、誰かがあなたを見張っています。そのままでお願いします。あまり動かないのも変だから、時々、移動したり、芝生に座ったりしてください」

「はい、そうします」

私は手庇(てひさし)で遠くを眺めるふりをした。西陽の真っ正面なので、じりじりと炙られる感じがする。

「私はA45です。名前は言いません。互いに名乗るのはやめましょう。後で尋問される時に、うっかり答えてしまうかもしれませんから。話したのがばれると、共謀罪を適用されます」

「共謀罪ですか」

「はい、そうなったら、裁判にかけられて刑務所送りです。もっとも刑務所の方が、ここよりマシかもしれませんが」

いつの間にそんなことになっていたのか。私は怖くなって、反射的に背後を振り返りそうになったが、辛うじて留まった。

「そうそう。静かにしていてください」と、男の声。「僕は手鏡であなたの様子を見ていますので、あなたがどうしているのか、少しだけ見えます。あなたの番号は?」

「私はB98だそうです」

「Bですか。それはよかったですね」

男の声は嬉しそうだった。

「どういう意味ですか」

「Bは素直に罪を認めて、反省していれば元に戻ることができます。でも、AはA級戦犯みたいなもので、戻るには時間がかかると言われています」

男の声は淡々としている。姿が見えないから、私は断崖と話しているような気がしてきた。

「今日、召喚されてきたのですが、驚くことだらけでショックを受けています」

「あなただけじゃない。みんなそうですよ。だから、勇気を持って頑張ってください」

私は思わず涙ぐみそうになった。仲間を得て、どれだけ心細かったかがわかったような気がした。

「私は小説家ですが、あなたもそうですか」

「詳しく話すのはやめましょう」

「わかりました。ところで、あなたはそんな危険なところで何をしてるんですか」

「死にたくなるのを待っています。死ぬのは簡単です。ここから飛び降りるだけでいいんですから」

「でも、誰かが監視してるって、仰ったでしょう?」

「飛び降りる分には、誰も止めませんよ。というか、奨励されています」

A45が笑った。その笑い声が風に乗って飛散したような気がして、私は耳を塞ぎたくなった。

「お願いだから、死なないでください」

「いや、三カ月もいれば、あなたもいずれ死にたくなりますよ。ここではもう十人以上が飛び降りて死んでいます」

「逃げる方法はないんですか」

「ないですね。ここは岬の突端だから、崖に囲まれて外には出られない。天然の刑務所です。正門は門番がいますし、塀は高く有刺鉄線には電流が流れています。イノシシ除けと同じです。だから、やつらは僕らが飛び降りるのを待ってるんです。あなたも散歩しておいでって、盛んに勧められませんでしたか？　あるいはジョギングとか」

「そう言えば、言われました」

やはりね、とA45が笑った。

「外を走り回っているうちに、転がり落ちることを願っているんです」

「ここには、何人くらいが収容されているんでしょうか」

「常時二十人はいます」

「私はこれからどうすればいいのでしょうか」

「素直に罪を認めて、改悛すればいいんです」

「罪なんか犯してないです」

私はむきになって言った。風に乗って、A45の溜息が聞こえてきた。

「それじゃ駄目なんですよ。素直になって、あなただけでも無事に家に帰ってください」

「私たちは、一番難しいことを要求されているのですね」

「そう感じる人には困難な場所です」
「今、あなたのいる場所にはどうやったら行けるんですか」
「危険だからやめた方がいいですよ。僕も今日はそろそろ部屋に戻ります。あなたと話したから、死ぬ気が失せた」
「では、明日もここで会いましょう」
返事はなかった。

4

いつの間にか、入り江の向こうの崖に陽が沈みかかっていた。日没までまだ間があるはずだが、崖に囲まれた入り江は、すでに午後の陽射しが入らなくなっている。崖の黒い岩肌の陰影が濃くなって、禍々しい模様に見える。

私は急に不安になった。療養所の夜は、さぞ寂しいことだろう。毎晩、薄暗い部屋で何もすることなく、風力発電のタービンの音を聞く羽目になるのだ。気が狂いはしないだろうか。

崖下にいる男に、自分のいる場所がわかってしまうから覗くなと禁じられたのに、思い切って身を乗り出す。A45と呼ばれる男がそこにいるのなら、同じ立場になった人間をひと目見て安心したかった。

白い柵の真下に、ほんの一メートルほどの幅の地面が、まるで階(きざはし)のように突き出している。そこに、一人の小柄な男が海側を向いて膝を抱え、座っているのが見えた。途中に岩の突起があるせいで、膝を抱えた両腕と、ビーサンを履いた足、左の頭部しか見えなかった。どうやらA45は、灰色のパジャマのような上下を纏い、揃いの灰色のキャップを被っているようだ。

彼は、私が上から覗いていることに気付かない様子で、放心したかのように膝を緩めて、遠くを眺めている。背後を見るためだという手鏡は、だらりと今にも左手から落ちそうだ。黒革の腕時計。青白く筋張った足は年寄りに見えるが、手は貧相な体に比して大きく、力強そうだ。我慢できずに、あのう、と言いかけた時、背後から女の声がした。

「先生、危ないですよ」

崖下の男にも声が届いたらしく、緊張で身を固くしているのがわかる。

ゆっくり振り返ると、蟹江が売店横の出入り口に立って、西陽を避けるために手庇をしながら、こちらを見ていた。汚れたピンク色の塩化ビニール製サンダルを履いた蟹江の足が、草を踏みしめて近付いてくる。

「飛び込むんじゃないかと思いましたよ」

蟹江は欠損した前歯を剝き出して笑い、胸を撫で下ろしてみせた。

「まさか。下がどうなっているのか見ようと思ったんです」

私は柵から離れて、蟹江の方に歩いて行った。蟹江は立ち止まり、手庇を下ろして私の顔を見上げた。目尻の垂れた顔には、何の悪意も感じられない。

「あの柵は朽ちているからね。気を付けてくださいよ」

はあ、と私は曖昧に頷いた。だったら直せばいいのに、という言葉が口を衝いて出そうになった。

「もうじき夕飯だから、お部屋で待っててくださいよ」

蟹江はそう言って、厨房に引き揚げて行った。蟹江が建物に入ったのを確かめてから、私は元の場所に戻り、崖下にいるＡ45に小さな声で謝った。

「すみませんでした」

やはり、返答はなかった。


蟹江がタイミングよく現れたのが不思議で、部屋に戻りながら、それとなくあちこちを見回して、監視カメラを探した。が、よほど巧妙に仕掛けられているのか、見付けることはできなかった。

さっきのは蟹江の親切心か。それとも、どこかで誰かが私を監視していて、崖に近付き過ぎているから、近くにいる蟹江に様子を見に行くよう指令を出したのだろうか。しかし、Ａ45の言うように、私たちが身を投げてくれた方がいい、と彼らが考えているのだとしたら矛盾する。私がＢという階層に属しているから、死に至る必要はないと考えているのかもしれない。階層。思わずそんな語が頭に浮かんだ自分に、ぎょっとする。

あれこれ思い悩んでいるうちに、こんなところにいつまで居られるのか、自信がなくなった。たった三週間の滞在で済むなら、身を縮めてやり過ごすこともできるかもしれない。が、それ以上続くなら、神経がやられるだろう。私は、突然放り込まれた監獄のような環境にも、多田との不毛な論争にも、疲れ果てていた。

部屋は病室と同じだ。施錠もできないし、家具もほとんどない。ベッドと小さなソファセット、デスク。いや、病室の方がはるかに自由だろう。ネットに接続できるし、電話で話すことも、メールやＬＩＮＥもできる。テレビだって見られるし、冷蔵庫もある。しかし、私のこの部屋では、寝る以外にすることがない。

私はデスクの上に置きっぱなしになっていたバッグの中身を点検した。財布もスマホも鍵も化粧ポーチもタオルハンカチもティッシュも、元通り入っていた。まずは、財布の隠し場所を探さねばならないが、蕎麦殻の枕の下にでも入れる他はない。

頭の下に長財布の存在を頼もしく感じながら、ベッドに横になる。Ａ45と名乗った男と、三階の部屋から私を見ていた男。少なくとも、二人の仲間がいることは確認した。Ａ45は、ここに常時二十人はいる、と言っていたから、他にどんな人間が囚われているのだろうか。彼らと会える夕食時が楽しみだった。

少しうとうとしかかった時、ノックの音がした。どうせ秋海か蟹江だろう。ドアには鍵がかかっていないのだから、入りたければ勝手に入ればいい。私は返答をせずに、薄暗くなった部屋に横たわっていた。

「失礼します」

案の定、私の返事を待たずに、秋海が入ってきた。両腕に灰色の服を抱えている。Ａ45が着ていた物と同じようだ。私は物憂く半身を起こした。

「ここ、暗くないですか？」

秋海が勝手にドア横にあるスイッチを押した。天井の真ん中に据えられた蛍光灯がぼわんと点く。日暮れて薄暗かった部屋が、夜の様相を帯びて、侘しく浮かび上がった。私は、照明に監視カメラが付いているのではないかと思って、わざと点けていなかったのだ。

秋海は、私が多田と論争したことを知っているから、私が不貞寝（ふてね）していると思っているのだろう。デスクの上に、灰色の服を乱暴に置いた。まるで小学校の机のような小さなデスクは、灰色の服でいっぱいになる。

「こちらに着替えてから、食堂に来てください。これは所内での制服ということになっていて、常時着用が義務づけられていますから、必ず守ってください。あと、部屋の外に出る時は、帽子の着用もお願いします。女の人は髪の毛を帽子の中に入れるようにしてください。縛る物がないなら、ゴムをお貸しします」

秋海が無造作に結んで輪にした、黒いゴムを見せる。太いので、結び目がやけに目立った。だが、私の髪は短いから必要ないと思ったのだろう。ちょっと見せただけで、すぐにポケットに仕舞った。

「靴は？」と訊く。

「自由です」

秋海は、ベッドの下に脱ぎ捨てた私のスニーカーをちらりと見遣って答えた。A45がビーサンを履いていたことを思い出し、彼はビーサンしか持っていないのだろうかと心配になった。

「六時三十分に食堂ですから」

私は返事をしなかった。事務室での秋海の態度に、まだ腹を立てていた。

秋海が乱暴にドアを閉めて出て行った後、私は灰色の制服をデスクの上に広げてみた。ゴムの入った太目のズボンと、打ち合わせのゆったりした上着は、去年初めて経験した人間ドックの診察着のようだが、固く糊付けされているせいで、診察着よりもはるかに着心地が悪そうだった。

監視カメラを怖れて、狭いトイレで制服に着替えた。トイレには顔も洗えないような小さな手洗い器が付いている。備え付けの錆の浮いた小さな鏡を見ながら、キャップも被ってみた。私はたちまち、無個性な工員のようになってしまった。

全員がこの格好ならば、男女や老若は判別できても、どこの誰かはわからないだろう。しかし、私服を取り上げられないだけ、まだ帰る希望があった。私は再び着る日のために、脱いだジーンズとTシャツを丁寧に畳んで、椅子の上に置いた。

六時半に、秋海の言葉通りアナウンスがあった。

「B98番、食堂に下りてきてください」

放送しているのは、多田のようだ。『先生の作品が下品なんです』と勝ち誇ったように言った顔が思い出され、無性に腹が立った。「うるせえ、バカ」と、悪態を吐く。

ドアを開けると、廊下に秋海が立っていたので驚いた。ドアの前で、中の様子を窺っていたのかと不快になる。今の悪態を聞かれたかもしれない。

「ずっとそこにいたの？」

秋海はそれには答えず、看守のような物言いをした。

「髪、はみ出てます」

私はむっとしたが、口論になっても消耗するだけなので、黙って髪を帽子の中に押し込んだ。階下には、魚の煮付けらしい生臭く甘辛い匂いが漂っていた。私は魚の煮付けが大嫌いだ。が、私の意に反して腹が鳴る。驚くほど空腹だった。

食堂は、昼間見た時とテーブルの配置が違っていた。入り口から見て左右の壁に、長テーブルがぴたりと寄せられて、灰色の服を着た人々が壁に向かって座り、食事していた。互いの間には、ベニヤ板の仕切りのような物が立てられて、前も両横も壁という窮屈な状態だ。

この風景は、私がよく利用する、あるチェーンの中華定食屋を思い起こさせた。そこは一人席用の間仕切りがあるので、酔ったオヤジやうるさい子供などを気にせず、餃子をつまみにビールが飲める。が、勿論、この食堂には食事の楽しみなんかない。囚人としか言いようのない灰色の服を着た人たちが、がつがつと食べている。

ざっと見渡したところ、私も入れて十数人だろうか。A45が、常時二十人はいる、と言っていたからには、時間制で食べさせているのだろう。私はA45の姿を探したが、皆同じ服装で壁を向いているから、まったく見分けがつかなかった。

女性が三、四人混じっているのは、素早く見て取った。帽子を被らされているので、年齢はわからないが、鶏のように痩せた女は、帽子からはみ出た白髪から見て高齢らしい。他の三人は中年、もしくは私と同程度で、一人はかなり肥満していた。

私は何とか誰かと話してみたいと願った。しかし、食堂には奇妙な緊張感が漂っている。誰もが押し黙って、夢中で食事をする風景は異様だった。

立ったまま呆然と眺めている私の肩に、誰かが手を置いた。

「あなたの場所はここです。食べ終わったら、右手を挙げて合図してください」

初めて会う若い男が、無表情に入り口に近い方のテーブルを指差した。ベニヤの間仕切りの左側に、「Ｂ98」とマジックで番号を書いた白い紙が貼ってある。そのまま、他の入所者を観察していたかったが、男が椅子を引くので、仕方なしに腰掛けた。

その男は、白いＴシャツから出た首がまっすぐで、見事に陽に灼けていた。多田や東森、西森たちと同じアスリート種族だろう。彼らは、私たちが肉体的にも運動能力的にも精神論的にも、醜く弱く根性なしだと軽蔑している。

男の名札には、「おち」と平仮名で書いてあった。「おち」のデニムのエプロンには、不潔な脂染みがいくつも飛んでいる。

与えられた席に着くと、秋海が白い盆を運んできて目の前に置いた。椀も皿も丼も、すべてがつるつるしたプラスチックの食器である。箸だけは木製で黒ずんでおり、不潔な感じがした。

冷えて分離した味噌汁には、丸い麩とほうれん草がほんの少し浮いていた。ついでに作ったとしか思えない、ほうれん草と人参のおひたしが少量入った小鉢。メインディッシュは、得体の知れない白身魚の煮付けだ。茹で過ぎてぐったりしたブロッコリーが、二株添えられている。そして、米飯が丼に一杯。温(ぬる)い番茶が一杯。これが夕飯のすべてだった。丼飯さえ控えれば、見事にダイエットに成功しそうなメニューだが、精神的に参っている身には、どうにも耐えられない質と量だった。

食事を終えた者が手を挙げ、「おち」か秋海が護衛のように、それぞれの部屋に送って行く。盆を下げるのは、蟹江の役目だ。そして我々は、部屋で風呂の順番を待つことになるのだろう。

私はなるべく仲間の観察を続けるために、ゆっくり食べることにした。飯をひとつまみずつ口に入れ、ほんのちょっとだけ口に含んだ味噌汁で流し込む。しかし、空腹が止まらず、次第に皆と同じようにがつがつ食べていた。

先に男たちが食べ終わり、「おち」が順番に部屋に連れて行く。私は彼らの姿をひと目でも見ようと努力したが、どんなに横目を使っても不可能だった。彼らもまた、新入りの私に興味を抱いている様子だが、「おち」や秋海がしっかり私の後ろに立って、彼らの視線を遮るのだった。「おち」と秋海が同時に食堂を空けざるを得ない時は、厨房から蟹江が現れて私たちを監視する。

しかし、僥倖（ぎょうこう）と言ってもいいチャンスが、一回だけあった。

「おち」が食堂を出て行った後、秋海が盆を下げようとして、プラスチック製の湯呑みを滑らせて落としたのだ。派手な音がして、残った茶が床に飛び散った。秋海が慌てて厨房に雑巾を取りに行った時、一瞬だけ、誰もいなくなった。

私は背中を伸ばすふりをして、右横の仕切りの向こう側を覗き込んだ。八十センチほど隣には、女性の入所者がいる。彼女は、時折溜息を吐きながら、液体を啜る音を立てていたから、意識していたのだ。

覗き込んだ私の視線を感じたのか、茶を飲んでいた女が顔を上げてこちらを見た。私たちは、一瞬だけ見つめ合った。歳の頃は四十代半ばか、それ以上。私より年上の、美しい女だった。どこかで見たことのある顔のような気がしたが、誰かはわからなかった。長い髪を纏めて帽子に押し込んでいるようで、細いうなじに後れ毛が数本垂れている。

「ふろ」

小さな声だったが、はっきりと女が言った。「風呂」と聞こえたが、どういう意味だろう。聞き返そうにも、ちょうどその時、秋海が雑巾を持って蟹江と厨房から出てきたので、叶わなかった。だが、風呂に行けば、何かあるのかもしれない。重要な示唆だ。私は動悸を抑えて俯いた。

その時、隣の女がすっと手を挙げた気配がした。「食事終了」の合図だ。

「ちょっと待っててよ。こっちも大変なんだから」

秋海がぞんざいに言って、蟹江に雑巾を手渡したようだ。やがて、秋海が隣の女を連れて行こうと横に立った。私も慌てて右手を挙げる。

「あんたも？」

うっかり答えそうになったが、私は手を挙げたまま黙って俯いていた。食堂に漂う緊張感から、言葉を発してはいけないのだと、何となく悟っていた。

話しかけたのは、秋海の罠かもしれない。おそらく、一語でも話せば減点されて「刑期」が延び、互いに言葉を交わせば、「共謀罪」となる。

「あんたは次に連れて行くから」

秋海が隣の女と出て行くと、入れ替わりに「おち」が戻って来た。蟹江とひそひそ話している。どうやら、床を拭き終わった蟹江が、私を部屋に連れて行くことになったらしい。蟹江は秋海より話しやすいから、これも僥倖だった。

食堂を出た私は、急ぎ足で階段を上った。

「ちょっと待って。早いから」

太り気味の蟹江が、息せききって追いかけてくる。

「すみません、トイレに行きたくなっちゃって」

嘘を吐いて、二階の廊下まで一気に駆け上がった。ちょうど廊下の向こう端の部屋に、秋海が隣席の女を送り届けているところだった。ドアが開いて、女が入って行く。秋海は私が見ているのに、気付いていない。私は目を伏せて見ないふりをしたが、女の部屋の位置はしっかり見届けた。

「蟹江さん、ちょっと聞きたいんですけど」と、振り向いて話しかける。

「何？」

蟹江は食堂に戻ろうと気もそぞろだ。

「食堂で喋っちゃいけないんですか？」

「ほんとは、ここでも駄目なのよ」

「そういうことは教えてもらわないとわからないから、蟹江さんだけが頼りです」

媚びると、蟹江は笑いながら肩を竦めた。

「みんな娑婆じゃ、『作家先生』なのにね」

娑婆。ここはやはり監獄だ。

「お風呂の順番も決まっているんですか？」

「そう」蟹江が頷く。「あんたは新入りだから最後。でも、女の人は少ないから、すぐに入れるよ」

「なら、よかった」

私はそそくさと部屋に入ってドアを閉めた。部屋の前を通り過ぎる秋海の横顔を見たくなかったからだ。

「ああ、疲れたあ」伯母に遠慮なく愚痴る秋海の声が聞こえる。「おばちゃん、食堂にあと何人残ってるの？」

「あと二人かな」

「あの爺さん婆さんでしょう？　早く食えって言うんだよね。もう何にも食べる物残ってないのに、最後の一粒まで食いやがって、未練たらしいんだよね」

蟹江の返事はあいにく聞こえなかった。うっかり監視カメラの存在を忘れて、ドアに耳を付けていた私は、慌ててドアから離れた。

風呂の順番はなかなか回ってこなかった。呼ばれるまでの間、私は監視カメラを意識しながら、コンセントを見付ける作業に没頭した。

今日一日で、私のスマホのバッテリー残量は、六十八パーセントに減っていた。スマホの充電ができなくては、翼をもがれたも同然だ。この建物内では電波が通じないが、外にスマホを持って出ることができれば、いつかは誰かに連絡できるはずだ。スマホは命綱だった。

しかし、部屋にコンセントはひとつもない。照明は天井にひとつきりで、トイレも同じだ。充電するには、夜中に食堂か事務室に忍び込んで、盗電するしか方法はない。

それにしても、隣席の彼女が「ふろ」と言ったのは、どういう意味だろうか。風呂場に何か女性だけの隠し場所があって、そこに情報が共有されているのかもしれない。早く行って確かめたくて、うずうずした。

「B98番、入浴の順番です」

やっとアナウンスがあったのは、すでに八時半を回っていた。多田ではなく、聞いたことのない塩辛い中年男の声だった。夜のシフトに替わったのだろう。

ドアを開けると、果たして秋海がうんざりした顔で立っていた。朝から仕事をしているのだろうから、十二時間勤務だ。愚痴のひとつも出るだろう。

「まだ働いてるの。ブンリンは、とんでもないブラック企業ね」

私は厭味を言ってやったが、秋海は欠伸で返しただけだった。

風呂は、食堂の向かい側の狭い通路に男湯、女湯と対してある。男湯は廊下の奥側、つまり売店の向かいにあり、女湯は手前にあたるが、男湯の半分しか間口がない。残り半分は洗濯室になっているようだ。

「なるべく早く出てください」

秋海の声を最後まで聞かず、私は風呂場の引き戸を開けて中を見た。六畳間ほどの大きさで、脱衣場と風呂場の割合は一対二くらいか。御影石風の風呂は予想に反して立派だが、タイル張りの洗い場は狭く、シャワーがひとつあるだけだ。

脱衣場には洗面台と薄汚れた大きな鏡。どうやら、ここで歯も磨いて帰れということだろう。棚には、プラスチック製の脱衣籠がひとつ。隅に、旧式の二槽式洗濯機が置いてあった。あまり使われていないのか、埃を被っていた。

どこにもメッセージなど隠すところはなさそうだ。私はがっかりして、灰色の制服を脱いで、脱衣籠の中に入れた。鏡に映る全身を眺めて溜息を漏らす。その時、鏡に洗濯機が映ったので、急に気が付いた。

「これだ」

思わず声が出た。洗濯機に走り寄り、裏に回ってコンセントを確かめる。アース線は埃まみれだったが、電源プラグに埃は付いていない。

女たちは、皆ここでスマホや携帯に充電しながら、風呂に入っていたのだろう。だから、風呂の順番がなかなか回ってこなかったのだ。充電には、最低でも三十分はかかるから。明日、風呂に入る時は、こっそりスマホと充電器を持ち込もう。そう思ったら、急に元気が出てきた。

他に何かメッセージがあるかもしれない。女にしかわからない隠し場所に、有益な情報はないか。彼女が新入りの私に教えてくれたのは、充電場所だけだったのだろうか。

私は洗濯機の中を覗き、ゴミ取りネットの中を見、底を手で探り、裏を覗いた。何もないので落胆し、諦めて風呂に入った。洗い場に置いてある石鹸に何か刻まれていないかと、じっくり手に取って眺めたほどだ。しかし、何もなかった。

ちびた石鹸で体を洗い、安物のシャンプーで髪を洗う。いくら何でも、そろそろ上がらないと怪しまれるだろう。風呂から上がって体を拭いている時、明かり取りの嵌め殺しのガラスに、落書きのような字が書かれているのに気付いた。しかし、湯気で流れてしまって判読できない。彼女が言いたかったのは、このことかもしれない。私が気付かずにのんびり風呂に入っていたので、消えてしまったのだ。明日から、風呂場に入ったら真っ先にガラスを見ることにしよう。

私は風呂の縁に立ち上がって、判読できなくなった文字らしきものを掌でこすって消した。この土地に到着した時から、暗い思いで押し潰されそうだったが、ようやく明るい光が前方に見えたような気がする。

脱衣場で体を拭いていると、断りもなしに突然、蟹江が入ってきたのでびっくりした。

「遅い。掃除しなきゃならないから、早く出てくれる？　こっちも十時までには、仕事を終えたいのよ」

蟹江が疲れた様子で怒鳴るように言った。

「服を着るまで、ちょっと待ってて」

「いいよ」

そう言いながらも、蟹江はジーンズの裾をめくり、裸足になって風呂場に入って行く。桶を片付け、湯を抜き始めた。蟹江は洗濯機のコンセントの存在に気付いていないのだろうか。私は充電をしているわけでもないのに、はらはらした。

もし、若い秋海が風呂掃除の担当だったら、脱衣場で容易にスマホの充電ができることにすぐ気が付いただろう。私たちは危ない綱渡りをしているのだ。

急いで灰色の制服を着て、濡れ髪はタオルを巻いたままで、外に出ようとする。また部屋まで付いてくるのだろうかと蟹江を見たが、難しい顔で風呂掃除を始めた蟹江は、振り返ろうともしない。

「部屋に帰りますけど、いいですか」

後で勝手な行動をしたなどといちゃもんを付けられて、共謀罪をでっち上げられると困るので、一応断りを入れると、蟹江が面倒臭そうに怒鳴った。

「廊下に監視カメラがあるのよ。何やったってすぐにばれるからさ、まっすぐ部屋に帰ってくださいよ」

「わかりました」

廊下は薄暗い。煮魚の生臭いにおいが、まだ微かに漂っていた。急に喉が渇いて、私は風呂場に引き返した。厨房で冷たい水を貰えないか、蟹江に訊いてみようと思ったのだ。甘えだとわかっていても、冷たい水が飲みたかった。

蟹江は風呂の縁に上って懸命に背伸びし、明かり取りのガラスに付いた水滴を雑巾で拭き取っているところだった。サインに気付いたのか。一瞬、肝が冷えた。

だが、蟹江は驚いた様子で、戻ってきた私を見た。その表情に邪気はない。

「忘れ物？」

「喉が渇いたから、水が飲めるところ、知らないかなと思って」

「部屋に水道あるよ」

蟹江はにべもなく答える。部屋の水道とは、トイレの手洗い器の小さな蛇口のことだ。この療養所にいる限り、私たちは潮と土の臭いのする温い水しか飲めない運命らしい。自宅の冷蔵庫に入れてある缶ビールを恋しく思った。あるいは、多田の部屋で飲んだ、氷入りのミネラルウォーターを。

狭い廊下を隔てた男風呂は真っ暗で、何も聞こえてこなかった。私が男風呂の方を眺めていると、廊下側から見知らぬ男が顔を出して、懐中電灯で私を照らした。まだ照明が点(とも)っているのに、懐中電灯はないだろうと顔を顰めた。ごつい体型をした中年男は、少しも意に介さない。紺色のガードマンの制服を着ている。

「部屋に戻りなさい」

「今、戻るところです」

蟹江と話す調子でうっかり答えてしまい、はっとしたが、ガードマンは何も言わなかった。黙って後をついてくるので、私は洗面道具を持ったまま、階段を上った。そのまま勘違いしたふりをして、二階の廊下を奥に進む。ガードマンは私の部屋の場所を知らないらしく、数歩後を歩いてくる。

通り過ぎた部屋から、歌声が聞こえた。誰かが、英語の歌を歌っている。オールマイラビング、と聞こえる。ビートルズか。いい気なものだ。歌っているのは、老婆か太った女か。食堂で見かけた女たちを思い起こす。

しかし、冒険もここまでだった。私は慌てて引き返して、自分の部屋のドアを見付けた。ガードマンは何も言わずに懐中電灯を消した。

髪が乾くまでの間、私は持ってきた本を読んだ。夜半になって風が強くなったのか、風力発電のタービンが回る音がした。ウィーンという唸りが聞こえて、空気がわずかに振動しているのがわかる。その時、照明が消えた。

「皆さん、消灯時間です。早くおやすみください」

このアナウンスは、あらかじめ吹き込まれているらしく、多田の取り澄ました声だった。スマホで時間を確認すると、まだ午後十時。夕飯の丼飯を完食したはずなのに、空腹でたまらないのは、精神的飢餓と生命維持の本能だろうか。食堂で誰もががつがつと貪るように食べていたのが奇異だったが、私も同じようになるのだろう。

だが、私には希望があった。ベッドに横たわり、暗闇をスマホの明かりで照らす。そして、音楽を聴いた。バッテリーの残量が少ないので極力使わないようにしようと思ったが、充電できるのなら使い道はたくさんある。

明日か明後日、制服に何とかスマホを隠して海縁に行ってみよう。それに運悪く失敗したところで、三週間我慢すれば「娑婆」に戻れるではないか。そう思うと、心が弾んだ。

5

療養所での初めての夜、私はコンブの夢を見た。

夢というものは奇妙で、焦ったり慌てたりしているくせに、これは夢の中の出来事だと、どこかで得心していることがある。

また、まったく思ってもいない人物が登場して、自分の脳味噌の襞に潜んでいた意外な拘りに仰天したりもする。

その夢は悲しくて遣りきれないものだったのに、その類だったから、私は目覚めてから、コンブを思い出して泣き、また、苦く笑ったりもしたのだった。

目覚めた後の夢は、まるで揮発するかのように薄れてゆくのが常だ。だから、私は固いベッドの上で、必死にその夢の細部を思い出そうとした。もうコンブには、夢の中でしか会えないことがわかっていたからである。


私はA45のいた崖っぷちに立って、困り果てていた。真下の階（きざはし）にはコンブが蹲（うずくま）って、助けを求めるように私を見上げては、時折にゃあにゃあと声を上げていた。

ほら、コンブは死んじゃいなかった。私は喜んでいるのだが、いくら手を差し伸べても、蹲る猫には届かない。

遥か下方からは、崖に打ち付ける波の音が、どーんどーんと大太鼓を打ち鳴らすように聞こえてくる。しかも、今にも陽が落ちて一気に暗くなりそうだから、不安も募っている。

私は、コンブの力ない鳴き声に向かって、「じっとしてて、落ちないでね」と、力の限り叫んでいるのだが、為（な）す術（すべ）はなく、どうしたらいいかわからずに途方に暮れていた。そこまではリアルだった。

「紐かなんかを垂らしてみたらどうかな」

振り返ると、金ヶ崎有がいつの間にか背後にいて、私に言うのだった。有は腕組みをして、何ごとか考えている風情である。家でよく着ていたジャージのようなものの上に、半纏という珍妙な姿だ。

紐なんかどこにあるのか。周囲を見回すと、売店横の出入り口から、「りてらり」の担当編集者、辻岡がこちらにやって来るのが見えた。いつも着ている黒いよれよれのジャケットにダメージデニム、という私の嫌いな格好をしていた。

「ねえ、紐的なもの持ってる?」

私は辻岡の出現を不思議とも思わずに訊ねた。自分が「紐的」と言ってしまったのは、夢の中でさえも気恥ずかしく思ったせいで、妙にはっきり覚えていた。

辻岡が意気揚々と差し出したのは、白地に黒い文字で、「CHANEL」とロゴの入った幅広のリボンだった。CHANELで買い物をすると、黒い箱にこの白いリボンを掛けてくれると教えてくれたのは、いったい誰だったろう。辻岡でないことは確かなのに、辻岡は自分の金髪に染めた硬い頭髪を指差して言う。

「マッツさん、このリボンでカチューシャ作ると、可愛いですよ」

確かに辻岡のベリーショートにした金髪頭には、CHANELのロゴが入った白いカチューシャが嵌っていた。その頭蓋に沿った円いカーブを、私はぼんやりと眺めながら、何でそんな暢気なことを言っているのだろう、と内心苛立っている。その苛立ちには、今回の「召喚」に関して、辻岡がちっとも力になってくれなかったことへの恨みも入っていたのだと思う。

私は辻岡から白いリボンを受け取って、崖から垂らそうとした。だが、風でリボンはひらひらと舞い、思うように下には落ちない。重石にする石を探そうとしたが、果たして、リボンを下に垂らしたところで、どうやってコンブはこの崖を這い上がれるのだろう。どう考えても無理だった。しかし、やるしかない。私は絶望に打ちひしがれながら、適当な石ころを探している。と、このように他人に話したところでしょうもない、なんともまとまりの悪い夢だった。

しばらくの間、私はコンブを思い出してさめざめと泣いていた。コンブは間違いなく死んだのだ。飼い主の私が後顧の憂いなく、この療養所にいられるように。では、金ヶ崎有も、コンブ同様、私をここに閉じ込めるために死んだのだろうか。

この論理の飛躍が、私がすでにまともな思考ができなくなっている証左に違いない。自分は正気だという自信が揺らぐ。

有は、コンブと一緒に、東中野の私の部屋に入り込んだ。まさしく、猫のような男だった。家に入りたそうにしている時は、哀れな声を出していじらしく、可愛いらしげに振る舞ってはいたものの、いったん入り込めば、あっという間に居場所を確保して、私が呼んでも近寄ってこない。

骨細のしなやかな体。ちろちろとピンクの舌先でアイスを舐め、揃った小さな白い歯で肉片をちぎって食べる様。ざらつく舌までが、猫に似ていた。

自分から私のベッドに入ってきながら、「金が先」と手を出された時は、冗談でなく、この男は本気なのだと唖然とした。

それでも、一年間一緒に暮らしたのは、彼が猫のように身勝手でいながら、ヒモとして堂々と暮らす様が、友人たちの言うがごとく、はじめは可愛く感じられたからだろう。だが、コンブと違って、有は人間の男だから、次第に疎ましくなった。邪険にしているうちに、有はコンブを置いて出て行った。私は有が出て行ってくれてほっとしたが、突然去られた屈辱は、少しの間、私を蝕んだのだった。

コンブと有。紐とヒモ。その連想から、私の脳味噌は、有を夢に現したのだろうか。まさか。何という論理の飛躍。私は狂い始めているのではなかろうか。

それにしても、有は自殺なんかするような男ではなかった。また、母親と偽って、あんなメールを寄越すような狡賢さもなかった。

では、あのメールは誰が書いたのか。私たちのことを知っている誰かに違いない。私はメールの文面を思い出して、苦笑いを凍り付かせる。

外はもう明るくなっているのが、遮光カーテンの隙間から見て取れた。昨夜は十時に消灯のアナウンスがあったのに、朝は誰も何も言ってこない。腕時計を薄明かりの中で見ると、午前八時を少し過ぎていた。

ベッドでだらだらしていたせいで、朝食を食べ損ねたかもしれない。私は慌てて起き上がった。生命維持の危機を感じたのか、脳が胃を満たせと叫んでいる。同時に、ドアがノックされた。

「はい」とドアを開けると、アルミの盆を持った秋海が、仏頂面で立っていた。

グレーのジャージ姿で、これから走りにでも行くのか、白いスニーカーを履いて、首にタオルを巻いている。

「朝ご飯です」

盆を強い力で押し付けられた勢いで、すみません、と思わず謝ってしまったのが悔しい。秋海は、何も言わずに踵を返した。

質素な朝食だった。学校給食のような、ビニール袋に入った食パンがふた切れと、小さな茹で卵がひとつ。それに、茹で過ぎて色の悪くなったブロッコリーが二株。紙パックの牛乳。塩の入った小袋と、マーガリンらしき銀色の小さな四角い包みがある。盆の上には、コンビニでくれるようなプラスチック製のフォークが置いてあった。

私はがっかりしながら、カーテンを引いて外を見た。目の前の小山の背後から、朝陽が昇っていた。この建物は山陰になっているから、朝陽は当たらない。午前中はきっと薄暗いだろう。ここは、日没の時にしか輝かない建物なのだ。

小山の上の風力タービンが回るのを見るのが嫌で、私はカーテンを閉めた。薄暗い中で茹で卵の殻を剝く。

溶けかかったマーガリンは、脂臭かった。きっと入所者全員を動脈硬化にして、殺すつもりなのだろう。だが、空腹だった私は、プラスチックのフォークでパンに塗りたくり、全部食べてしまった。

私は今に、どんなものでも、「うまい」と舌鼓を打って、いやしく貪り食べるようになるのだろう。あるいは、誰かの本で読んだように、マーガリンを顔や唇に塗って、油分を補給するようになるかもしれない。食物だけでなく、これまでごく当たり前に使っていた日用品の欠乏に苦しむのは嫌だった。

ほんの十分で食べ終わった私は、何もすることがないので再びベッドに横たわった。すると、乱暴なノックの音がした。

「食事、終わりました？」

「おち」が顔を出して訊ねた。

「おち」の顔を、初めて正面から見た。首の長いアスリート体型をしているが、両目の間隔が広くて鼻が大きく、愚鈍そうに見える。

「終わりましたよ」と、突っ慳貪に答える。

「ちょっと暗いので点けます」

「おち」が照明を点けたので、私は布団を頭から被った。

「おち」が、デスクの上に置いたアルミ盆のもとにまっしぐらに向かう気配がする。

「起きたら、カーテンを引いてください」

「おち」が遮光カーテンを力を籠めて引いた。

「わかりました」

布団の中から、くぐもった声で答える。

「明日から、食べ終わったお盆は廊下に出しておいてください」

「おち」がドアを開けながら言った。

「朝ご飯は自由に食堂に行っていいんですか。何も言われなかったから、気付かないで寝てましたけど」

私が布団から顔を出して訊ねると、「おち」が草食動物を思わせる長い首を振った。

「今朝は部屋で食べて頂くことになりました」

「いつもそうなんですか？」

「毎回、違います」

その都度違うということか。今朝はこうして朝食が配られるだけなのだ。「風呂」と示唆してくれた彼女に会いたかったので、私は密かに落胆した。まるで、私の思惑がわかっていたみたいではないか。

「じゃ、お昼はどうするんですか？」

「お昼は食堂で食べて頂きます。順番で呼ばれます」

「それまで、何をしていればいいのかしら」

「いずれ、説明があると思いますよ」

「おち」は目を合わせずに早口で言い、そそくさと出て行った。プラスチックのフォークや、余った塩の袋などを取っておけばよかった、と思ったが後の祭りだ。

トイレにある小さな手洗い器で、水をざぶざぶと床にこぼしながら、顔を洗い、歯を磨いた。

スマホのスイッチを入れて、電話やメールを試してみる。だが、無駄にバッテリーを浪費しただけだった。次に、Ｗｉ‐Ｆｉのパスワードを入れてみる。ＢＵＮＲＩＮ、ＳＨＩＣＨＩＦＵＫＵＪ

ＩＮＨＡＭＡ、７ＧＯＤＳＢＥＡＣＨ、ＴＡＤＡＮＯＢＡＫＡ。エトセトラ、エトセトラ。どうやっても、ヒットしない。バッテリーの残量が心配になったので、スマホを消して目を閉じた。

部屋のスピーカーから呼ばれたのは、小一時間後だった。

「Ｂ98番にお知らせします。所長室においでください」

多田に会うのは苦痛だった。ぐずぐずしていたが、どうせ秋海が来て急かされることを思うと起きざるを得ない。

私はのろくさとパジャマを脱ぎ捨て、支給された灰色の服を着た。帽子を被って部屋のドアを開けると、西森がすでに廊下で待っていた。白いポロシャツに灰色のパンツ。陽に灼けた顔色が、廊下の暗がりに溶け込んで目だけが白く、不気味だ。

「おはようございます。これから所長室に行きます。所長が日常的なことについて話されたいそうですので、どうぞついてきてください」

私は無言で西森の後をついて歩いた。他に廊下を歩いている者はいないかと、そっと横目で窺ったが、二階は静まり返って誰もいなかった。皆、部屋で何をして時間を潰しているのだろう。

一階の事務室に入ると、大画面の壁掛け式テレビが音声を低くして点けられていた。

東森と秋海と「おち」の三人が、生真面目な顔で画面を凝視している。テレビでは、ワイドショーの出演者たちが何やら怒っていた。有名人の不倫問題を報じているらしい。馬鹿馬鹿しく感じたが、三人は真剣な表情だ。

東森が振り返って、私たちの方を認めてから、慌てた様子で立ち上がった。

「ちょっと待って」

所長室に入るのを制された西森が立ち止まる。

「バッティング、バッティング」と、東森が叫んだ。

西森が私の肩に手を置いて、入り口に引き返そうとした時、奥の所長室のドアが開いた。灰色の服を着た男が、所長の多田と一緒に笑いながら現れた。

男は帽子を被らずに手で持っていたので、顔をはっきりと見ることができた。私の知っている男だった。もっとも、男の方は帽子を被った私が誰かわからない様子で、顔を見ようとしたが、多田に止められた。

「ほらほら、見ちゃだめだってば」

多田が笑って、男の脇腹を小突いている。男もくすぐったそうに身を捩って笑った。彼らの馴れ合った口調と態度に吐き気すら覚えた。

「後ろ向いて」

私は西森に部屋の隅に引っ張られて行った。が、私は体を捻って男の方を振り返った。東森が急いで、男を連れ出そうとしている。秋海はワイドショーをリモコンで消音し、険しい顔で私の方を睨みつけた。

とうとう知り合いを見つけた私は有頂天だった。味方を見つけて嬉しかったのに、彼が所長と笑い合っていたのが気になって仕方がない。なぜなら、彼は私に召喚状など捨ててしまえと言った張本人だった。時代小説家の成田麟一。

『馬鹿馬鹿しい。そんな手紙、捨てちまいなさい。読者からの文句なんて、作家に黙って出版社が処理すりゃいいんですよ』

成田は病気ではなかったのか。ここに収監されていたのなら、なぜ多田と笑い合って平気なのだ。私は思わず声をかけていた。

「成田さん」

出て行く寸前だった成田は、ぎょっとしたように私の方を振り返った。明らかに、私だと認めた様子で顔を背ける。

「成田さん、病気じゃなかったんですか」

成田が東森に引っ張られるようにして、事務室を出て行く。

「口を利くんじゃない」

西森に遮られて、私は逆らった。

「あんたに何の権利があって、そんなことが言えるんですか」

西森に食ってかかった。初対面の時から、西森は気に入らない。人を小馬鹿にしたような態度も、情報を公平に伝えないところも、顔も体も態度もすべてが嫌いだった。西森はアンフェアな男だ。

「反抗的態度、減点2」と、西森が叫ぶ。

心の中で、これで減点5だから五週間になった、気を付けろ、という声が聞こえたが、私は怒りのあまり、自分を抑えることができなかった。強い力で私の腕を押さえつけている西森の手を振り解こうとして、揉み合いになる。

「いい加減にしてくださいよ、先生」

多田が腕組みをして、私の前に立った。

「いい加減って何ですか」

「暴れないでください」

「知り合いに会ったから、声をかけちゃいけないの？　そのくらい、自由でしょう。それとも、ここは刑務所ですか。私がどんな悪いことしたって言うんです？　そもそも、刑務所だって、起訴されて裁判があって刑が確定して、初めて収監されるんじゃないですか。どうしていきなり、私たちの自由を奪うんですか。あんたにそんな権利があるんですか」

「また、その話ですか。わからずやだなあ」

うんざりしたように多田が目を剝いてみせた。西森と秋海があからさまに私に向かって嘲笑するように、にやにや笑う。私はこの部屋にいる四人の男女に、殺意と言っていいほどの黒い思いを抱いた。

「汚い手を離してよ」

私は西森の手を振り解き、逃げようとした。「おち」と西森が素早く回り込んで、私の両腕をそれぞれがしっかり摑む。私は動けなくなったまま、多田と対峙した。

「はっきり言いますよ、先生。ここは刑務所ではありません。療養所です。私たちは刑吏ではありません。私たちは療養所の事務方です。いずれ、医者も出勤してきますから、後で紹介しますよ。そしたら、ここが療養所だって、先生にもおわかりになるでしょう。ここはね、先生方に今後もっといい仕事をして頂くための療養施設です。なぜなら、ここにおられる先生方は偏向しているのに、平気でそれを垂れ流している。異常なことを書いて、平気で金を稼いで暮らしている。そういうのを治してほしいんですよ。糺してほしい。先生方が無責任に書くから、世の中が乱れるということがわかっていない。猥褻、不倫、暴力、差別、中傷、体制批判。これらはもう、どのジャンルでも許されていないのですよ。昨日は言いませんでしたが、先生は文芸誌の対談で、政権批判もされてますよね。いえ、否定しても証拠がありますから。私たちは、ああいうことはやめて頂きたいんです。ええ、心の底から。作家先生たちには、政治なんかには口を出さずに、心洗われる物語とか、傑作をものして頂きたいんですよ。映画の原作になるような、素晴らしい物語をね。先生はどうして書けないんですか。ノーベル賞とは言いませんから、せめて映画原作くらいの本を書いてくださいよ。何であんな異常な小説ばかり書くのですかね。絶対に変ですよ」

私は床に唾を吐いた。口を利けば減点されるのなら、態度で示すしかないと思った。

「汚い。誰が掃除すると思ってるの」

秋海が怒鳴った。

「あんたでしょう。ここの手下なんだから」

思わず口に出した。

「この差別主義者。永遠に出れなくしてやる」

秋海に吐き捨てられる。

「ちょっとちょっと」と、多田が苦笑した。「蟹江さん、言い過ぎ」

「言い過ぎじゃないですよ」

秋海はよほど頭にきたのか、憤然としている。私は再び唾を吐いてやろうと口中に唾を溜めた。武器は唾しかない。

「先生、そろそろ落ち着きましょうよ」

多田が言った。押さえられていた両腕が少し自由になったので、私は多田に向かって唾を吐いた。頬に当たって、唾がどろりと垂れた。いい気味だ。

多田との昨日の論争、いや口喧嘩の悔しさが蘇り、厚顔無恥で無知蒙昧な人間にどう対処すればいいのか、と私は地団駄を踏んだ。

「興奮しないでくださいよ。まいったな。おとなしくしていれば、帰れたかもしれないのに」

秋海が慌てて差し出したティッシュで頬を拭いながら、多田が呟く。「おち」がにやりと笑ったが、西森は無表情だ。

「先生には、あとで地下を見せて差し上げようと思っていましたが、先にお見せすることにしましょうかね」

恫喝だ、脅しだ。私は必死に抗おうとしたが、多田や秋海に言われたことに傷付き、徒労であることに疲れて、早くも気持ちは挫けそうになっている。

ぐったりした私は、西森と「おち」に両腕を取られながら廊下に出た。二人は私を地下へ向かう階段に引きずって行く。地下一階を過ぎて、地下二階まで、私は男たちに両腕を取られて、半ば浮くように運ばれて行く。

地下二階は薄暗く、廊下にクリーム色の鋼鉄ドアが並んでいるのが見えた。まるで霊安室のある場所に迷い込んだかのようだった。

西森がポケットから鍵を出して、手前のクリーム色のドアの鍵を開けた。中はオレンジ色の光を放つ照明がひとつ。そして、ベッドがあった。私は糞便と吐瀉物の臭いに、吐きそうになった。ベッドには、拘束衣を着せられた人間が仰向けに横たわっていた。私は拘束衣というものを見たのは初めてだった。両腕を交差した形で縛られ、口には舌を噛まないようにするためか、マウスピース状のものが着けられている。繋がれた哀れな人間が顔をこちらに向けたが、目はどんよりとしていた。薬でおとなしくされているのだろう。

「暴れるとこうなりますよ」

「酷いことをするんですね、私たちはただ、書いているだけなのに」

やっとの思いで言ったが、それだけでも、ものすごい量の勇気を必要とした。私は西森と「おち」に両腕を摑まれていなければ、頽れそうだった。

「黙れ」

西森が私の鳩尾を殴りつけた。私はたちまち、朝食べたパンや卵がどろどろに溶けたものを床に吐き出した。

「きったねえな、ちきしょう」

「おち」が、さも軽蔑したように怒鳴った。

私が殴られて吐いた途端、拘束衣を着せられてベッドに繋がれた人が、驚いた様子でこちらを見た。これまでは、ぼんやりとした視線を投げかけるだけだったのに、突然、その人の目に強い意志が宿ったように思えた。私は苦痛で膝を折りそうになりながらも、その人と視線を合わせて見つめ合った。女性だった。俄に、激しい怒りが湧き上がってきて、やすやすと恐怖を乗り越えることができた。

「膝を突くな。立っていなさい」

西森が私の太腿の辺りに、邪険に膝を当てた。男のごつい膝の骨が、私の大腿骨に当たって痛かった。

「あの人は誰ですか?」

私は挫けないで訊ねた。

「誰だっていいじゃないですか。あんたには関係ない」と、西森が答える。

「じゃ、どうして私をここに連れて来たんですか? あの人が苦しんでいるのを見せるためですか? そして、私も反抗すると、ああなると教えるためですか? それなら、殴らなくたっていいじゃないですか。何で殴ったの? 答えてくださいよ」

私は口中に残ったゲロや唾を吐き散らしながら、叫んだ。

「理屈っぽいねー」

「おち」が、私の吐瀉物から身をかわそうとしながら、うんざりしたように言う。

「あんたには理屈というものがよくわからないでしょうけどね」

「おち」に向かって言うと、ベッドの女がくすりと笑ったような気がした。

「黙らないと、減点が加算されますよ」

西森に脅されたが、ちっとも怖くなかった。ベッドに縛り付けられた女がそこにいて、私たちの会話に耳を澄ましているからだ。私が言ったことに共鳴しているからだ。私はこの療養所にきて初めて、誰かと意志を通わせ合っているのだった。

「何が減点だよ。あんたたちは医者でもなければ裁判官でもないのに、勝手に人を裁いて、自由を奪っている。それこそが犯罪じゃないですか。減点されるのはあんたの方でしょう」

ベッドの女が、マウスピースを嵌められた口をさらに開いて、西森らを嘲笑しているのがわかった。もっと言ってやれ、もっと言ってやれ。そんな風に叫んでいる気がした。

「反抗的態度、さらに減点2」

西森が必死に威厳を保とうとしてか、ことさら低い声で言った。

「あんたは楽だね。ただ減点すればいいだけなんだから。これで何点になった?」

「7ですね」と、西森が平然と答える。

「何が7ですね、だよ。他人事だと思っていい気になりやがって。このサディストが」

「こいつ、ちょっとうざくないですか?」

「おち」が私の右腕を摑む手に力を入れて、逆に捻った。腕の付け根が体からもぎ取られそうになって、私は悲鳴をあげた。

「痛い。引っ張らないでよ」

右腕を抜こうとするが、逆に痛むばかりだった。関節技のようなものをかけているらしく、身動きができないどころか、腕の付け根が締め付けられて息が止まりそうだった。

「やめて」

ベッドの女が、急に激しく動き始めた。拘束衣を着けたまま、ベッドの上で体を左右に揺らしている。暴力に抗議しているのだ。彼女がベッドから落ちそうになったのを見て、「おち」が驚いて締め上げるのをやめた。私は慌てて腕を引き抜いた。

彼女は私の怒りに呼応してくれている。怒れ、怒れ、怒れ。私が感謝の眼差しを送ると、女が見返して応えた。

「この人は誰なの。教えてよ」

もう一度訊いたが、西森は無視して「おち」に合図をした。

「もういい。行こう」

私はさも汚いもののように、二人に制服の肩口あたりを摑まれて引きずられ、地下の部屋を後にした。彼女はどうなるのだろう。私の吐瀉物の臭いの中で、横たわっているしかないのか。心が残った。

私は西森と「おち」に無理やり階段を上らされ、女子の風呂場に連行された。中に入ると、秋海と蟹江が新しい制服を持って、待ち受けていた。私が吐いたのを監視カメラで見ていたのだろう。

「臭い。脱衣場で脱いでさ、自分で洗い流してから、着替えてよね」

秋海が感情の籠もらない声で命じた。私は、蟹江と秋海の前で汚れた制服を脱ぎ、上着とズボンを自分で下洗いさせられることになった。風呂場のタイルの上で、木綿の服にシャワーをかけて吐瀉物を落とした。シャワーは水だったが、そのまま髪や顔についた汚れも洗い流した。

「水だから冷たいんじゃないの」

蟹江が言ったが、今日は蒸し暑いのでむしろ爽快だった。秋海が、同情するようなことを言う伯母を非難するように睨んだが、蟹江は姪の視線に気付かない様子で、私の汚れた制服を例の洗濯機に放り込んでいる。私は今一度、洗濯機の電源を確かめた。今夜、充電するつもりだ。ふと気付くと、秋海が私を凝視していた。誤魔化そうと思って訊ねる。

「地下にいる人は、何ていう人なの？」

秋海が人差し指を唇に当てた。

「喋るなってば」

「どうせ答えないと思った。独りごとだよ、気にしなさんな」

秋海が不快そうに唇を歪める。

「独りごとも許されないんだよ」

「へえ、独りごとって減点いくつ？　0・5くらい？」

しつこくからかっていると、秋海がぶつくさ呟くのが聞こえた。

「絶対にここから出れなくしてやるから、覚えてろよ」

どうやら秋海は、私が彼女を「手下」と蔑んだと思って恨んでいるらしい。私を「差別主義者」と呼んだが、私は差別したのではない。秋海が、多田や西森のような人間の言いなりになっているから、蔑んだのだ。何も疑問を感じないで、表現する者を貶めているから蔑んだのだ。どうしてそれがわからない。私はまた怒りが込み上げてくるのを感じた。あの人のように、暗い地下室で汚物まみれでベッドに繋がれても、この怒りは増すばかりだろう。

「独りごとついでに言うけど、ここに成田麟一さんがいるでしょう。あの、剣豪小説で有名な人よ。あの人はいつからいるの？」

「黙れって言ってるだろうが」

秋海が怒鳴ったが、「減点」と言わないところを見ると、減点の差配ができるのは、所長の多田と西森だけのようだ。もしかすると東森も。

秋海や「おち」は、現地採用の平職員か嘱託で、蟹江は秋海の親戚だから雇われた、下働き専門のパートおばさんというところか。そして、夜間は、民間の警備会社のガードマンが巡回する。この療養所の要員とヒエラルキーがだいたいわかった。あらゆる場所にカメラが仕掛けられているから、少ない職員でも運営できるのだろう。

「ねえ、私が吐いたのも掃除してきてよね。下で縛られている人が気の毒だから」

「あんまり喋ると、舐め取らされるよ」

秋海に言ったはずなのに、洗濯機に洗剤を入れていた蟹江が、突然低い声で言い返したのには驚いた。

「昼飯代わりに、自分でゲロ舐めろって言われるよ。あたしはそういう場面、たくさん見てきたもの。みんな逆らえなくて、泣きながら自分のゲロを食べてたよ。あんたも自分のゲロなんか食べたくないだろうから、少し黙ってなさいよ。本当はあたしたちとだって喋れないんだよ」

蟹江は面倒見がよさそうだから、療養所での唯一の救いのような気がしていたのに、甘かったようだ。蟹江は職員で、秋海がパートなのかもしれない。これからは、蟹江にも注意を払わなくてはならない。要するに、誰も信用するなということだ。そして、何とか脱出する方法を考えるのだ。私が逃亡に成功したら、ここに囚われている人たちを助けることができるかもしれない。

そんなことを密かに考えていた時、ノックもなく、「おち」が顔を出した。「所長が呼んでる」とだけ告げて消えた。

私は蟹江と秋海に見張られて、事務室に向かった。タオルがなかったから、まるで小学生がプールから上がったように髪はまだ濡れ、滴がぽたぽたと灰色の制服に染みを付けていた。

私が所長室に入って行くと、ノートパソコンに何か打ち込んでいた多田が振り返った。西森と同じ、白のポロシャツに灰色のパンツ、そして白いスニーカー。相変わらず、体育教師のような形(なり)をしている。

座れとも言われなかったが、私は勝手にスプリングのへたったソファに腰を下ろした。

「先生、唾もゲロも吐いたから喉が渇いたでしょう。早速、水でも飲みますかね」

氷の入った水が飲みたい。私は頷いたが、秋海が盆に入れて持って来たのは、部屋で飲めるのと同じ、潮臭く温い水だった。それでも吐いたり怒鳴ったりして喉が渇いていた私は、一気に飲み干した。

「うまいですか?」

「いいえ、べつに。氷の入った水が飲みたいです」

「先生が氷を見ることは当分ないでしょうね」

多田がしれっと言う。

「当分ってどのくらいですか」

「簡単です。七日間に減点の数を掛ければいいんですよ」

七週、四十九日。正確に言えば、一日経ったから四十八日。私はあと四十八日間もここで過ごさねばならないのだ。げんなりした私に、多田は無言で、Ａ４の紙に印刷したペラ紙を手渡した。

「七福神浜療養所　日課表」と書いてある。

午前６時　起床
午前７時～８時　朝食
午前９時～　自習
午後０時～１時　昼食
午後２時～　学習・散策
午後６時～７時　夕食
午後７時～　入浴
午後10時　就寝

「療養所は規律正しく運営されています。この日課を守ってください。食事は一応、食堂で順番に食べることになっていますが、何かハプニングがあった場合は、各自部屋で食べることになります。その時は職員がそれぞれの部屋に運びますので、食べ終わった盆は、廊下に出しておくようにしてください。それから、基本的に、入所者同士の接触は禁止です。私語も手紙などの通信もすべて禁止。なので、所内はもちろん、外で入所者と擦れ違っても絶対に話さないでください。私語を交わしているのを見られた時は、共謀罪の適用も考慮されています。気を付けてくださいよ。外で擦れ違う時は、その誤解を避けるために三メートルは離れること。あと、私たち職員に話しかけるのも禁止です。いいですか？　先生は誰彼となく話しかけているようですが、初日なので特別に許されただけです。今日からは違反とします。違反すればするだけ、入院期間が延びるということを忘れないでください。何か質問はありますか」

多田が重々しく告げる。

「今朝の朝食は、部屋まで持って来てくれましたよね。つまり、今朝はハプニングがあったということですね。それは何ですか」

私の質問に、多田はとぼけて何も言わず、鼻の横を掻いた。

「そのくらい教えてくれてもいいんじゃないですか」

多田は何も言わない。私は咄嗟に、誰かが死んだのではないかと思った。A45が自殺したのでなければいいが。また彼と話したかった。

「じゃ、質問を変えます。自習時間というのは何ですか」

それなら答えられるとばかりに、多田が喋る。

「文字通り、自習のことです。ご自分の勉強ですよ。私どもの指導のもと、自習時間には自由作文や日記、読書感想文などを書いてもらいます」

「ここは小学校なんですね。じゃ、下敷きとクレヨンありますか?」

私の厭味にも、多田は動じなかった。

「書いたものは、その都度提出してもらいます。それによって、あなたがたの嗜好や思想や想像力が正常に改善されているかどうかを判断します。判断に関しては、精神科医師と私が担当します。ちなみに、今日ご紹介しようと思った医師は、都合により来られないことになりました。週に一度来ますので、来週紹介しましょう。それから、学習というのは、特別な個人講習のことを言います。これは個別に、先生方の能力や反省態度によって判断して、プログラミングして行います。要するに、昨日の先生と私の討論のようなものです。ディベートと思っても結構です。それによって、自習の方向性を決めます」

ディベートとは恐れ入った。私は呆れて黙っている。

「散策は、文字通り散策です。この辺りは景色がいいですから、自由に散歩して頂いて結構です。昨日も言いましたが、ジョギングとかランニングとかがいいんじゃないですか。健全な肉体に健全な精神が宿るというのは、本当ですから」

「邪悪な精神も宿るようですが」

多田の、顔の薄い皮膚に一瞬赤みが差したように見えた。私はかなり怒らせたようだ。多田は何も言い返さなかったが、代わりにこう言った。

「言っておきますが、海岸に下りる道はありません。崖のそばは崩落の危険がありますので、近付かないようにしてください。そして、昨日お伝えした通り、この療養所に入られたのは、先生の書かれたものが健全ではないという、読者からの指摘があったからです。そのことを認識して、深く反省されて、よい作品を書くようになるまでは、ここを出ることはできません。決して逃亡など考えないように。もし逃亡したら、先生のご家族や友人、あるいは仕事関係に咎めがいくことがあります。おそらく、先生の仕事はなくなるでしょう」

「どうして家族や友人や仕事関係に咎めがいくんですか？　私の仕事は私が責任を取ります。それが当たり前でしょう」

小説の内容についても連帯責任だというのか。家族と言っても、施設に入っている母と独身の弟しかいないのに。あまりの馬鹿馬鹿しさに笑いたくなった。しかし、多田は大真面目だ。

「こういう難しい矯正は、環境から変えていかないと駄目なのです」

「矯正されるんですか？」

何と愚かしいことを言うのだろう。家族や仕事先などに同調圧力をかけるというのか。私は呆れたが、仕事先などはすぐに屈しそうだった。いや、すでに屈していた。私は辻岡の態度を思い出して悲しみを覚えた。

「では、私がもう書くのをやめると宣言しても、ここを出ることはできないのですか？」

多田が鼻先で嗤うような仕種をした。

「そんなことを言うけどね、先生。先生方は筆を折ると言って折った人なんかいないでしょう。

書く仕事をしていた人は、また書く仕事をするんです。小説を書かなくてもシナリオを書いたり、マンガの原作を書いたりしてね。でも、同じことですよ。嘘を吐いては困る。やめる保証なんかどこにもないんだから、ここで矯正して正しい作家になって戻るしかない。それにですね。先生は忘れておられるでしょうが、書いたものは残ってるんです。それに対する責任があるでしょう」

どうせ次々と絶版や品切れになっているのだから、いずれ消えていくはずだが、ブンリンは慎重だった。

「だったら、焚書でもしたらいいじゃないですか」

「先生が書いたものは、焚書されるような価値はありませんよ。なまじ焚書なんかしたら、後世に英雄になってしまう可能性だってある。逆にこっちが世間にとやかく言われますよ。それよりは、先生なんかが書いた過激なものを反面教師として残してね、穏やかな作品がたくさん生まれて、それが売れる。そして、それが正しいものとして広く行き渡る方がいいんですよ」

地下で感じた強い怒りが次第に萎んできた。何をやっても抗えない気がしてきて、私は多田と話し続けることにさえ倦み始めた。

「何でも好きにやったらいいじゃないですか。地下の人のように、私たちを縛り付けたいんでしょう。でも、体は縛られても、心は自由ですから」

「あんた方の言う自由とは違うようにできているんですよ、社会は。だから、あんた方の方が適応すべきです」

多田も飽きた様子で言葉を投げつけた。そして、ノートパソコンを覗いて、「あれ？」と奇声をあげた。

「先生、あれよあれよという間に減点7になりましたね。もうこれで七週間滞在ですか。これは大変だ。たった二日間で減点7になるって、新記録ですよ。先生はスーパースターですね。まいったな」と、背伸びしながら私の方を見遣った。「先生に言ってないことはなかったかな。ああ、そうだ。多分、お嫌でしょうが、所内では制服着用、帽子は必ず被ってください。それから、職員をあまりからかわないでください。特に蟹江秋海は。彼女は小説も好きですし、真面目に仕事に取り組んでいます。作家という人たちがいかに意地悪な人たちか、身をもって体験しているうちに、小説嫌いになってしまうかもしれません。それじゃ困るでしょう?」

「べつに」と、私は首を振った。「構いませんよ。私には関係ないですもの」

秋海の、蟹江にそっくりなえらの張った顔を思い出して、私は顰め面をした。すると多田が肩を竦めた。

「冷たいなあ。読者に冷たい作家は嫌われますよ。みんなインスタやツイッターとかでも、ファンサービスしてるし、愛想いいじゃないですか」

多田の言う意味がわからないので、よほど怪訝な顔をしていたのかもしれない。

「蟹江秋海は、マッツさんが来るって、最初は意気込んでたんです。実は、彼女は先生の小説が好きだったようです」

秋海が私のファンだというのか? 私は驚いて多田の目を見た。嘘を吐いているのではないか。だが、多田は話の内容など忘れてしまったように、ごつい腕時計を覗き込んだ。

「さあ、お部屋に戻って作文でも書いてください。原稿用紙と鉛筆はそこにありますから、持って行ってください」

部屋の隅を顎で示す。隅の棚に、懐かしいコクヨの原稿用紙と2Bの鉛筆が数本置いてあった。

「ちょっと待って。さっき地下に連れて行かれましたけど、あの縛られた人は誰なんですか?」

多田はもう私と話したくないらしい。露骨に面倒臭そうな顔をした。

「名前なんか教えられませんよ。患者さんの秘密は厳守ですから。でも、ひとこと。あの人は鬱病患者で、自殺願望が強いんですよ。だから、ああして拘束している」

嘘だ。A45は、ここでは「入所者が自殺するのを待ってる」と言った。彼女はきっと何かのパニッシュメントであそこに繋がれているのだ。おそらくは反抗か逃亡の咎で。だから、見せしめに、反抗的な私が連れて行かれたのだ。

「今日は西森がちょっとやり過ぎてしまったようですね。私からも謝りますよ。だから、先生も少し素直になってですね、うまくやってください」

多田が奥歯にものが挟まったような言い方をした。

「最後にもうひとつだけ質問してもいいですか」

多田は可否を言わずに、顔を私の方に向けた。

「成田麟一さんは、まだここにいらっしゃるのですか?」

「いや」と苦い顔をする。「彼は退所です」

だから愉快そうに笑い合っていたのか。

「じゃ、成田さんはいつからここにいたんですか？」

「もういいでしょう。終わり終わり」

多田に追い払われた私は、今度は東森に送られて部屋に帰った。部屋に入った途端、激しい空腹を感じた。しかし、一時を過ぎても、昼食の呼び出しはとうとうなかった。夕食まで待つ以外にないが、何も楽しみのない身に空腹は辛かった。

昨夜の食堂風景が思い出された。誰もが皆、がつがつと余裕なく食べていたのは、昼食を抜かれたり、量が少なかったりしたせいなのだろう。飢餓は飼い慣らすのに、ちょうどいい方法だ。いずれ私も空腹に耐えられなくなるのか。それを考えると怖ろしかった。

あるいは、今朝の事件が何かは知らないが、その責任を全員が取らされている可能性もあった。連帯責任。まるでどこかの収容所の話のようで気が滅入る。

二時過ぎ、昼食を諦めた私は、ドアを開けて廊下に出てみた。午後二時から「散策」とあったので、許可なく出ても構わないだろう。ポケットには、こっそりスマホを忍ばせてある。バッテリーは少なくなっていたが、庭から崖の方に散策に出て、こっそり電話をしてみるつもりだった。

廊下にも階段にも人影はなかったが、カメラを意識して堂々と歩いた。階段を下りて、食堂横の売店を覗く。クラッカーかビスケットでも買って外で食べようと思ったのだが、今日は、棚の商品に陽に灼けて黄色くなった白い布が被せられて、蟹江の姿も見当たらない。

私はがっかりして、売店横の出口から外に出た。どんよりと曇った午後で、異様に蒸し暑かった。芝のような短い草を踏んで、Ａ45の隠れていた崖の上に出る。こっそり下を見ると、灰色の制服がちらっと見えた。左腕の時計も昨日見たのと同じ黒革の時計だった。私は他人と話せるのが嬉しくて小躍りした。

「こんにちは」

小さな声で話しかける。

「昨日の方ですね。いかがですか、ここでの生活は？」

Ａ45が手鏡で私を確認してから、低い声で訊いた。

「きついです。たちまち減点が7になりました」

「それはすごい」Ａ45は驚いたように言った。「ということは、あなたはすでに要注意人物になっていますね。ここで口を動かしていると、私の居場所がばれてしまうかもしれない。申し訳ありませんが、くれぐれも気を付けてください。ここでお話しできるのは五分間だけです、五分間。それ以上、同じ場所にいると、誰かが必ず見に来ますから、五分経ったら、どこかへ行ってください」

私の方からも、手鏡に映る男の顔の左半分、目から下が見えた。皺だらけの年配の男だ。

「わかりました、そうします」

「そうしてください。お互い、命取りになりますからね」

「今朝、何があったんでしょうか？」

「さあ、どうでしょう。たぶん、誰かが窓から逃げようとして失敗したんだと思います。誰かはわかりませんが、三階で何か騒いでいたから男でしょうね」

Ａ45は囁くように語るので、声は海風に消えてしまいそうだった。私は必死に耳をそばだてた。

「捕まるとどうなるんです?」

「殺されることもありますよ」

A45は平然と言った。

「まさか、何も犯罪なんか犯していないのにどうして?」

「あいつらにとって、私たちは罪人も同然ですから、いくらでもでっち上げます。病死とか事故死とか、いくらでもできます。だから、私たちは永遠に出られないかもしれませんよ。あいつらに何かされるなら、自分で死を選んだ方がマシです」

A45はすべてを諦めたように淡々と言う。

「でも、今朝、事務室で成田麟一を見かけました。退所だって笑っていましたよ」

「その人は誰ですか?」と、A45が苦々しく問う。

「作家の成田麟一という人です」

「僕は知りませんが、その人は多分、密告の褒美をもらったんじゃないですかね。それで目出度く退所なさったんでしょう」

A45が皮肉を含んだ言い方をした。どうやら、少し笑っているようだ。

「あなたは密告しないんですか」

「それはどういう意味ですか」

A45は気色ばんだ。

「すみません、言い過ぎでした」

A45は私の視線を避けるように、手鏡をそっと仕舞った。

「じゃ、言い方を変えます。あの、卑怯な人がいるんですか」

私が再度訊ねると、A45はやや辟易した調子で答える。

「さあ、知りません」

「では、地下で拘束衣を着せられている人は誰ですか?」

「そんな場所があるんですか」と、とぼける。

「ええ、見たんです。女の人でした」

すると、A45が懇願した。

「あのう、そろそろ消えて頂けませんか。お願いします」

消える。その言葉に釣られて、私は思わず崖から飛び降りたくなった。唯一の話し相手は、私を拒絶しているのだ。

「すみません」

遠くの景色を眺めるふりをしてから、何気ない様子で崖を離れた。視線を感じて振り向くと、売店横の入り口から蟹江が見ていた。私が手を振ると、さも嫌そうに顔を背ける。

なるべく遠くまで行って、スマホが通じるかどうか確かめねばならない。私は崖沿いにぐるりと湾を巡った。しかし、細い道は療養所から五百メートルほど離れたところで行き止まりだった。その先は海に落ちる断崖になっている。右手も一段高い崖。どこにも行き場はなかった。

私は療養所の方を振り返った。双眼鏡を使えば、私が何をしているかなど、すぐにわかる距離と位置だった。私はなるべく後ろを向いてスマホを出した。弟の番号を呼び出して電話したが、電波は通じなかった。

第二章

生活

1

携帯電話の通じない地域があるのは、もちろん知っている。無人島や夜間の人口の少ない場所、つまりは定住者のいない地域だ。だが、まさか茨城県内で、携帯が通じないとは思わなかった。閉塞感よりも恐怖が勝っているのは、誰も知り得ない状況で、私がこの七福神浜に閉じ込められたことによる。誰も知らないのだから、彼らは拷問も監禁も殺人も、何だってできるだろう。地下に閉じ込めて、拘束衣を着せたままにすることも。

そして、囚われた私たちは、抗する術を一切奪われている。どんな人物が収容されているのか、互いの名も知らされず、知ったところでコミュニケーションを禁じられている。

規則を犯すたびに、ペナルティが加算される方法を考えついたのは多田だろうか。頭脳の質は悪くても、悪魔の知恵には長けている。誰もが萎縮して、雁字搦めになることをよく知っている。私はすでに減点7だ。が、これまでの経緯を見ると、七週間の「療養」で済むはずがなかった。秋海がいみじくも言ったように、揚げ足三昧で減点を加算されれば、一生出られなくなる可能性もある。

不意に、所長室の前で擦れ違った成田麟一の笑顔が蘇った。パーティで会った時と同じく、愉しそうな表情をしていた。彼が笑いながら退所できたのはなぜか。A45は「密告の褒美をもらったんじゃないですかね」と言った。

では、誰を何の罪で、どうやって密告すれば合理的なのか。その見返りには何がある？　何も説明はされていないのだから、すべて後付けなのかもしれないと思うと、怖ろしかった。

例えば、A45が崖下にいると密告したら、彼は何の罪に問われ、私は何点の得をするのだろう。無罪放免になるのだとしたら、この療養所の存在を告発することもできるのだから、収容者全員のためにも密告した方がいいのかもしれない。

しかし、私に得点もなく、ただA45が重い罰を受けるのだとしたら、何の意味もない。逆に恨まれて、A45に密告し返されるかもしれない。要するに、共謀罪は密告の温床なのだと気付いた私は、より絶望的な気持ちになった。裏切りの輪廻に加担することは虚しいし、危険だ。

私は、風呂場の曇ったガラス窓に書かれた符牒のようなものや、洗濯機のコンセントなどを思い浮かべて、希望を失わないようにしようと思うのが精一杯だった。

粗末な制服のポケットに入れたスマホを握り締める。スマホで世界と繋がっているなんて、まやかしに過ぎないのだった。バッテリーが切れたら、私は何もできない。住所録に入っている友人たちの電話番号や住所さえもわからなくなる。だからこそ、洗濯機のコンセントに命を賭けるしかないのだった。

そんなことを考えながら、百メートルはありそうな海蝕崖(かいしょくがい)の上から、浜を眺め下ろした。飛び降りて死にたくなる気持ちがよくわかる。

福禄寿、弁財天、布袋。七つから三つに減った岩は、相変わらず卑猥な姿で波に洗われている。まるで囚われの私に、正しきセックスを書け、と嘲笑(あざわら)うかのように。

しかも、私のこの哀れな姿を、療養所の誰かが双眼鏡で監視しているのだろうと思うと、悔しくてならなかった。私は屈辱のあまり叫び声を上げたが、波と風の音にたちまち掻き消されてしまった。

崖沿いの道を、とぼとぼと療養所に向かって歩きだした。帰ったところで、空きっ腹を抱えて、夕食の時間をひたすら待ち続けるしかない。

すると、向こうから男が一人歩いてくるのが見えた。中肉中背で少し猫背。灰色の上下に灰色の帽子。収容されている人間だ。

男はだんだん近付いてきた。が、収容者同士は三メートル以上離れて、擦れ違う時は一切口を利いてはならないと言われている。崖上の道は狭く、三メートルも離れたら、片方は崖から落ちかねなかった。

私は療養所に向かって歩いているから、私の姿は正面から見えているはずだ。口を利くわけにはいかないが、絶望したばかりの私には、男が希望の塊に見えた。男は私に気付いて、崖側のルートを取ってくれた。

質問しようと思って口を開けかけた時、男に大声で注意された。

「立ち止まるな。目を合わせるな。帽子を目深に被って、下を向いて喋れ」

私は風に吹き飛ばされそうになったふりをして、帽子を深く被った。そして、なるべく口を動かさずに俯いて言った。

「私はマッツ夢井。あなたは?」

「幡ヶ谷」と、男は崖の側に寄りながら即座に答えた。慎重に足場を探している。

「幡ヶ谷伊之助さんですか？」

私は驚いて顔を確かめようと、思わず目を上げた。

「顔を上げるな」

鋭く注意されて、思わず謝った。

「すみません」

この瞬間に、私たちは擦れ違った。幡ヶ谷は、崖の縁を注意深く確かめながら、どん詰まりに向かって行ってしまった。

幡ヶ谷伊之助は、激しい体制批判をしていた作家だ。あまり作品を書こうとせず、政治活動の方に身を入れているという話だったが、最近、急に名前を見なくなったと思ったら、こんなところに収容されていたのだ。彼もAクラスか。私は俯いたまま、慌てて叫んだ。

「どうしたら、ここを出られますか？」

風に流されたのか、私の質問に返事はなかった。

突端まで行って、いずれ戻ってくるであろう幡ヶ谷を、ここで待つわけにはいかない。私は療養所に向かってのろくさ歩いた。しかし、幡ヶ谷が収容されていると知ったことは収穫だった。いつの日か、私がここを出た時、幡ヶ谷がいることを皆に告げることができる。あるいは逆に告げて貰える。

突端に行けば誰かに会えるのなら、毎日散歩に出よう。少しだけ希望の端っこが見えたような気がした。

部屋に戻って、温い水道水を飲んだ。途端に、殴られた鳩尾の辺りが痛んだ。私は洗面所で、制服をめくって腹を見た。ちょうど胃の周辺が薄青い痣になっている。触ると痛かったが、すでにその内部、胃は空腹に悶えだしている。朝食はすべて吐いてしまって、昼食はなかったのだから当たり前だった。

私はバッグのポケットに入っていたキシリトールガムを噛んだ。味がすぐ抜けるのが残念だが、ただのビニールの塊と感じられるまで、たった一個のガムをずっと噛み続けていた。

ベッドに寝転んで、幡ヶ谷伊之助のことを考えた。ネットがあるなら、幡ヶ谷の仕事ぶりや家族関係などを即座に調べることができるのだが、今はできない。

しかし同時に、ネットのあるせいで、次から次へと忘れ去るような、広範だけれども浅薄な知識を得て、仕事をしていたのだと知る。私が会った本当の幡ヶ谷伊之助は、猫背で無精髯を生やし、よく通る声で怒鳴る男だった。

あんな丈夫そうな男が一緒に収容されていて、それでも逃げられないのだとしたら、このまま我慢して「模範囚」になるしかないのだろうか。

いっそカミュのような小説でも書いてみるかと起き上がり、コクヨの原稿用紙を机の上に広げた。が、2Bの鉛筆の芯の先が丸いのが気に入らないのと、この小説が検閲を受けるのかと思うと、どうしても書きだせなかった。

それでも退屈紛れに、浮かんだタイトルを書いてみた。「リンガとヨニ」。思わず出てきた言葉に笑って、消そうと思ったが、消しゴムがないことに気付く。仕方がないので、線を何本も引いて消した。この痕跡も検閲されるのかと思うとうんざりした。私は書くことさえもできなくなって、ベッドに寝転んだ。

やっと、陽が落ちてくれて放送があった。

「B98番、夕食の時間です」

食事にありつける。昨夜の甘辛く生臭い魚の煮付けを思い出して、嫌いな食べ物にも拘らず、生唾が出た。

急いで帽子を被って外に出ると、仏頂面の秋海が待っていた。私は無言で彼女を見つめた。

「用意できた？　食堂に行くよ」

秋海の言葉がぞんざいになった。ちらりと、嫌な目付きで私の帽子や制服を見る。何か文句を付けたそうだが、私は早く食堂に行きたいから、従順なふりをして頷いた。

階下に降りると、今度は魚の皮が焼け焦げたような臭いが充満していた。娑婆では食べたくないようなものでも、ここではご馳走だと、私は早くも二日目にして体得していた。

「B98はここだ」

食堂では、すでに十人近い収容者が食事をしていた。私は、A45や幡ヶ谷、「ふろ」とひと言教えてくれた女性らを、横目でちらちらと探したが、後ろ姿から判別することはできなかった。ただ、私の右隣は太った中年女性で、左隣は痩せた若い男らしいことだけはわかった。太った中年女性は、部屋でのんびりと「オールマイラビング」を歌っていた人物ではあるまいか。

　秋海が盆を運んでくる。待ちに待った食事だ。薄くて二層に分離した味噌汁はすでに冷め、豆腐の欠片（かけら）とワカメの破片のようなものが散見された。メインの皿は、焼き鯖らしい。五センチ四方の焼いた鯖と、茹でた人参が数個。また茹で過ぎたブロッコリーが二株添えられている。白、赤、緑と彩りだけは綺麗だった。もうひと皿は、モヤシとほうれん草の和え物。そして丼に入った米飯と薄い番茶。米飯を全部食べるには、おかずが不足していた。朝の塩の小袋を取っておけばよかったと再び思ったが、監視者の目を盗んで飯にかけることができるのかどうか、それが気になる。

　ゆっくり食べようと思ったのに、またしても、他の収容者と同様、がつがつと食べてしまった。これで命を繋ぐと思えば、いきおい真剣にならざるを得ない。

　ふと気付けば、左隣の若い男が貧乏揺すりを始めていた。カタカタと長テーブルが一緒に揺れる。同時に、あーあ、と溜息が聞こえた。思わず目を遣ると、私と男の間を遮るように、薄汚いエプロンを着けた男が立ちはだかった。粗暴な「おち」だ。

「おい、食べ終わったのなら、もう帰ろうや」

「うるせえ」

若い男が肩をそびやかしたようで、「おち」の手が激しい勢いで撥ね除けられたのが感じられた。

「何だと、てめえ」

「おち」の言い方はすでにチンピラめいている。私にしたように肩の関節を締め付けようとしたらしいが、またしても撥ね除けられた。いずれ西森や東森が駆け付けるだろうと思ったが、誰も来なかった。

「この野郎、地下で縛られたいか」

寒気がしたのは私だけか。男は何も知らないようだ。

「放せよ、バカ」

椅子に座った若い男が抵抗し、「おち」が首を絞めたり、技をかけようとしたり、ばたばたと揉み合っているのをよそに、私は何となく緩んだ気持ちで周囲を眺め回した。

食堂にいる収容者たちも同様らしく、皆騒ぎのある方を遠慮がちに振り返って見ている。一瞬だけ、ほぼ全員と目が合ったが、そこには幡ヶ谷もA45も例の女性もいないようだった。

「所長を呼びました」

秋海が駆け付けてきて報告する。今に多田が現れる。私たちは眺め合ったことを知られないように、一斉に俯いた。

「おい、何やってるんだ」

多田の声。やがて、がつんと何かで強く殴るような音がして、左隣の男がぴょんと椅子から飛び上がるように跳ねたのが、目の端で捉えられた。たちまち男が床に頽れる。床が小便らしきもので濡れ、私の踵の辺りにも生温い飛沫が飛んできた。が、男が地下牢に連れて行かれることを思うと気の毒で、汚いとは感じられなかった。

何だ、あれは。もしやスタンガンではないか。恐怖で痺れたようになっていると、西森と東森がやってきたらしく、三、四人で男を引きずり、どこかに連れて行った。

「先生方、お騒がせしました。どうぞお食事を続けてください」

人を小馬鹿にしたような声を残して、多田がいなくなる。秋海と蟹江が雑巾を手にして走り回り、男が垂らした小便を拭き取っている。

隣の女が食事が終わったという合図で、片手を挙げたようだ。監視が解けたのを感じて、またこっそり眺め回すと、そこにいる全員が手を挙げていた。誰もが、この騒ぎにうんざりしたのだろう。私も手を挙げる。

食堂を出たのは、私が一番最後だった。部屋に送り届ける役は、秋海だ。私は風呂が楽しみだったので、素直に部屋に入った。

私が問いかけたり、からかったりするのを急にやめたので、秋海は不審そうな目で睨んだが、私は素知らぬ顔をしていた。

机の上にある原稿用紙が少し乱れている。食事に降りた隙に誰かが調べて、原稿用紙を撮影し、多田に送っているのだろうか。多田は、「リンガとヨニ」の上に何度も引かれた線を見て、何と思っただろうか。やはり、マッツ夢井は異常者だと思ったか。それとも、消した分だけ、進歩しつつあると思ったか。多田の解釈に、不安を感じる自分がすでにいることに驚く。早くここから出たいあまり、異常な事態を通常と認識しつつあるのかもしれない。自分の変化が心配だった。

風呂の順番が巡ってきたのは、それから二時間後だった。放送が聞こえる前から、私は監視カメラを恐れて、スマホと充電器をそっとポケットに滑り込ませていた。持てるのは、自前のタオルと替えの下着だけ。

ドアを開けて出ると、果たして蟹江が暗い廊下で待っていた。ポケットのところだけ薄汚くなった、いつものエプロン姿だった。

「今日は騒ぎだったねえ」と、話しかけてくる。

答えると減点になるから、私は頷くだけにした。

「あんたも吐いたでしょう。大丈夫だった？　まったく男の人たちは乱暴なことするんだから、嫌になっちゃうよね」

普段の私なら、吐瀉物の掃除をしてくれた礼を言うところだが、黙っている。

「あたしには話したって大丈夫よ。誰にも言わないからさ」

蟹江がこっそり囁いた。思わずその気になったが、私は唇を引き結んで廊下を歩いた。姪の秋海が正式な職員で、蟹江はパートの下働きだろうと思っていたが、どうやら反対だと、今朝気付いた。蟹江に油断してはならない。

「何よ、急に喋らなくなっちゃって。誰から何を聞いたんでしょうかね。所長の言うことを真に受けたんでしょうかね。大丈夫だよ、ちょっとくらいなら喋っても」

やけにフレンドリーなので、逆に気持ちが悪かった。

「ちょっと待って。簡単に掃除するから」

風呂場の戸を開けた蟹江は、ずんずんと洗い場の中に入って、排水口に絡んだ髪の毛を拾った。

私はその隙に、ガラス窓を見上げる。何か図形のようなものが書いてある。地図か。早く見たくて仕方がないが、蟹江に気付かれるのが怖ろしい。しかし、蟹江は気付かずに戻ってきて、私に言うのだった。

「さあ、なるべく早くお願いしますよ。お掃除が待ってるからね」

私はぺこりとお辞儀をして、蟹江が出て行くのをじりじりと待った。やけに蟹江が親切に思えて不気味だった。

引き戸が閉まった途端に、洗濯機の裏に回ってコンセントを見た私は愕然とした。コンセントの部分に、黒くて四角いコンデンサーのような機器が嵌まっているではないか。外せば警報が鳴るのではないかと思うと、怖くて試せない。

私は充電を諦め、着衣のままで風呂桶に危なっかしく立ち、高窓に嵌まったガラスを見上げた。図形かと思ったそれは、何とスマイルマークだった。下がった目尻から水滴が流れ出して、泣いているかのようだった。苦笑いして、がっくりと肩を落とす。

蟹江がこれを仕組んだのかもしれないと思うと、またも悔しさに歯嚙みした。蟹江は、「婆婆じゃ先生」たちにこうして復讐しているのかもしれない。だったら、こちらも仕返しをしてやりたいが、拘束衣の彼女や、踵にかかった男の小便の生温さを思い出すと、冷静にならざるを得ない。

入浴を終えた頃、何食わぬ顔で蟹江が掃除に入ってきた。蟹江は着替え終わった私の表情を窺って訊いた。

「お風呂、どうだった?」

私はにっこり笑って、指でＯＫのサインを出してやった。

「それはよかったね。あんた、新入りなのに減点7って本当かい？　あたし以外とはあまり喋らない方が無難だからね」

わかりました、という証拠に、今度はVサインを出す。私が馬鹿にしていると思ったのか、蟹江は不機嫌になってぶつくさ言うのだった。

「これだけ言ってるんだから、喋ったって大丈夫なんだよ」

部屋に戻った私は、机に向かって作文を書くふりをして、こっそり机の下でスマホの電源を入れた。上体を折って天井に付いているであろう監視カメラを避けながら、「連絡先」を開いた。スマホに頼って、電話番号など一切覚えていなかったから、写し取っておかねばならない。

私は「リンガとヨニ」と書いた原稿用紙を、くちゃくちゃと丸めてゴミ箱に捨てたが、その隙に少しだけ端っこを破り取った。そこに弟の携帯電話の番号や、少しは頼れる編集者数人の番号を書き写した。

いつかチャンスが訪れたら、公衆電話でも通行人の電話を借りてでも、誰かに助けを求めなくてはならない。その時役立つのが、このメモだ。全部暗記するまで、携行しようと思う。メモを枕の下に入れた途端に、バチッと照明が落とされた。

消灯された後の、真っ暗闇の中での楽しみはスマホしかなかったのに、何もかも奪われた私は、愉しいことを想像しようと努めた。

しかし、頭に浮かぶのは、暗いことばかりだった。地下で拘束衣を着せられたまま絶命するのではないかとか、崖から落とされて死ぬのではないかとか、食事を極端に減らされて飢餓で死ぬのではないかとか。

ありとあらゆるネガティブなイメージが次々と湧いて出て、私の胸は不安で潰れそうなのに、ジェット機に乗っているような轟音が始終していて、耳障りだった。昨夜は唸っていたタービンの音が、今夜はごうごうとジェット機だ。風が強まったせいだろう。それを聴きながら不安に身悶えしているうちに、ようやく浅い眠りが訪れてくれた。

翌朝、起床してから、朝食だけを楽しみに原稿用紙に向かう。一字も書きはしないが、原稿用紙を前にして鉛筆を持つと何となく気が落ち着くのは不思議なことだった。

「B98番、朝食です」

下に降りようと準備していると、ドアが開いて「おち」が朝食の盆を運んできた。昨日に続いて、今朝もハプニングが起きたのだろうか。

盆を受け取ると、「おち」がぞんざいな口調で言った。

「食べたら、外に出しといて」

もはや、敬語も使いたくないらしい。私は苦笑して盆の上を見た。昨日とまったく同じ献立だった。ビニール袋に入った食パンが二枚、小さな茹で卵一個、牛乳パック、そしてブロッコリーが二株、マーガリン、塩。私は塩の入った小袋と、マーガリンのパック、プラスチックのフォークなどを取り除いて、盆を廊下に出した。

午前中は呼び出しもなく、静かだった。私は連絡先からさらに数人を選んでメモに落とし、暗記に励んだ。結婚したために、最近は疎遠になっていた高校時代の親友も選んだ。そんなことをしていたら、スマホのバッテリーは四十一パーセントにまで落ちていた。私は惜しみながら、スマホをオフにして、バッグの中にそっと仕舞った。

朝食を自室で摂った日は、昼食も省略されるらしい。いつまで待っても、昼食の呼び出しはなかった。私はかなり失望して、これから朝食が部屋で供される場合は、パンを少し取っておこうと思うのだった。こうして、ここでの生活に慣れていくのだと思うと、嫌気が差した。

午後は暑そうだったが、岬の突端の方に散歩に出ることにした。念のために売店を覗くと、昨日と同様、陽に灼けた布が棚に被せられていて、休業状態だった。

私は埃を被った「たけのこの里」や、「コアラのマーチ」を恨めしく眺めた。湿気ていても、カビが生えていても、甘いものが食べたくて仕方がない。七福神浜療養所に来て、まだ三日目なのに、早くもストレスが溜まっていた。

それにしても、着いた時は売店があると自慢げに言っていたのに、閉店休業状態なのはどうしてだろう。トイレットペーパーの支給も週に一ロールと言ってなかったか。すでに半分以上使っている私は、心配で仕方がなかった。

腹が減る。トイレットペーパーがなくなる。電話ができない。メールもＬＩＮＥもできない。ネットが使えない。監視されている。仲間と話せない。出て行きたいのに出て行けない。こうして、すべての自由を奪われたことを認識すると、人は従順になるのだろうか。昨日は鳩尾を殴られ、拘束衣の彼女を見て、あれだけ憤激したのに、今日の私はもう元気がなくなっているのだった。

崖の方に向かうと、やはりA45の袖口がちらりと見えた。

「袖が見えますよ」と、注意する。

「あなたですか?」

A45が手鏡で私の顔を確認するのがわかった。

「すみません、お邪魔して。少し喋ったらすぐに行きますから」

「いいですよ、生きていらして嬉しいです」

昨日は、皮肉っぽい口調だったのが、一転して親しげだったから驚いた。

「どういうことですか」

「昨日の午後、断崖から人が落ちたと聞いたので、あなたではないかと心配しておったのです。私とここで話してから、岬の突端の方に歩いて行かれるのが見えましたからね」

それはもしかすると、幡ヶ谷伊之助ではないか。私と別れてから、幡ヶ谷は飛び降りたのかもしれない。少しだけ、目の前が昏く(くら)なった。せっかく収容されていると知り、話すことができたばかりだったのに。

「それは幡ヶ谷伊之助という人じゃないでしょうか。崖沿いの道で擦れ違いました」

「ああ、その人は知ってます。それはうまくやりましたね」

「うまく?」

「そうですよ。だって、こんなところにいるよりも、死んだ方が楽ですから。死ぬ決心ができただけでも、幡ヶ谷さんは素晴らしいです」

「そんなものでしょうか」

Ａ45に絶賛されると、そんな気になってくるから不思議だった。沈黙が続くので、そろそろ去ろうとした時、Ａ45に引き留められた。

「ちょっと待ってください」

「はい？」

私はなるべく階（きざはし）にいるＡ45を覗き込まないように空を見たり、景色を見るふりをした。

「あなたは、私がどういう規則違反をしているか、ご存じですか？」

「いえ、正確にはわかりません」

うっかり首を振りそうになるのを、押し止めて口だけで言う。

「まず、私があなたと喋っていること。そして、私が故意に監視カメラから逃れていることです。ですから、減点5は食らいます」

「そんなに、ですか」

「そうです。でも、私が死んだら、あなたにこの場所を譲りますよ。ここなら、午後の数時間だけですが、誰の目からも逃れて自由に物思いに耽ることができます」

「ありがとうございます」

でも、生きていてください、と言おうとしたが、Ａ45がこれで終わりだという風に手を振ったので、私はその場から離れた。

視線を感じて振り向くと、蟹江がまた手庇で私の方を見ていたから、私はVサインを送ってやった。

A45に追い払われた私は、崖沿いの道に向かった。幡ヶ谷伊之助は、本当に崖から身を投げたのか、確かめようと思った。というのは建前で、確かめる術などないのはわかっていた。本当は、自分が身を投げることにならないとも限らないのだから、現場を見ておこうというやけくそな思いだった。

2

が、道は半ばで、二つの赤いロードコーンと、そこに渡された黄色いロープで遮られ、通行止めになっていた。

ロードコーンの置かれた場所は、ほんの少し右にカーブして、療養所からは死角になっている。色の違う砂岩と礫岩が幅二十センチほどの層で積み上がっている右手の崖は、高さ三メートルほど。比較的なだらかで、楽に登れそうだった。

登攀(とうはん)に失敗して転げ落ちても、傾斜が緩いので海側に転落する可能性はなさそうだ。もっとも崖の上には灌木が生え、その先には名前の知らない樹木が鬱蒼(うっそう)と生い茂っている。中に分け入ることはできそうにないが、何か見えるかもしれない。

他の入所者、いや「囚人」が、午後どこにいて何をしているのか。午後の予定は「学習・散策」

とあるのに、外でＡ45と幡ヶ谷伊之助以外の人物に会ったことがないのはなぜか。

　多田は、ジョギングがお勧めだとほざいたが、誰も走っていなかったし、散策する姿も見かけない。皆、あの狭い部屋で、ジャック・トランスのように同じ文言を書き続けているのではないかと想像すると、今に自分もそうなりそうで寒気がした。

　私は砂岩部分に爪を食い込ませて、崖をよじ登った。足が何度も滑ったが、何とか上に辿り着くことに成功した。予想した通り、灌木の茂みの密度は濃く、到底、中に入ることはできない。枝を両手で摑んで崖の階（きざはし）によろけて立ち、辺りを見回した。

　眼前に広がるのは青黒い海のみ。七福神浜を海蝕崖がぐるりと取り囲んでいる。美しい絶景であるはずなのに、崖が黒くて険しいせいか陰鬱だ。しかも、一隻の船も見当たらない。ここは世界の涯（は）てである、と私は結論づけた。

　崖を下りようとした時、何かの気配を感じた。背伸びして灌木の茂みの先を眺めると、突端の方の樹木の陰に、歩哨小屋のような細長い建物が建っているのが見えた。鉛筆の先のような尖った四角錐で、三方にガラス窓。

　男が一人、小屋の外に出て、突端の方を向いて立っている。やや屈み込んだ仕種から判断すると、立ち小便をしているようだ。おかげで気付かれなかった。

　男は紺色の制服を着ている。療養所の入り口で見かけた門番や、夜の見回りをしているガードマンのうちの一人だろう。崖沿いの道には誰もいないと思っていたが、彼らは上から「囚人」を見張っていたのだ。私が昨日、こっそりスマホを取り出したところも、幡ヶ谷伊之助と会話を交わしたところも、上から見られていたのかもしれない。やはり、ここも駄目か。私はガードマンに気付かれないうちに、急いで崖を滑り下りた。その時、上着の袖がめくれて右腕に擦過傷を負ったが、塞いだ気分だったので、あまり気にならなかった。

夕食時、階下からカレーの匂いが漂ってきて、私の部屋にまで届いた。カレーの匂いは空腹と郷愁を刺激してやまない。母が作るポークカレーは旨かった。赤い福神漬とラッキョウをたっぷり皿の縁に載せた母のカレーライス。最後に食べたのは、十年以上も前だろうか。そう思うと、涙が出そうになった。母がカレーライスの作り方を忘れてしまってから、ずいぶん時間が経つ。早く食堂に行きたかったが、私が呼ばれたのは七時近かった。最後のグループなのはわかっていたから、私の分までカレーが残っているかどうか、それだけが心配だった。

秋海が迎えに来た。私の焦りをよそに、秋海は廊下で私の袖を摑み、のんびり訊いた。

「あんたも、美食三昧だったの？」

口を利くと減点になると肝に銘じていたから、私は黙って頭を振った。

何か言いがかりをつけられて夕食抜き、という仕打ちを受けるかもしれないと思うと、恐怖で震えた。昼飯抜きで空腹だったからだ。たった三日で、これほどまでに従順になるのだから、げに怖ろしきは食の統制である。

「嘘吐け。作家先生は旨いものしか食べないっていうじゃないか。ワインとかうるさくてさ。出版社のおごりで食事に行っちゃ、どこそこの何年ものがいい、とか言っちゃうらしいじゃない。あんたもそうだったんじゃないの？」

何を言いたいのかわからない、と私は首を傾げてみせる。

「でもさ、食い物に文句つけるのって、本当は下品なことだよね。そうだろ？　飢餓で苦しむ子供とかが、たくさんいるんだからさ」

私は同意を示すために何度も頷いた。インターナショナルに通じる、文句のつけようのない正論だからだ。かような善意の正論は世界中に蔓延していて、実に息苦しかった。だから、私は作家になったのではなかったか。しかし、私がこの収容所にいるように、作家も追い詰められているのだった。

秋海はなおも言い募る。

「作家先生は、可哀相な子供たちを助けるとか、戦争をなくして世界平和をとか、偉そうなことばっか言ってるのに、自分たちは贅沢してるじゃないか。旨いものを食べたり、珍しい酒を飲んだり、ファーストクラスで海外旅行に行ったりしている。言葉と行動が一致してないんだよ。そうだろ？」

そういう人もいるかもしれないが、全員そうではない。私はまた首を傾げた。同意しかねる、という意味だったが、秋海は廊下の途中で立ち止まった。

「何で、そうだって認めないわけ？」

認めます認めます、と私は深く頷いた。そんなことより早く食堂に行こう、と促したかった。しかし、秋海は話をやめない。

「ふざけた名前の作家がいるじゃん。コムギ何ちゃらとかいうヤツ」

「こむぎ燕麦（えんばく）」は作家ではなく、女性エッセイストだ。女性誌で、食べ物に関するエッセイを書いている。彼女の名前は知っているから、私は頷いた。

「コムギ何ちゃらってさ、グルメ気取ってるでしょう。どこそこ行って今日は何食べたって。ツイッター読んだら、毎日すごいもの食べてるじゃないか。銀座で高級鮨に行ったり、ミシュランの三つ星レストラン行ったりしてさ。あれって、どこからお金出てるの？　出版社から出てるの？　まさか自前じゃないよね」

私は相手をするのが面倒になった。コムギは確かに高級な食事について書いたりもするが、普段は、ソース焼きそばの青海苔の量とか、納豆巻きに醤油を付ける時に納豆を落とさない方法とか、どうでもいいことを書き殴っているのだ。

私は秋海に袖を掴まれているにも拘らず、強引に階段を下り始めた。早く食堂に行って夕食を食べたい。秋海は後ろから袖を引っ張りながら、まだ喋っている。

「あいつ嫌いだよ。顔も結構可愛いし、スタイルいいのに、変なペンネームにして目立とうとしている。コムギがここに来ればいいのに。そしたら、不味いもの食わせて苛めてやるんだ」

なるほど、そういうことか。私は、図らずも本音を言った秋海の、悪意で吊り上がった目をつい見てしまった。秋海が挑戦的に私を見返す。ヤバいと思ったが、目を逸らして何とか食堂に入った。

壁に向かって食べている者は、すでに二人しか残っていなかった。太った女（オールマイラビングか）が、食べ終わったと、手を挙げて合図したところだった。もう一人は、帽子からむさい白髪をはみ出させた老人だ。だが、骨太であることから、A45ではなさそうだ。

「ごめん、これが最後だってさ」

白い盆に載っている皿には、ほぼ半分の飯に、ほんの少しだけカレールーがかかっていた。ルーにもちろん肉の姿はなく、薄く透き通った玉葱が何枚かと、小さなジャガイモと人参の破片が入っているだけだった。鍋の底をこそげた証拠のごとく、半分以上に焦げがある。そして、哀れなお飾りのような数枚の福神漬。夢見たラッキョウの姿はない。例によって、二層に分離した味噌汁には、ほうれん草らしき青い葉っぱが数枚浮いていた。もう一つの皿には、萎れたレタスが二枚と、またしてもブロッコリー二株。

私は泣きだしそうになるほど落胆したのだが、もちろん何も言わずに食べた。これが秋海の復讐かと思うと、あまりにも悔しかった。せめて時間をかけようと思っていたのに、量が少ない上に空腹だったから、ものの五分で食べ終わってしまった。

それでも、舐め取らんばかりに、最後の最後までスプーンでルーをこそげていると、横で見ていた秋海が「そんなに旨いか」と嘲笑った。

私がしつこくからかったせいか、秋海はどんどん底意地が悪くなっていく。秋海の悪意に注意を向けなければならないと思ったものの、何をどう気を付けたらいいのかわからず、脱力した私は、心の中で薄馬鹿のように笑うだけだった。

部屋に帰る際も、秋海がぴたりと横について、一方的に喋った。

「作家ってさ、自分たちが特権階級とか思ってないか？」

私はゆっくり頭を振った。多田もそんなことを言っていたのを思い出す。

しかし、小説家のほとんどは、特権階級どころか人間失格者である。嘘話を想像して膨らませ、書き付けているうちに、実生活の方は疎かになる。そのうち実生活は虚構に吸い取られて、どんどん痩せて虚ろになるから、周囲の人間は呆れて離れていってしまう。孤独になった作家は、さらに虚構に逃げ込む。そして、完全に自分の作った虚構の中で生きるようになってしまえば、それはそれで幸せになるが、実生活では廃人同様だ。

私は金ヶ崎有との同棲生活を思い出して、急に反省モードに入った。いかに金ヶ崎が馬鹿で、私の金を勝手に遣ったとはいえ、私は決して、彼を自分の世界に入れようとはしなかった。私は小説という世界を持っていたから、その世界を強固にしようと努めた。一緒に暮らす男ではなく、虚構の中の男に恋し、そちらしか見ていなかったのだ。可哀相なことをしたのかもしれない。金ヶ崎有に対する、初めての感情だった。今までは、厄介払いしたと清々していたのに。

「特権階級だなんて思ってないよ」

思わず呟いてしまったのだが、秋海は耳敏い。

「あ、今、喋ったな」

私は慌てて目を伏せ、必死に頭を振った。うっかり挑発に乗ってしまった。

「今、喋っただろう」

「独りごとも言っちゃいけないのかよ」と、俯いたまま小さな声で呟いた。

「今、何て言った？　おまえ、私のことを馬鹿にしてるんだろう。違うか？」

今日の秋海は粘着質でしつこかった。私は頭を振り続ける。まさかまさかまさか。馬鹿になんかしていません。

「作家先生は、自分がどうしてこんなところにいなくちゃいけないんだって不満顔をしてる。それが傲慢なんだよ。自分に自信があるから、こっちが反省しろって言っても、ぽかんとしている。本当は馬鹿なんだよ」

私は秋海の罵倒を我慢して聞きながら、振り切りたくて先に階段を上った。もちろん、振り切れるわけもなく、秋海はぴたりとくっついて囁き続ける。

「早く反省しろ」

私は深く頭を下げた。これまでの反抗的態度からしたら、百八十度の変化だった。早く風呂に入って、高窓の絵や字を見たかったのだ。そして、スマホが充電できないか、もう一度確かめたい。

すると、部屋の前で、秋海が私の心中を読んだかのように、こんなことを言った。

「今日は風呂はなしだ。あんたは、月曜火曜と二日続けて入ったよね。そしたら一日休みになるんだ」

私は仕方なしに頷いた。どんなに理不尽でも不満があっても、黙って受け入れるしかない。いや、二日間も風呂に入れて幸せだったと思うべきだ。秋海がしつこく苛めてきても、減点さえされなければいいのだ。これからは、そう思うことにする。それは、ある意味、ポジティブな態度でもあった。

風呂のない夜は、長くて退屈だ。私は薄暗い電灯の下で、持ってきた文庫本を時間をかけて読んだ。この本を読み終わったら、もう本がない。ここには作家もいるのだから、互いに持参した本や、それぞれの作品を読むことができたらいいのにと思った。多田との面談の時、提案してみようかと思ったが、許可されないだろう。万が一許可されたとしても、公の私物検査などになったら困る。

苦痛なのは、消灯後だった。本を読むこともできないし、スマホはバッテリーの消費が怖くて使えない。暗闇の中でじっと耳を澄ませていると、気が狂いそうになった。

聞こえてくるのは、ひと晩中、ウィーンと唸るタービンの回転音。そして、樹木のざわめきと、遠くで波が崖に打ち付ける腹に響く音。時折、遥か彼方から、車のエンジン音が微かに聞こえてくると、泣きそうになるくらい懐かしかった。

「オールマイラビング、ダーリング、アイルビートゥル」

微かだが、はっきり鼻歌が聞こえた。もっと先の部屋にいるのではないかと思っていたが、隣の部屋から聞こえる。あの太った女が歌っているのだろうか。私は起き上がって、壁に耳を付けた。やはり隣室だ。オールマイラビング。私も一緒になって歌った。コツコツと、壁を叩く音がした。私もコツコツと返す。一人じゃない。個人の夢しか見ない作家には、あるまじき連帯。しかし、それだけで少し幸せな気持ちになった。

明け方、雨の音がしていたのに、起きると曇っていたが雨は落ちていない。外に散歩に出られるのでほっとする。

しかも、朝食のアナウンスがあった。有難いことに食堂での朝食だ。だったら、昼食も出るだろう。迎えに来たのは秋海ではなく「おち」だ。今日はついている。そんな気がした。

食堂では、すでに七、八人の「囚人」が壁に向かって、いつもの朝食を食べていた。空腹だった私は、誰がいるのか周囲を見る余裕もなく、マーガリンをなすりつけた食パンをがつがつと喰らい、カレーを作るついでにカットしたと思しき、角切りジャガイモと人参のソテーのようなものを噛まずに呑み込んだ。誰もが夢中で食べているところを見ると、同じように空腹だったのだろう。

少し腹が落ち着いてから、ソテーの味の薄さに気が付いて、余ったマーガリンをまぶして食べた。紙パックの牛乳は大事な栄養素として、一滴も余さず飲み干す。茹で卵は空腹に備えて持ち帰ろうかと思ったが、殻を証拠として残さねばならないことに気付いて、仕方なくその場で食べた。が、塩の小袋はそっとポケットに滑り込ませることに成功した。

朝食が済んで部屋に連行される際に、「おち」が小さなメモを手渡した。

「マッツ先生　午後の散歩の前に作文(作品)を提出してください。途中でも構いません。多田」とある。

「作文(作品)」とあるのには、内心苦笑せざるを得なかった。了解したという印に、「おち」に頷いてみせ、ドアをバタンと閉めた。

作文でいいなら、いくらでもできる。私は久しぶりに2Bの鉛筆を握り、コクヨの原稿用紙に向かって文章を書き付けた。

「母のカレーライス」

私の母は、公立病院内の売店で働いていた。父はあちこちの病院の売店に出入りする、パジャマや寝間着などを卸す業者だった。二人は病院で知り合い、私が生まれるとわかったので結婚したと聞いた。

だが、父はあちこちの病院に女を作った。母と同じく売店の売り子、掃除の女性、准看護師。だから、母とは喧嘩が絶えなかった。私が小学校に上がる頃には、両親の度重なる喧嘩は、かなり深刻の度合いを増していた。

父が家にいる日曜日などは、今にも夫婦喧嘩が始まるのではないかと心配で、私は常に身構えていた。何ごとも起きずに無事に日曜が終わると、夜はどっと疲れが出て、私は早く布団に入って寝入った。ところが、そういう日に限って、夜中に怒号が飛び交うこともあり、私は怯えて目を覚ますのだった。

両親の夫婦喧嘩は激しかった。私は激した父の拳固から、母を守らなければならないと必死だった。前に、父が拳で母の横っ面を殴って、母の顎が外れたことがあったのだ。その時は、救急車を呼んだ。

また、とばっちりで何が起きるかわからないから、まだ小さな弟も二人の喧嘩騒ぎから守らなければならない。激昂した母が、父に茶碗を投げ付け、壁に当たった茶碗の破片が、弟の頬を掠めたことだってあったのだ。

しかし、そんな荒れた生活も、私が小学校六年の時に終結した。両親がようやく離婚したのである。

離婚してからの母は、私と弟を女手ひとつで育てようと孤軍奮闘していたが、どこか清々したような解放感を漂わせているのは、子供心にも嬉しかった。私は母を守り抜いた自分を、どこかで誇らしいと思っていたのだ。

母は必ず土曜の夜には、カレーライスを作ってくれた。それもビーフやチキンではなく、安い豚コマ肉をたくさん入れたポークカレーだった。赤い福神漬がたっぷり皿に載り、余裕があればラッキョウも添えられていた。

私と弟は土曜が待ち遠しくて、家にカレーの匂いが漂いだすと小躍りした。水の入ったコップにスプーンを入れて、母が皿に盛ってくれるのを今か今かと待っていたものだ。

ある土曜日、カレーを食べながら、弟が「お父さんにも食べさせてあげたいね」と言ったことがある。私は父が大嫌いだったし、ようやく家から追い出したと思っていたから、弟を諌めようと思ったのに、母が泣きだしたのには驚いた。

母は涙を拭いてから、カレーライスをスプーンで掬ってひとくち食べた。そして、弟に言った。「ほんとだね」。私は、暴れる父から母を救おうとし、弟を守ろうとしたのに。孤独な思いを知ったのは、この時である。

予想通り、昼食の呼び出しがあった。昨日から今朝にかけては、脱走騒ぎも飛び降り事件も何ごとも起きない、平穏な一日だったのだ。私はこの七福神浜療養所に来てから、四日目にして初めて、昼食を食べることになる。

そのせいか、食堂にも、少し緩んだ気配が漂っていた。壁に向かって食べている「囚人」たちの背中にも緊張はない。

席に着くと、「おち」が運んできたトレイには、うどんの丼と、茹で過ぎてしおれたブロッコリー三株の小皿が載っていた。

私は、茶色い汁の中の白いうどんを見つめた。すでに冷めてはいるが、小さな薩摩揚げが一枚入って、乾燥野菜らしい青葱が申し訳のように浮かんでいた。七味はコンビニのうどんに付いてくるような、小さな袋入りである。私は不覚にも感動していた。昨夜はカレーライス。そして、うどんの昼食が出されるとは思いもしなかったのだ。

私はうどんの一本一本を惜しんで食べ、塩辛い汁を全部飲み干した。他の者もそうしているらしく、片付けをする蟹江が、無造作に丼を重ねているところから、察せられた。

部屋に帰る時も「おち」が付いてきて、ドアの前で言った。

「作文できたか?」

まだ書きかけだったが、「母のカレーライス」を取ってきて渡した。「おち」は原稿用紙をちらっと見て、ほぼ埋まっているのを無表情に確認すると、そのまま持って行った。

午後二時になったので、散歩に行こうとスニーカーの紐を結び直していると、放送があった。

「B98番、事務室で所長がお呼びです」

呼ばれたところで、誰かが迎えにくるのを待たねばならない。どうせ監視カメラに映っているのだろうからと、私はドアの前に立った。果たして、ノックがある。

「マッツ先生、多田所長がお話ししたいそうです」

西森である。陽灼けした黒い顔が、曇天で薄暗い廊下に溶け入りそうだった。所長に呼ばれた時は、だいたいにおいて西森が迎えに来て、食事や入浴は秋海や「おち」が来るのだった。

私は無言で、西森の後について歩いた。こいつ、急におとなしくなった、と思ったのか、西森が意外そうに私を見たが、私は素知らぬふりをしていた。

こいつらに力で押さえ付けられて廊下を引きずられ、鳩尾を殴られた恨みは死ぬまで忘れないぞ、と心の中で繰り返している。心中の呪詛が伝わるのか、西森が居心地悪そうに振り返った。

事務室には、東森がパソコンを覗き込んでいるだけで、秋海の姿はなかった。東森が私をちらっと見て無視する。

所長室に入ると、多田が私の「作文」を読んでいるところだった。私を認めて、上機嫌で言った。

「マッツ先生、これ、いい話じゃないですか」

「口を利いてもいいんですか?」と、私はまず断った。

「もちろんです。ここは議論の場ですから」

何を言ってるのか、自分でわかっているのか。鼻先で嗤ったことがばれないように、私は真面目くさった顔をしてみせる。

「これはいい話です」多田は繰り返した。「こういうお話を是非書いてくださいよ。私は感動しましたよ。これはマッツ先生のご経験ですよね？」

「そうです」

「こういう自伝的作品がいいですね。読者の共感を誘うと思いますよ」

「お気に召しましたか」

「お気に召したなんてもんじゃないです。先生はこういう作品が書けるのに、どうしてあんないやらしい、凝り過ぎの話を書くんですか。不思議です。下品な読者のニーズに、合わせ過ぎているんじゃないですか」

「そんなことないですけど」私は言葉を切ってから、多田に言った。「お水を頂いてもいいですか？」

「お安いご用ですよ」

多田は所長室のドアを開けて出て行った。西森に何か伝えている。氷の入った水が飲めそうだ。私は嬉しくなった。

やがて多田と一緒に、蟹江が盆を運んできた。私を見て軽く頷いたが、私は顔を背けた。事務室では見かけなかったのに、蟹江がわざわざ厨房からやってきた理由はすぐにわかった。水ではなく、氷の入った麦茶のグラスを運んできたのだ。麦茶への昇格はつまらない「作文」にあるようだ。

「どうぞ、遠慮なく」

多田に勧められたと同時に、辛いうどんの汁を飲み干して喉が渇いていた私は、自分のグラスに入った麦茶を飲み干した。ペットボトルの麦茶だということはわかっていたが、ほぼ三日ぶりの文明の味は旨かった。一気に飲んだせいか、多田が自分の分も指差す。

「よかったら、これもどうぞ」

私は頭を下げただけで手を伸ばし、そのグラスも一気に空けた。ぐずぐずしていると、どう雲行きが変わるかわからないからだ。両のグラスに残った、冷蔵庫製らしき角の丸い氷もバリバリと噛み砕く。氷は質が悪いのか、すぐに割れて水道水の不味い味が口中に広がった。しかし、冷たい物質で口の中を冷やしているだけで、歓喜があった。いや、決して大袈裟ではない。「氷は文明だ」と言ったのは、「モスキート・コースト」の父親だったたか。

「先生、喉が渇いていらしたんですね。うどんのせいですか」

「そうです。それから昨夜、呼びにきてくださったのが遅くて、カレーが半分しかなかったので、そういうことのないようにお願いできますか」

秋海の嫌がらせについては言わなかったが、多田が顔を曇らせた。

「おやおや、そんなことがあったんですか。うちは刑務所じゃありませんし、刑務所でもそんな虐待は起きないと思いますよ。今後注意します」

「それから、昨日も一昨日も、お昼ご飯が出ませんでしたが、どうしてですか？　人権侵害じゃないですか」

私は調子に乗って言った。

「人権侵害とは思いませんね。ま、入所者同士の連帯責任とお考え頂きたいです」

「何に対する、ですか」

「それについては、コメントしません」

「内容がわからなかったら、連帯で責任の取りようがないじゃないですか」

「規則違反ということですよ」

多田は面倒そうに言った。飛び降り事件は、A45から聞いた情報だったので、私はそれ以上訊かなかったが、入所者が事件を起こせば、全員が飯抜きというペナルティを喰らうことだけは理解した。

「じゃ、先生。このお話の続きをお待ちしていますから」

多田は私と話すのが面倒になったらしく、ドアを開けて西森を呼んだ。

「おおい、先生が執筆部屋にお帰りだよ」

西森に部屋に送られながら、私は返された原稿用紙を手にして笑いを堪えた。実話ではなく、全部、嘘話だった。つまり、「作品」ではあったのだ。

しかし、こんな手垢の付いた物語を書いたことなどなかった。自分を騙しているうちに、私の中の何かが変質しそうだった。

3

七福神浜療養所に来て、早や十日が経った。私が入所した頃は、折悪しく不穏な時期だったのだろう。四日目以降は、脱走騒ぎも飛び降り事件も何も起きず、私は淡々と、退屈かつ不安に怯える日々を送った。

地下室で拘束衣を着せられてベッドに繋がれていた女性は、脱走騒ぎを起こした人物ではなかったか。この療養所からの脱出など不可能で、捕らえられれば、拘束衣を着せられて監禁されるのだろうか。彼女との一瞬の目交(めま)ぜによる連帯の高揚感などとうに失われて、私は大過なく療養期間を全うした方が得ではないか、と考えるようになった。

私の減点は7だ。七週間の療養所生活は、あと五週間、ひと月半に減った。その期間を、一切問題を起こさず、多田に言われるがままに反省文や「作文」を書いて、おとなしく過ごせばいいのだ。私は多田に褒められた「母のカレーライス」の続きを書いた。

「母のカレーライス」

母が過労で急死したのは、私が高校に入ったばかりの六月だった。弟はまだ中学二年。その頃の母は、病院の売店の仕事が五時に終わると、いったん家に帰って私たちの夕食を作り、七時過ぎから近所にある居酒屋の手伝いに通っていた。

私と弟の進学費用が嵩むために、もうひとつ仕事を増やさざるを得なかったのだ。父親からは、毎月なにがしかの養育費を貰う取り決めになっていたが、払われるはずもなく、すべては母の負担となっていた。身体の疲労だけでなく、心労もあったのだろう。母は、終業した居酒屋のトイレ掃除中に倒れて、便器にもたれかかるようにして亡くなった。死因は、くも膜下出血だった。すでに再婚して子供もいる、と風の噂で聞いた父親は、葬儀にも現れなかった。

参列者の少ない簡素な葬儀を終えた後、まだ温かい母の骨壺を前にして、うら若い義理の叔母と、母親の従姉妹と称する中年女が、私と弟の行く末について話し合った。その二人に、私は一度も会ったことがなかった。

母方の祖父母はすでに他界しており、母のたった一人のきょうだいである弟は、事故で亡くなっていた。義理の叔母というのは、その亡くなった弟の二番目の妻である。

「あなたの家は、こう言っちゃ悪いけど、死人ばっかりね」

その人はそう言った後、アパートの部屋を、気の毒そうに眺め回した。狭い部屋と貧しい家具に、哀れを感じたのだろう。派手なタオルハンカチで目頭を押さえるふりをしたが、泣いてはいなかった。

母は四十五歳で亡くなったのだから、早死にの部類に入る。だが、母の弟の高志叔父さんは、三十八歳の時に、タクシーにはねられて亡くなっていた。最初の奥さんは、高志叔父が三十五歳の時に離婚して、長男を連れて出て行った。叔父が再婚したのは、離婚の原因にもなった、当時不倫していた十歳年下の派遣社員である。それが、この義理の叔母だ。義理の叔母と叔父との間に子供はいなかった。

「あなたたち、これからどうすんの?」

義理の叔母は、まだ二十代後半で未亡人になってしまったのだが、事故の保険金が入って、突然金持ちになっていた。

「あたしは血が繋がっていないし、今度、再婚することになったの。だから、お目にかかるのもこれが最後だと思うわ」

私は弟と顔を見合わせた。二人で生きていくしかないのだが、学費どころか、部屋代だって払えるのかどうか、わからなかった。

私は、彼女たちの前で母の貯金通帳を開いた。五十万程度の金が残っていた。しかし、高校一年生だとて、その程度の金で、自分たち姉弟が生きていけるわけがないのは、承知していた。

「僕は高校に行かないよ」

弟が小さな声で呟いたので、私も「高校をやめて働きます」と言った。

「ちょい待ち」

母の従姉妹だという中年女が手で制した。母は丸顔で愛嬌があったが、従姉妹は瓜実顔で意地悪そうに見えた。

（続く）

不思議なもので、原稿用紙に向かうようになってから、私の気持ちは落ち着くようになった。自分を騙して、意に沿わないものを書こうが、多田のニーズによるものを書こうが、言葉を選び、文字を紙に書き付けることで、大いに気が紛れた。

たとえ、私という作家が変質したとしても、そんなことはどうでもいいことではないかとさえ思った。この療養所で心の平安を得られるのなら、そして希望が持てるのなら、何でもする気になっていたし、たった七週間の変質など、長い作家人生を考えたら、どうということはないとも考えるようになった。

私は、多田一座の座付き作者にでもなったような気持ちだった。座長の言うがままに、お好みの方向に「作文」を捻り出す。「作文」は作品ではないのだから、いずれ自由になるための方便に過ぎないのだ。と、そう考えていた。

だから私は、田中が送ってくれた青い封筒の中身を思い出そうとした。

運転のできない自動車修理工場主は、どうやって経営を軌道に乗せたのだっけか。あるいは、売上げを伸ばそうと努力したキオスクの女性は、何をしたのだっけか。いじめられっ子だった女性は、どうやってクラスメートを見返すことができたのか。

私は、田中が書いてくれた小説案こそが、多田が私に望む「作品」で、田中の青い封筒には、大衆が作家に求める物語のエキスが詰まっていたのではないかと思った。頭から馬鹿にして、ろくに読みもせずに封筒ごと捨てていたことが悔やまれてならない。

書こうと思ってから、私はあまり外に行かなくなった。暑いから、という理由もあるが、部屋で執筆するためだった。療養所にいるほとんどの作家を、あまり外で見かけない理由は部屋で執筆しているからなのだ。

私は、小学校で使うような小さな机の上に、「おち」や秋海がうんざり顔で運んでくる原稿用紙を積み上げて、２Bの鉛筆と、恵んで貰ったちびた消しゴムとで、文章を綴った。パソコンで書くのと違い、「作文」ができる速度が遅いのも、漢字を思い出すのに骨が折れることも、新鮮だった。

原稿用紙の切れ端に、友人たちの電話番号を書き留めたことなど、すっかり忘れてしまいそうだった。なぜなら、こうしていれば、いつかは出られるのだから、そんなことをしなくてもいいのだ。食事の支度や買い物の心配もせずに、ただ書けばいいという状態は、実は快適でもあった。

私の世代の作家はあまり経験がないが、出版社にいわゆるカンヅメにされて書かされている、と思えばいいのだ。もっとも、カンヅメになるのは一流作家だけで、それも一流ホテルの一室に長逗留するのだから、豪華なルームサービスが付いて、ホテルのジムやプールも使え、気分転換にこっそり愛人を泊めることもできたという。

ここは一流ホテルではないのだから、私の日々の楽しみは、あの粗末な食事だけになった。目が覚めれば朝食が、朝食が終われば昼食が、そして午後は夕食が、待ち遠しくてならなかった。

私の改心を知ったのか、食事の順番も少し早くなった。意地悪な秋海や、乱暴者の「おち」ではなく、無口な東森や、表向きは親切な蟹江が食堂への送り迎えをするようになった。

カレーライスは、あれ以来メニューには上がらなかったが、スパゲティナポリタンが夕食に出た時は、部屋にいる時から、ケチャップの匂いが漂って、誰もが興奮したはずだ。私は割と早めに呼ばれて、ウィンナーは入っていたし、パルメザンチーズも少し振りかけられていたのは、嬉しい出来事だった。


療養所に来て二週間が経っていた。厚い雲が空を覆っている、蒸し暑い日だった。

私はたまには散歩でもしようと、昼食後、外に出た。気のせいか、蟹江が散歩に出た私の背中を凝視することもなくなっていた。

Ａ45とも会っていなかったので、私はまず裏庭の崖の上に立った。崖下の階に、さっと動く影を見たような気がした。

「こんにちは。Ｂ98です」

海を眺めているふりをして、なるべく口を動かさないように挨拶した。そっと差し出された手鏡が、きらりと日光に反射した。私であることを確認したＡ45は、鏡を仕舞ってから小さな声で言った。

「久しぶりですね。どうかされましたか」

「いえ、別に。おとなしくして早く出ようと思っているだけです」

「それは誰もが思っているのですが、では、どうして誰も助けに来ないのでしょうか？」

私は言葉に詰まった。確かにそうだった。「刑期」を終えた者は、どうしてこの療養所の存在を告発してくれないのだろう。

「娑婆」にいる時も、七福神浜療養所の噂は、一度も耳にしたことはなかった。本物の療養所ならともかく、拉致のような形で連れて来られて、有無を言わさず自由を奪われているのだ。人権侵害も甚だしいではないか。

「そうですね。本当に誰も来てくれませんね」

「おかしいでしょう？　本当に『刑期』を終えたら、出所できるんですかね。何か罠がありそうだな」

「あなたはあとどのくらいいらっしゃるんですか？」

「私ですか？　私なんか永遠ですよ。Ａ級戦犯ですから」

「終身刑なんてことはないでしょう」

「いえね、私は本当はＢ45だったんです。それが作文を拒否したことで、Ａ級に上がったのですよ。でも、ＡもＢも変わりませんよ。私たちは一生、ここに閉じ込められるんです。だから、死んだ方がマシだと考えるようになりますよ」

「考え過ぎだと思います」

「ねえ、あなたは何だか、急に甘くなりましたね。懐柔でもされましたか？」

Ａ45が疑り深そうな声音で言ったので、私はむっとして反論した。

「懐柔なんかされませんよ。素直になって無事に家に帰れ、と言ったのはあなたじゃないですか」

「確かに」と、Ａ45は笑ったようだった。「あの時のあなたは怒っていましたからね。このままじゃ減点が増えていく一方だと心配したんですよ」

「それはどうも。でも、成田麟一さんとかも無事に出られたから、言われた通りやってればいいのかな、と思ったんです」

「ああ、あなたが前に仰っていた人ですね。彼がここを出たのはかなり前でしょう。なぜ、助けがこないんですか？　きっと裏切り者ですよ」

Ａ45が言い捨てた。

「成田が密告者ということですか？」

「密告もしたでしょうし、ブンリンの意にも沿ったんでしょうよ」

「かもしれません」

「かもしれませんじゃないですよ。言ったじゃないですか、変わり身が早いと。そもそも、あなたは、その人が出て行ったところを見て、信用しているみたいだけど、それが猿芝居だったという可能性を、なぜ考えないんですか？　そんなまやかしの希望を信じて、あんたらは、平気でつまらないものを書いて恭順する。さあ、時間です。さっさとあっちに消えてください」

A45は強い口調で追い払おうとした。

「ずいぶん酷い言い方ですね」

「じゃ、あなたは作文を拒否しましたか？」

「いえ、書いてます」

「だったら、思い切って好きなことを書いてやればいいのに。それはできないでしょう？　減点が怖いから」

その通りだった。しかし、それがそんなに悪いことだろうか。少し前の私なら同調したと思うが、今は平穏な日々しか望んでいない。

私はA45の剣幕に衝撃を受けて、崖の縁から後退った。そのまま崖沿いの道を散歩しようと思っていたが、そんな気にもなれなかった。恭順して何が悪い、と言い返せなかったことが悔しかった。恭順という言葉の意味を知っているからである。追い討ちをかけるように、A45はまだ喋っていた。

「B98さん、まだ、そこにいるでしょう？　私は本当に死にますよ。だから、あなたがここをお使いなさい。何、その下に隠れた小道がありますから、ここまで難なく来られます。あなたはどうせ永遠にここにいることになりますから、私の代わりに、新参者にいろいろ教えてあげればいい。ところで、幡ヶ谷さんですが、やっぱり飛び降りましたよ。いずれ、私も逝きますが、あなたもここに座っていれば、そんな気になることでしょう。早く目が覚めるといいですね。では、さようなら」

折から、空を覆っていた雲が千切れて、雲間から太陽がぎらぎらと照り付けた。暑い。潮の臭いがきつくなって、一瞬、海水浴で嗅ぐような真夏の海辺のにおいがした。

私は、A45が本当に崖下に身を躍らせたのかと動悸がして、思わず下を覗き込んだ。手鏡を覗いて様子を見ているA45と目が合った。私はその冷たく鋭い目付きにたじろいで、柵から身を離した。意気阻喪して部屋に戻ろうと踵を返しかけた時、灰色の制服をきつそうに纏った太った女が、崖沿いの道を行くのが見えた。あれは、きっとオールマイラビングだ。太っているせいか、ふうふうと肩で息をして、歩くのも辛そうだ。

私は彼女の後を追おうと思ったが、やめにした。余計なことをして、減点でもされたらことだ。それくらいなら、部屋で簡単な「作文」を書いていた方がいい。私はまだA45の言うことを信じていなかった。

部屋に戻ると、すぐに東森がやってきた。

「先生、前回の続きを書かれたのなら、多田が見せて頂きたいと言っていますが、よろしいでしょうか」

「いいですよ」

「ありがとうございます。では、一緒にいらしてください」

東森は、丁寧な口調で言った。私の腕を押さえつけて「減点2」と怒鳴った西森と違い、東森は気が弱そうでいつも逡巡しているから、好きだった。

私は机の上の原稿用紙を手にして、部屋を出た。多田の部屋に行ったら、氷入りの麦茶が飲めるのではないか、というさもしい気持ちがあった。

「これは面白いなあ。いったいどんな話になるんですか、先生。まだまだ続けてくださいよ。この母親の従姉妹は何を言うんでしょうね。続きが読みたいですよ」

多田が嬉しそうに、コクヨの原稿用紙から顔を上げた。

「ええ、書きますよ。いい暇つぶしになることがわかりましたから。でも、タイトルが、最初はエッセイ的なものにしようと思ったので、『母のカレーライス』なんて付けてしまったでしょう。それが残念です」

私は書いたものについて喋るのが嬉しくて、つい余計なことまで言った。

「タイトルなんて、途中で変えればいいじゃないですか。中身と関係ないでしょう」

多田は乱暴なことを言う。

「まあ、そうですけどね。私たちにはタイトルは大事なんです。いわば、作品のコンセプトですから」

「ははあ、作家の人は面倒臭いことを仰いますからね。私ら素人の方がよほど自由じゃないですか」

「いえ、そういう問題じゃないんです。やはり、タイトルによって、作品のトーンが違ってくるんですよ」

私はムキになっていた。ただの「作文」なのに。そのことに気付いて急に黙ると、多田が真剣な顔をして煽った。

「なるほど、なるほど。さすが先生。仰ることが違いますね」

「いえ、そういうわけでは」

「作家の先生は拘るところが違うんですね。これは一本取られました」

「それほどのことじゃないでしょう」

「いや、たかがタイトル、されどタイトルでしょう」

私は恥ずかしくなって俯いた。以前の私なら、多田の態度について、また怒ったはずだった。私は懐柔されていた。

だが、多田は私の変化に気付かない様子で、読み終えた原稿用紙の角を揃えると、私に返して寄越した。

「先生、甘い飲み物でもいかがですか？　冷蔵庫にコカコーラ・ゼロがありますよ。それとも、麦茶にしますか？」

私の心は誘惑に弱かった。

「コカコーラ・ゼロを」

掠れた声で頼んだ瞬間、多田が勝ち誇ったような顔をしたが、無視した。

たった二週間、禁欲生活をしただけで、冷たく甘い飲み物に飢えている自分がいる。でも、何が悪い。私は自分を羞じる元気もなくなっていた。

売店には菓子類があるから、チョコレートなどの甘い物は買うことができた。だが、コーラやジュース、ビールなどは売っていないのだ。喉が渇けば、部屋に引かれた水道から、潮と土の臭いのする温い水を飲むしかない。暑くなれば、水道水はぬるま湯と化すことはわかっていた。

秋海が真面目くさった顔で、コカコーラのロゴが入ったジェヌイン・グラスをふたつ運んできた。茶色い液体の中に氷がいくつも浮かんでいる。そして、しゅんしゅんと気泡が弾ける音が聞こえる。コカコーラだ。

「先生、どうぞ」

多田に勧められた私は、ストローの袋を急いで剝いて、茶色い液体にぶっ差した。声も出さずに、甘い液体を吸い込む。喉を細かい気泡が刺激して、人工的な甘味が全身に染み渡ってゆく。今まで生きていて、コーラがこれほどうまいと感じたことはなかった。ゲップをすると、多田が笑った。

「美味しいですか？　そうですよね、療養所では禁止されていますからね」

私は頷く間もなく、あっという間に飲み干して、氷を歯で嚙み砕いた。氷も水道水の氷ではなく、甘く美味しかった。

「よろしければ、これもお飲みになりますか」

「ありがとうございます」

私を拉致して軟禁し、私の仕事を誹謗して人権を蹂躙する許し難い人間に、私は「ありがとうございます」と言ってしまった。苦い思いを消し去るように、私は多田の分のコカコーラも、文字通り、貪り飲んだ。

全身に染み渡った甘味が、今度は一個一個の細胞の中にまで入り込んでいくような心地よさを感じた。コカコーラ・ゼロ二杯で、私は魂を売り払ったのだ。

「先生、『カレーライス』の姉と弟は、この先どうなるんですか？　苦労するんでしょうね。でも、これ、先生のお宅の話じゃないですね？　だって、弟さんはW大出ですものね。奨学金ももらってないしね」

多田が口を滑らせた。私の係累を調べているだろうとは思っていたが、こうして口の端に上ると、弟の消息が心配になる。

「もちろん、フィクションです。私の母は生きていますし」

「そうですよね、先生のお母さんが便器にもたれて死んでいたら、悲劇的過ぎるものね」

多田はそう言って笑った。多田の言いなりになって、「作文」を書いてやり過ごそうと思っていた私は、少し嫌な気がした。

「もっと面白く書いてくださいよ、先生。そしたら、また、ご褒美あげますよ。今度はハーゲンダッツにしましょうか。それとも、先生はいける口だから、冷たいビールとかね」

あっと思った。成田麟一も、こうして禁止されているものに釣られて、多田の配下になったのではないかと思ったのだ。しかし、私も屈服しかかっている。ともかく、この七福神浜を出たくて仕方がなかったのだ。

「わかりました。書きます」

おとなしく答えた。

「先生、何か欲しいものはありませんか？　ほら、よく資料とかが必要なことってあるじゃないですか。資料や文献なら、用意しますよ」

何が資料や文献だ。どうせ、無能な編集者のごとく、ネットの記事をプリントアウトする程度だろう。

「じゃ、電子辞書を頂けますか？」

「電子辞書？」よほど意外だったのか、多田は頓狂な声を上げた。「それはちょっと無理でしょうね。普通の国語辞典でもいいなら貸与します」

「じゃ、それでいいです。貸してください」

「わかりました。でも、皆で使うものですから、余白に書き込みとかしないでくださいよ。見つけたら、即減点ですよ」

減点という言葉ほど怖いものはない。私は縮み上がった。

「もちろんです、気を付けますから」

私が直立不動で誓うと、多田が事務室に声をかけた。

「おーい、マッツ先生、お帰り。誰か送って差し上げて。それから、国語辞典貸し出してあげて」

「はーい」と、秋海の声がした。

事務室に行くと、秋海が無表情に三省堂の国語辞典を手渡してくれた。手擦れして薄汚くなっている。今時、国語辞典かと思ったが、本の形状であるのが何となく嬉しくて、私は持ち重りのする辞典をそっと胸に抱いた。

部屋まで送ってきたのは、東森だった。秋海ではなかったので、ほっとした。

「お風呂ですが、これまでは夕食の後だったと思いますが、掃除が大変だということで、夕食前から、随時入れることになりました。これから行きますか？」

「お願いします」

夕食の前は腹が減ってしょうがないので、気を紛らせるのが大変だった。入浴できれば、これに越したことはない。掃除が大変というのは、蟹江と秋海が長時間労働だと文句を言ったのだろう。

私は国語辞典と戻された原稿用紙を机の上に置いて、着替えなどを持ってすぐに廊下に出た。これまでは夕食前に入浴したことなどないので、どんな様子かわからないから、スマホは持ってこなかった。

「三十分後に迎えに来るから、それまでに終えて、扉の向こうで待機してください」

東森がそう言い置いて、私を一人にしてくれた。ふと見ると、洗濯機の裏のコンセントが空いているではないか。前回の入浴までは、コンデンサーのような物体が差し込まれていたから、怖ろしくて抜けなかったのだが、今日は何もない。私はスマホを持ってこなかったことを悔やんだ。スマホのバッテリー残量は二十パーセントを切ろうとしていたから、充電したかった。だが、これも罠かもしれないと思い、逆にほっとするのだった。減点を免れたのだから。すっかり心が縮こまっていた。

三十分の間に、体と髪を洗って、下着の洗濯もするのだから時間がない。私は慌てて体を洗い、湯船に浸かった。ふと上を見上げると、明かり取りのガラス窓に、またスマイルマークが描かれていた。描かれて時間が経っていないせいか、線は鮮明である。が、何だか普通のスマイルマークと違う気がして、私は風呂の縁に立ち上がってよく見た。目の部分が単なる点ではなく、「3」と読める。

今に、湯気で溶けてしまうであろう「3」が、何を意味しているのか理解できないまま、私は入浴を終えた。しかし、誰かが何かを伝えようとしているのだけはわかって、何とか無難に療養所を出たいと願っている私は、無視せざるを得ないと思った。

きっかり三十分後に、今度は蟹江が迎えにきた。蟹江はちらっと脱衣場や風呂場を見遣った。

「あら、今日はスマイルマークだ」

蟹江が微かな訛りを感じさせる言い方をした。知っていたのか。驚いて、窓を見上げる。

「あ、これ」と、小さな声で誤魔化す。

「そう、いつも何か描いてあるから、今日は何だろって楽しみでね。符牒なんか書かれちゃたまらないじゃない」

蟹江は欠けた歯を見せて笑う。その符牒を期待していた私は、そっと目を逸らした。

「ところで、あんた、今度から夕飯前に入れるようになったの?」

蟹江は、私の後ろから歩きながら訊いた。頷くと、蟹江が言った。

「あんたは減点もさっさともらったけど、復権も早いね」

復権とは、言い得て妙だ。私は座付き作者になって、コーラをもらった負い目を、深い嘆息で誤魔化した。窓の符牒も、もう意味をなさない。こうして、期待がひとつずつ消されていくのだろうか。


部屋に戻ると、ゴミ箱が空になっていた。中には、書き損じた原稿用紙が数枚、捨ててあったはずだ。きっと書き損じも点検するつもりなのだろう。

私はふと心配になって、枕の下を探った。弟や友人たちの電話番号を書き写したメモは無事に残っていた。再び枕の下に戻そうとして、蕎麦殻が数粒こぼれているのに気が付いた。枕の縫い目が少し裂けて、そこからこぼれているらしい。

縫い目を指先で探って広げ、メモをその中に埋め込んだ。すると、かさりと何かが指先に触れた。どうやら紙片のようだ。天井に設置されているであろう監視カメラに見えないように、体で隠しながら、紙片をそっと引き出して、手の中に入れた。

トイレに入って紙片を見る。コクヨの原稿用紙を四つ切りにしたものを、さらに小さく折り畳んであった。広げると、表にも裏にも小さな字がびっしりと書き連ねてあった。

「これは遺書です」という書き出しに、鳥肌が立った。

4

これは遺書です。

この紙片を見つけて読んでいるあなたは、少しも驚かれないと思います。むしろ、ご自分も遺書を書く羽目になるかもしれないと、未来を想像されたのではないかと推察します。

「遺書」という字面を見て震撼されているとしたら、あなたはここに来てからの日が浅く、まだ幻想を持っている人だと思われます。

いずれにせよ、あなたが私の次、もしくはその次に、この部屋に収監された方で、彼らに見つからずにこれを読んでくれているのだとしたら、私は少なくとも死んだ甲斐はあります。

あなたも、何かを書かれる方なのでしょうか。

どんなお仕事をされて、何の理由でここにいらしたのか、知る由もありませんが、この世では絶対に相見(あいまみ)えることのないあなたへ、とにもかくにも、七福神浜療養所にようこそいらっしゃいました、とまずは歓迎の挨拶を述べておきます。

私は、この療養所で二百六日間も暮らしてきました。その間、知りたくもないことを多く、知らざるを得ない状況になりました。例えば、彼らの性癖や嗜好、頭脳の程度、そして関係性などです。

断っておきますが、彼らの関係性に関しては、私の妄想に過ぎません。証拠があるわけではない。しかし、彼らの人間性に関する私の観察はほぼ間違いないと、確信を持っています。その根拠は、私の作家としての才だと思ってください。

もちろん、信じても信じなくても結構ですが、せめてもの置き土産に、そして、あなたが未だ抱いているかもしれない幻想を粉砕するためにも、私の知っていることを謹んで申し送りしてから、あの世に参りたいと思います。

あなたが私と同様、この世から消えたいと思った時は、またこの紙片を蕎麦殻の枕の中に、押し込んでおいてください。もちろん、あなたが何か書き足しても構いません。

押収されたらそれまでですが、その咎はもちろんあなたが受けることになります。その咎を怖れても、どうか捨てることだけはしないでください。私の生きた証だからです。

すでにお気付きだと思いますが、ここは療養所という名の牢獄です。いいえ、牢獄ならば、刑期を満了すれば出て行くことができますが、ここは違います。

七福神浜療養所に収監された者は、二度と娑婆には出られません。

そのことを肝に銘じておいてください。でなければ、いつかは出られるという幻想に振り回されて、真実が見えなくなります。

あなたは今、「減点」という名の期間延長に怯えて暮らしているのではありませんか？

私もそうでした。従順なふりをして、誰とも口を利かず、空腹に耐え、言われるがままにつまらない駄文を書き、自らの行動をがんじがらめに縛って時を過ごしました。奴隷以下の生活でした。

しかし、はっきり申し上げます。減点など、一切気にすることはありません、と。あなたがいかに、規則を遵守するいい子ちゃんになろうが、愚かしい作文を書こうが、彼らに阿ろうが、期間の延長は永遠にされ続けます。というか、消化されないのです。従って、あなたは二度と娑婆に出ることはできません。

それどころか、あなたが言われるがままに書いたつまらない「物語」を、彼らは矯正の証拠として、出版社に提出するでしょう。そして、編集者ともども、物笑いの種にしたり、後々の脅迫の道具にしたりするのです。つまり、その駄文が、あなたの書いた傑作を押さえて、代表作にされることだってあり得るんですよ。

ちなみに、私は小説家でした。すでに過去形なのは、私はもうじきこの世を去って、小説を書くことはないからです。

私は主に歴史小説を書いてきました。遅筆・寡作で有名だったようですが、良心に恥じない仕事をしてきた、と自負しております。

その私が、まさか「先住民族への差別」という汚名を着せられて、召喚されるとは思ってもいませんでした。それも、読者からの告発だったことが、大きな衝撃でした。

告発の内容は、私が書いた『溺れ谷めぐり』という長編の中で、先住民族に対する蔑称が数十カ所も使われていた上に、「あんな劣等な奴らは、滅びてしまってよかったのだ」という差別的な台詞があった、という指摘でした。

私は、小説作品の中で、蔑称や差別的言辞を口にする人種差別的な人間を描いたのであって、私自身に差別意識は皆無であるし、その人物の造型はテーマ上必要だったのだ、と釈明しましたが、彼らにはまったく通じませんでした。

小説などまったく読まないがために、想像力を鍛えることのなかった、また想像力を必要としない程度に鈍い人々が、あらかじめ決められた尺度でもって、作品を断じているからです。

しかも、図書館における私のデータベースには、よりにもよって、その差別的人物の現れる箇所しかないのだそうです。物語と、前後の文脈を無視して、その箇所だけを取り上げれば、小説は、「差別的な言葉」の並んだ意味のない文章になります。そして、私には人種差別的作家というレッテルが貼られるのです。怖ろしいではありませんか。

巨大な国家的とも言える悪意を感じて、当然のことながら、彼らに抗議しましたが、聞き入れられませんでした。

彼らは、作家という表現者たち、とりわけ社会的常識とかけ離れた作品を書こうとしている作家たちを殲滅（せんめつ）しようとしています。そして、もちろん、データベースを作る側も、彼らと同調しています。その狙いは、政府の言うことを聞く愚民を大量生産することにあるのでしょう。

景気が好いと浮かれ、他民族より優秀と自惚れている間に、七福神浜では作家たちの殲滅作業が行われているのです。そんなことを主張すれば、「大法螺吹きの被害妄想者」と笑われるのが落ちです。それほどまでに、この犯罪は隠蔽されています。

私は、何とかここから脱出して、七福神浜の非人道性を訴えたいと苦闘してきましたが、脱出の見込みがないことがわかってきました。

私は四十八歳です。まだ二十年以上ある人生を、こんなところで過ごさねばならないのなら、そして、愚鈍な彼らの顔を見て暮らさねばならないのなら、いっそ死んでしまった方が楽だ、という結論に達しました。

私は明日か明後日、折を見て崖から飛び降ります。でも、二百十日目の方が意味があるような気がするので、多分、四日後に決行することになるでしょう。

想像力の豊かな物書きのあなた、ゆめ涙など流さないでください。いずれ、この紙片を読んでいるあなたも絶望して、同じ思いを抱くことになるでしょうから。

最後に、彼らの秘密や性癖を認(したた)めておきます。

しかし、前にも書きましたが、これは私の個人的妄想であって、根拠があるわけではありません。でも、私は彼らを、私の脳の中にしかない世界で思う存分動かしてやりたい。そして笑ってやりたいのです。私の最後の余興をお楽しみください。

では、参ります。

まず、気を付けなければならないのは、精神科医の相馬女史です。

私は、相馬を「七福神浜のメンゲレ」と呼んでいます。

ヨーゼフ・メンゲレは、ご存じ、アウシュビッツに勤務した医師です。残酷な人体実験を繰り返した優生思想の持ち主であることは知られていますが、相馬が似ていると思うのは、思想面ではありません。

相馬は精神科医ではありますが、本来は脳科学者であるらしく、彼女がメンゲレに似ているのは、彼女も「選別」するということなのです。メンゲレは、ユダヤ人を乗せた列車がアウシュビッツに着くと、オペラのアリアをくちずさみながら、ガス室行きとそうでない者とを、その場で選別したと言われています。

相馬は、自分が興味を持つ収容者を選んで治療したがる、という噂があります。それがなぜで、何をしたいのかは、誰も知りません。多分、治療ではなく研究なのです。なぜなら、相馬の持論は、文学は狂気、だからです。

狂気が凶器になると考えている人間がいて、そんな人間が科学者だとしたら。

相馬に選ばれた者は地下二階に連れていかれ、一生日の目を見ることはできないと言われています。七福神浜療養所は、結核療養所だった時代が長くあるので、地下一階はレントゲン室やＭＲＩを撮る部屋が並び、地下二階は死体の安置所や、治る見込みのない患者を閉じ込めていた部屋があるのだとか。地下二階は、上階とはまったく違う世界で、暴れたりすると、地下二階に連れて行かれて恫喝されるそうです。

相馬は人当たりがよく、一見フレンドリーですので、つい気を許しがちですが、選別した対象者には何をしてもいいと承知しているところがあり、その残虐性は類を見ないと思います。作家としては、痺れる人物です。

所長の多田は、この相馬女史と犬猿の仲です。多田は、何の信念も知性もない筋肉馬鹿ですから、相馬もそれを知って見下しています。

多田も多田で、お上の任務の遂行しか頭にありませんから、相馬の選別が自分の仕事の邪魔になると思っているのです。なので、二人は敵対関係にあると言っても、過言ではありません。

私の見るところ、多田は秋海と関係を持っているようです。以前、多田と秋海が目配せをして、リネン室に消えるところを目撃したことがあります。

秋海は、あまり恋愛経験がなかったようで、本気のように思われます。なので、時折、妻帯者である多田を恨んでいるような素振りを見せます。例えば、多田は毎週末は、水戸市にある自宅に戻るのですが、その時だけは、秋海が情緒不安定になるので見物です。とんでもないことを口走ったり、場合によっては、密告したりもします。

秋海の伯母の蟹江は、一見すると、田舎の厨房で働くおばさんのようですが、実は陰の実力者です。彼女こそが公安だという噂もあります。

　蟹江は、秋海と多田の関係に気付いており、何度か秋海に注意しています。でも、秋海が受け入れないので、多田の方を左遷させようと企んでいます。蟹江も、相馬を嫌っていると思います。

　西森は、自分大好きの超ナルシストで、心のないサディストです。彼に恨まれると、酷い目に遭いますから、気を付けた方がいいでしょう。とても女好きで、休みになると近くの風俗に出掛けます。

　以前、療養所に若い女性作家がいたのですが、西森がレイプしたという噂があります。以来、彼女の姿を見ていません。崖から突き落とされたのかもしれません。

　東森は気弱で優しいのですが、趣味が悪過ぎます。西森に心底憧れているからです。どうやら、雑用係の越智が、西森の気に入りなのではないかと、猜疑心を募らせているようです。しかし、西森は女好きなので、東森の嫉妬は当たらないのですが、そのことに気付かないほど鈍い男です。

　越智は何のためにいるのかわからない人物で、仕事にうんざりしている粗雑な怠け者に見えますが、時折、知性を感じさせます。一番謎の多い人物です。私なら、越智を隠れ作家に仕立て上げたいところです。

　警備員は時々代わるので、何かを持ちかけるのには最適かもしれませんが、今のところ成功した人もいないようですし、魅力的な人物も見かけません。

これにて、余興終わり。

では、健闘をお祈りしています。

グッドバイ(太宰治風)。

菅生静

菅生静（すごうしずか）。署名を読んだ私は、弟の言葉を思い出して愕然とした。

『最近、作家がよく自殺するって言われている。例えばさ、青砥康春は、去年突然、死んだだろう。あと、菅生静っていう女の作家いたじゃない。あの人も死んだ。それから、これは六十過ぎだけど、森山直樹。割と突然自殺する人が多いって、言われているじゃない』

菅生静は「突然」死んだのではなく、ここに来て二百十日目に、崖から飛び降りたのだ。どんなに絶望したとしても、私にはまだその勇気はない。いや、まだ絶望の量が足りないのかもしれない。

菅生の作品は、一冊も読んだことがない。彼女は国文学者で、北陸の方の短大で教鞭を執りながら、小説を書いている。寡作だが素晴らしい作品だ、という噂を聞いたことがある。私の菅生に関する情報など、その程度のものだった。「遺書」を読んだことで、俄然興味が湧いたが、ここにいる限り、その作品を読むこともできない。

私は馬鹿だったかもしれない。

態度が真面目になったが故に、待遇がよくなったと信じ込んでいた。多田に氷入りのコカコーラ・ゼロも貰ったし、食事も抜かれることはないし、風呂も食事前に入れるようになった。作文も楽しく書いたから、国語辞典を貸して貰えた。

　こうやって「いい子ちゃん」でやっていけば、いつかはここを出られると思っていただけに、菅生の「遺書」は衝撃だった。

　では、成田麟一はどうして出られたのか。成田が出られたのなら、方策はなくもないのではないかと思えるのが、未練というものか。

　もしかすると、成田は工作員なのか。A45も怪しんでいたことだし、パーティで「願い書」について訊ねた時、捨ててしまえと言われたことを思い出すと、そうかもしれないと怖くなった。

「B98、トイレ長くないか？」

　便器に腰掛けて考え込んでいた私は、突然聞こえてきた秋海の声に驚いて立ち上がった。秋海は、ノックをしても返答がないので、勝手に部屋に入ってきたらしい。

　私は反射的に水洗のレバーを捻った。流水音に被せて、言い訳をする。

「すみません、便秘したんです」

　下痢と言えば、食事を抜かれるかもしれない。咄嗟の判断だった。

「大丈夫か？」

　おざなりな質問の後、声は途絶えた。秋海は、部屋の中をじろじろと検分しているに違いない。

　私は急いで菅生の「遺書」を折り畳み、制服のポケットに突っ込んだ。見つかったらどうしようと焦って狭いトイレの中を見回したものの、他に隠す場所がない。

「今、出ますから」

大げさに手を洗う音を立ててから、トイレのドアを開ける。果たして、秋海はデスクの前で、原稿用紙を覗き込んでいた。

「この続き、どうなんの？」

秋海は無遠慮に、書きかけの「母のカレーライス」の原稿を指さす。

「まだ決めてません」

「決めないで、書けるもんなわけ？」

「書ける時と書けない時があります」

「マジかよ」

秋海は、今度は汚れた国語辞典を手に取って、あたかも中に何か入っていないかと探すかのように、ページをぱらぱらとめくった。薄くてよく滑る、丈夫な紙の感触を想像しながら、私はひたすらポケットの中の紙片の存在がばれないようにと願っていた。いざとなれば、この嵩張る紙片を飲み込めるだろうか、コクヨの原稿用紙だから多分無理だろう、とそんなことを考えている。

「適当だな。おまえたちの仕事って」

秋海は馬鹿にしたように言い捨てて、辞書を机の上に投げ捨てるように置いた。

「ほんと、適当です」

私はへらへらと笑いながら答えて、菅生の「遺書」に書いてあったことを思い出し、秋海の顔を見つめた。

秋海は所長の多田と出来ている。菅生の妄想だと書いてあったが、案外、真実かもしれない。秋海のえらの張った若い顔には、思うようにならない苛立ちと、甘い憧憬のようなものが見え隠れして落ち着きがない。これは恋をしている証拠ではあるまいか。

「でも、多田さんは褒めてくれたから嬉しかったです」

思い切って多田の名を言うと、秋海の目許が一瞬緩んだような気がした。

菅生の秘かな愉しみを、私が引き継ぐのか。そう思った時、秋海が思いを遮断するような怒声で言った。

「食事だよ。呼びに来てやったのに、何で出ないんだよ」

照れているのか。秋海の反応に愉楽が倍加する。

「すみません」

私の態度に何か変化を感じ取ったのだろう。秋海が不思議そうな顔をした。秋海は案外繊細だから、もっと楽しめるかもしれない。以前なら、何をしても危険と紙一重と思えたが、どうせ出られないのなら、ここでの生活を楽しむしかない。

夕食は、得体の知れない魚の煮付けと、カビの生えていそうな萎びたトマト、例によってブロッコリー二株、上澄みと味噌の部分が二層に分かれた薄い味噌汁だった。味噌汁の具は、ほうれん草と薄揚げで、ほうれん草はほんの少し、薄揚げは数ミリの薄さに切られて数枚しか入っていない。これだけケチっていれば、経費も相当節約できるだろう。

私は時間をかけようと思いながらも、他の収容者と同じくがつがつ食べた。魚は身が粗く、タラに少し似ており、アンモニア臭かった。どこか寒い国の深い海で獲れた魚だろう、という程度しかわからなかったが、重要なタンパク源だから、必死で口に入れる。

給仕をする「おち」が、そばをうろちょろしている。菅生は「おち」のことを、「時折、知性を感じさせます」と書いていたが、観察する限り、まったくそんな様子は見えなかった。

相変わらず、触っただけで、黴菌が移りそうな不潔なエプロンを身に着け、毎日同じTシャツと短パンという薄汚い格好だ。

どこに知性がある、と横目で盗み見た私と、「おち」の目が合った。恫喝されるかと思ったのに、「おち」がすっと目を逸らしたので意外だった。

食事が終わったという印に、右手を挙げる。どうやら、部屋に送ってくれるのは、「おち」らしい。

「あなた、いくつ？」

私は、廊下で「おち」に話しかけてみた。どうせ出られないのなら、減点されたところで同じだからだ。

「黙って歩けよ」

粗雑な物言いと、苛立ちを隠さない態度。場合によっては、暴力も振るわれかねないのに、我ながら思い切った行動に出ている。菅生の「遺書」が、私を何かに駆り立てていた。それが破滅衝動だと気付いた時、はっとして立ち止まる。

菅生の「遺書」は果たして本物なのか、と心配になったのだ。これもまた罠だったらどうする。減点だらけになるだけではないか。私は混乱して、立ち竦んでいた。

「どうしたんだよ、早く歩けよ」

「すみません」

「口利くんじゃねえよ。俺が叱られるんだよ」

「すみません」

「馬鹿か」

「おち」は、乱暴に言うだけで殴ろうとはしない。安心した私に、また破滅衝動が湧き上がった。階段を上りかけて振り向く。

「何で敬語やめたの？　年下なのに無礼じゃない？」

「おち」が立ち止まり、不快そうに私の顔を見遣った。

「何で急に話しかけるんだよ。気持ちわりいんだよ。欲求不満かよ」

私は思い切って言った。

「欲求不満だったら、どうするの？」

「気持ちわりいんだよ」

同じ言葉を繰り返した「おち」は、私の脚を後ろから蹴った。軽く蹴っただけのようだが、爪先がアキレス腱に当たり、私は痛みで蹲りそうになった。

「痛いじゃないの」

怒って抗議すると、「早く行け」と真顔で言う。

「カメラに映ってんだよ、馬鹿。俺の減点になるだろが」と、ぶつぶつと呟く。

私が部屋に入ると、「おち」は癪に障って仕方がないという風に、乱暴にドアを閉めた。

「おち」が遠ざかったのを確かめてから、私はトイレに入り、菅生の「遺書」をポケットから手の中に滑り込ませた。

ベッドを直すふりをして、枕の中に再び仕舞う。穴が広がって、蕎麦殻がこぼれ続けている。今にばれるのではないか、と心配だった。どこかもっといい隠し場所を探さねばならないが、この部屋に隠し場所などあるのだろうか。

消灯までの間、「母のカレーライス」の続きを書いた。


「母のカレーライス」


母の従姉妹は、母とまったく似ていないと思ったが、私たち姉弟は血縁というものに飢えていたから、親身になって何か言ってくれる人の存在が有難かった。

「あんたたち、結論が早いんだよ。何でそんな急ぐのさ」

母の従姉妹は蓮っ葉に言った。彼女は、春海という名だと後で知った。歳の頃は、五十歳になるかならないか。

「でも、お金がないんです。働くしかない」

私は泣きそうだった。

「だからさ」と、春海が噛んで含めるようにして、私たちに言った。「定時制とかあるんだからさ、働きながらでも、高校は出なくちゃ駄目だって。後で苦労するよ」

義理の叔母は、春海の話をもっともだという風に、頷きながら聞いていたが、とうに関心は薄れているようで、ちらちらとスマホを眺めていた。

「どうしたらいいですか。預金もこれしかないのに」

私はまた貯金通帳を見せた。

「一緒に考えようよ。絶対に諦めちゃ駄目。何かかんか、やり方はあるんだから」

春海が親切に言ってくれたので、私たち姉弟は心強く思った。大人がそう言ってくれるだけで、何とかなるような気がして嬉しかった。

義理の叔母は、あからさまに退屈そうだった。彼女は派手なタオルハンカチの模様に目を落としているふりをして、そっとずらし、綺麗に塗ったネイルの仕上がりを検分したり、欠伸を噛み殺したりしていた。

「私が相談に乗るから、大丈夫よ」

春海が見かねたらしく、義理の叔母を解放した。義理の叔母はほっとしたように、立ち上がった。

「じゃ、私はこれで失礼します。二人とも頑張ってね。何かいいことあるわよ」

「いいこと」とは、保険金が入ることかと一瞬思ったが、そう思った自分が恥ずかしくて、私は俯いた。叔父の保険金を少しでいいから、分けてほしい。そんなさもしい心の動きが、自分でも嫌だった。だが、自分たちだけが割を喰って、悲しい思いや苦しい暮らしに耐えるのが理不尽に思えてならなかったのだ。

「あんたたち、あたしのアパートにおいで。一緒に暮らそう。ボロアパートだけどさ、何とかなるから」

私は驚いて、反射的に弟の顔を見た。いくら母親の従姉妹とはいえ、春海と一緒に暮らすのは大変そうだ。断ろうとしたが、春海は首を振った。

「嫌なのはわかるけど、暮らしってそんな甘いものじゃないよ。すぐにアパート代、払えなくなっちゃうよ。だから、ちょっと狭いけど、うちに来なさい。そして、独立するまでの間、辛抱していればいいじゃない。あんたたちの気持ちはわかるよ。お金のことも不安だろうけど、お母さんが亡くなって、心細くて寂しいんでしょう？　あたしもね、独り身だから、寂しかったの。あんたたちみたいな子供が欲しかったのよ。これからはお互いに家族と思って頑張ろうね」

春海にほだされた形で、私と弟は春海のアパートに厄介になることに決めた。ともかく、高校を出るまでは何とか凌いで、就職したら春海に恩返ししようと思っていた。

ところが、母の貯金通帳を持って、春海は出奔した。

ある日、春海のアパートに引っ越す手筈の相談をしようと出向いたら、春海は家財道具ごとどこかに消えていた。一緒に住むという案も、たった五十数万の母の貯金が欲しいための嘘だったのだ。

すぐに、家賃の滞納が始まった。私は必死にバイトを掛け持ちしたが、どうなるものでもない。私は弟に言った。

「これからお父さんの家に行くよ」

「行ってどうすんだよ」

弟はすっかりふて腐れて、悪い仲間とつるんでは学校にも行かなくなっていた。私たち姉弟が離ればなれになる日も、そう遠くはない気がしている。

「殺しに行く」

私は正直に答えた。弟がひひっと笑った。

「マジかよ、おもしれえ」

『僕は高校に行かないよ』と言って泣きそうになっていた弟はもういない。『高校をやめて働きます』と健気に言った私も、もうすでにいなかった。

「あいつのせいで、お母さんが死んで、あたしたちも貧乏になったんだ。あいつを殺すしかない」

「イェーイ」と、弟が親指と小指を立てて、両手をひらひら振った。


（続く）

5

翌朝、朝食のアナウンスを待っていたら、ドアが乱暴にノックされた。

今朝はアナウンスなしの朝食呼び出しかと、ドアに近付いたところ、いきなり外から開けられて、朝食の盆が差し出された。慌てて両手で受け取ると、秋海が不機嫌な顔をちらりと見せただけで、何も言わずに踵を返した。

朝食がそれぞれの部屋まで運ばれる日は、七福神浜療養所に何か異変が起きた証拠だ。誰かが脱走を試みて失敗したか、崖から飛び降りたか、はたまた殺されたか。こんな日は、決まって昼食を抜かれる。皆で罰を受けるのだ。

経験則で学んでいた私は、落胆しながら、朝食の盆を見た。献立は、代わり映えしなかった。紙パック入りの牛乳、ビニール袋に入った食パンが二枚、銀紙に包まれたマーガリン一個、どんな雌鶏が産んだのか、ちっぽけな茹で卵ひとつと塩の入った小袋、毎度おなじみ茹で過ぎて色の悪くなったブロッコリーが二株。そして、くたびれたブロッコリーを刺して食べろというのか、頼りないプラスチックのフォークが一本。

昼食が食べられないことを念頭に、私はパン一枚とマーガリンを半分残してビニール袋に入れ、机の下のスペースに隠した。ブロッコリーも一本残す。卵は我慢できずに、全部食べてしまった。

牛乳は、冷蔵庫から出したばかりだったらしく、パックの表面に水滴が付いていた。冷たい飲み物など、所長室でしか飲めないのだから、こちらも温くならないうちに飲み干してしまった。地産品らしい不味い牛乳だが、冷たいせいか旨く感じられた。

外で、車の音がした。驚いた私は、パイプと板だけで出来ている軽い机をどかして、窓を開けて外に身を乗り出した。私の部屋からは死角となっていて、正面玄関のファサードしか見えないのだが、やがて藪と木立の先を白い車が走り去って行くのが見えた。

この部屋に来てから、車を見たのは初めてだった。丈の高い雑草と、木立に隠されて道路が見えないからだ。今まで見えなかったものが見えたのだから、車高の高い車だったのだろう。救急車か。何か特別な仕様の車か。病人か怪我人でも出たのか。それとも、収容者の死体でも乗せていったのか。

考えたところで無駄なのは、ここに誰が入所しているのかも、何が起きたのかも知る術がないからだった。私もここから出て行く時は、皆を昼食抜きにして、白い車に乗せられて行くのだろう。

他に何か見えないかと、身を乗り出してきょろきょろしていた私は、気配を感じて首を巡らせた。斜め上の部屋から、男がこちらを見ていた。男は初老で、髪がやや薄くなっているのが見て取れた。部屋の位置から言って、私が到着した日に見下ろしていて、すぐに顔を引っ込めた男のようだ。左腕に黒いベルトの腕時計をしているのが見えた。もしかして、A45か？　私は大胆にも、手を振ってみた。だが、男は私を見下ろしているだけで、無反応だ。

その時、ドアがノックされた。私は慌てて机を元に戻し、朝食の盆を持って立ち上がった。廊下に、秋海が浮かない顔で立っていた。

「食器回収」と、小さな声で言う。

「今日は、お昼ご飯はないんですね？」

念を押すと、何も言わずに私の胸元を肘で押し除けるようにした。あまりの無礼さに、私は反射的にその手を振り払ってしまった。すると、秋海は恐怖を感じたかのように、びくりと反応して私を見た。その目に、今まで見たことのないものがあった。怖れだ。

「気を付けろよ」

台詞にも迫力がない。私は調子に乗った。

「でも、昼ご飯のことくらい、教えてくれたっていいんじゃないですか」

秋海は怯えたように首を振り、朝食の盆を持って急いで行ってしまった。いったい何が起きたのだろう。いつもと違う秋海の反応が気になった。

昼食が出ないとわかった私は、気を紛らわせるために「母のカレーライス」の続きを書きまくった。それはこんな内容だった。


「母のカレーライス」


母の遺品の中に、父親の消息は必ず残っている。私が確信した通り、母はメモ代わりにしていた古い日記帳の余白に書き記していた。離婚して勤め先をかえた父は、都下の住宅街に住んでいた。

金がない。一刻の猶予もなくなった私は、父親の住む家を訪ねて行った。自分たちを棄てた父も、私たち同様に貧しい暮らしをしているものと思い込んでいたのに、父の家は、新築の二階家だった。玄関のポーチには、高価な国産車も停まっている。これは、私たちに一円の慰藉料も払わずに建てた家なのだ。私は父への恨みを募らせた。

物陰から様子を窺っていると、父の再婚相手が車で出掛けた。妻は、私の母親よりも遥かに若く、生活の余裕を感じさせる洒落た服装をしている。それにひきかえ、母親は仕事を掛け持ちして死ぬまで働きづめだった。服装に構うゆとりもなく、雨が降っても雪が降っても、自転車にまたがって出かけて行った。母親がとても哀れになり、私は妻も恨んだのだった。

母親と入れ替わりに、小学校高学年らしい娘が帰宅した。ラベンダー色のランドセルを背負って、可愛いお稽古袋を提げ、自分で鍵を取り出して自宅に入っていく。

私とは異母姉妹になるはずだが、娘は母親に似たのか、美しくて幸せそうに見えた。この私は父に棄てられたのに、怖ろしいほど父に似て醜いのだった。この皮肉。ほどなく、ピアノの練習曲が流れてきた。

持てるはずだった暮らしがそこにあるのに、自分は何もかも失って、貧困の極みにいるのはなぜだろう。高校は辞めざるを得ず、早晩アパートも追い出されて、弟ともども住む場所もなく彷徨うことになるのに、実の父親は救いの手を差し伸べようともしない。

父は、母が死んだことも、前妻との間の子供が困窮していることも知らずに、生きていくのだろう。いや、違う。知ろうとしないのだ。

そう思った途端、憎しみが滾って苦しくなった。私は昏倒するように、近くの公園のベンチにへたり込んでしまった。

夜になる前に、父親が帰宅した。私たちと一緒に住んでいた時は、いつも遅く帰ってきては母親と喧嘩ばかりしていたのに、今は何も知らない安らかな顔で、家族のもとに帰ってくる。恥知らず。私は父を殺してやろうと思った。

翌日、家から包丁を持ち出し、暗がりに蹲って待っていた。同じ時刻に、父が帰ってきた。私の顔を覚えているのではないかと目の前を通り過ぎたが、父は何も気付かずに、歩いて行ってしまった。そして、インターホンを押す父親を見ているうちに、父親だけでなく、この目障りな家ごと燃やしてやった方がいいのではないかと思った。いっそ、家族ごとなくなった方が気持ちがいい。

アパートに戻って弟に告げると、一も二もなく賛成された。弟がガソリンスタンドでバイトしている友達から、ガソリンを調達してきた。

次の日はお誂え向きに風が強かった。私と弟は、片道十キロ以上もある道のりを、ガソリンの入ったポリタンクを交代で持ちながら、徒歩で父親の家に向かった。そして、ポリタンクを玄関の前に置き、ガソリンを染み込ませたボロ布に火を点けて、車の下と玄関先、裏口の三箇所に置いた。ガソリンが爆発して、火は一気に燃え上がった。

「やったね」と、弟。

私たちは顔を見合わせて笑った。自分たちが壊れかけていることは、とっくに気付いていた。

原稿用紙十六枚分。この章はこれで終わりにする。私はこの続きを考えて、久しぶりに高揚する自分に気が付いた。

お涙頂戴物語を期待している多田は、この展開に絶対に文句を言うだろう。ガソリンを使った現実の事件があるじゃないか、と怒るかもしれない。

だが、どんなに模範的な生活を送ってアピールしても、永遠にここを出られないのなら、多田の怒りなどどうでもいいのだった。私は、「母のカレーライス」の「私」と同じく、自棄になっていた。

空腹を感じた。すでに午後二時を過ぎている。残してあった食パンに、マーガリンを塗りたくって、ゆっくり食べた。最後に、ブロッコリーをデザートにする。願わくば、薄いハム一枚でも欲しかったが、すでに欠乏とささやかな充足には慣れてきていた。

食べ終わった後、「作文」をデスクの上に置いて、散歩に出た。私が部屋を留守にするうちに、「作文」は誰かの手で事務室に運ばれ、多田や西森が精読することになるだろう。

今日の騒ぎはいったい何だったのか。私は崖下にいるＡ45に聞きに行くことにした。たとえＡ45が知らなくても、誰かと話したかった。

空は曇っていて気温は低かった。肌寒いくらいなのに、まるで台風でも来る時のように湿度が高い。無風状態。海原から、むんむんとむせるような潮の臭いが立ちこめる。庭に出ただけで、皮膚がべとっと湿り気を帯びた。

私は眼下に広がる黒い海を見た。こぢんまりした湾に、淫靡な形の大岩が三つ、波に洗われている。蕎麦殻枕の中にあった「遺書」を読む前と読んだ後とでは、海に対する心持ちがまったく違っていた。

以前は、閉じ込められた感覚はあったものの、どこか景勝地にいるような気分があった。しかし、ここから一生出られないと思うと、見るだに陰々滅々とする風景となる。いつかネットで見た「パピヨン」という映画を思い出す。

無難に「刑期」を勤め、ここを一日でも早く出ようと、それだけを生きるよすがにしてきたが、今は暗い怒りと自棄とが共存していた。いずれその気概も失せて、諦めの境地に達するのだろうか。ダスティン・ホフマンのように、崖上の土地を少し借りて、作物を植えるのを楽しみにしたりするのだろうか。

A45は、今日も崖の階(きざはし)に座っていた。上から、灰色の制服の袖がちらっと見える。私は海を眺めるふりをしながら、近付いた。

「こんにちは」

「ああ。あなたですか。昨日は私、ちょっと言い過ぎたようですね。悪態吐いて、ほんと、すみません」

何かいいことがあったのか、A45の口調は軽く、機嫌がよかった。

「それはそうと、今朝、窓から、私の方を見てませんでしたか?」

「ああ、見てました。ちょっと目が合いましたね」

A45は、躊躇いがちに認めた。

「手なんか振っちゃってすみません。見つかるとまずいですよね」

「まあ、そうですけど。うっかり下を見た私が悪いんです」

「私は人の姿を見て嬉しかったですけどね。ところで、何かあったんですか？　あれは救急車だったでしょう？」

「スタンガンでやられた人が東森を襲ったそうです」

「本当ですか？」

そんなことがあったのかと私は驚いた。西森ならよかったのに。

「たいしたことありませんよ。耳をちょっと齧られただけと聞きました」

「そうですか」

あの若い男は抵抗虚しく、再び制圧されたのだろう。秋海が怯えた顔をしていたのはそのせいか。

「今日は声が沈んでいますね？」

手鏡がこちらに向けられた。A45が手鏡越しに、私の顔色を窺っているのがわかる。

「いや、特に何かあったわけじゃないんですけど」と、私は嘘を吐いた。菅生静の「遺書」のことは、誰にも言えないからだ。「ここからはもう二度と出られないかもしれないと思ったら、落ち込んじゃって」

「おや、昨日はえらく前向きだったのに。減点やられたんですか？」

A45は、興味津々という体で訊ねる。

「いえ、何もないです」

「では、あなたに希望の材料をひとつお伝えしましょう。さっきね、ここに来たら、珍しくヨットが一艘、湾に入り込んでましたよ」

「ヨットが？」

それを聞いた私は高ぶった。この湾には、漁船はおろか、船と名の付くものは一切入ってこなかったのだ。

「あのう、崖下に降りる道はないんですか？」

「なくはないようです。でも、急峻ですからね、決死の覚悟で降りることになりそうです。それに、たとえ降りたって、助ける船が来なければどうにもなりません。足場がないから、満潮になったら溺れ死んでしまうかもしれません。そのくらい切り立ってます」

でも、ここで老いて死を待つよりは、溺死する方がマシではないのか。崖から飛び降りる勇気のない私は、降りる道を探そうと思った。

「道を探そうとして、何人か落ちて亡くなってますよ」

またしても意気消沈だ。私は話を変えた。

「今日、久しぶりに昼食抜きでしたけど、他にも何かありましたか？」

「また一人、飛び降りたんです」

A45が即座に答えた。

「誰ですか？」

昨日、オールマイラビングが、崖の方に行くのを見たが、まさかと不安になる。隣室同士で壁を叩き合っただけに、本当だとしたら衝撃だった。

「女性作家ですよ。恰幅がよくて、慰安婦の話なんか書いてる人」

「もしかして、長城万里（ちょうじょうばんり）ですか？」

オールマイラビングは、長城万里だったのか。長城の噂も最近聞いてなかったが、七福神浜に幽閉されていたとは、知る由もなかった。

「長城さんは大物だからね。それでちょっと騒ぎになったみたいだけど、私に言わせりゃ、見事な見事な最期ですよ。女だてらに天晴れです」

「でも、気の毒です」

「なあに、あなたもいずれ、見事な最期だと思うようになりますよ。保証します」

悲しい保証ではないか。

「それにしても、Ａ45さんは、何でもよくご存じですね」

「長くいるとね、地獄耳になるんです。そろそろ、あっちに行ってください」

Ａ45に追い払われた私は崖から離れた。そのまま部屋に戻るのもつまらないので、岬の突端の方まで歩いてみることにした。幡ヶ谷、長城、偶然にも彼らの最期の姿を見たのは、私なのだ。彼らは、どんな心境だったろう。

崖はどこも切り立っていて、下に降りる道があるのかどうか、身を乗り出して覗くのも怖かった。一生自由を奪われるなら死んだ方がマシなのに、どうして自分は死を怖れるのだろう。こんな目に遭わされても、まだ希望を棄てていないのかと、己が情けなかった。

どんよりとべたつく空気が不快で、突端まで行くのをやめて、途中で引き返すことにした。早く風呂の順番がくることを願いながら、療養所に戻ってきた。

二階への階段を上ろうとしたら、私の姿を認めて近付いてきた西森に呼び止められた。

「B98、所長に呼ばれているぞ」

用件は、見事に変節した「作文」のことだろう。しかし、私は多田の顔を見るのも話すのも嫌だった。のろくさと顔を上げて、西森を振り返る。

「今すぐでなくちゃ駄目ですか？」

「もちろんだ」

西森の顔に怒気が表れた。そうだ、こいつは怒りっぽいんだった。ええと、菅生静の「遺書」には、西森について何と書いてあったっけ。

――自分大好きの超ナルシストで、心のないサディストです。彼に恨まれると、酷い目に遭いますから、気を付けた方がいいでしょう。とても女好きで、休みになると近くの風俗に出掛けます。以前、療養所に若い女性作家がいたのですが、西森がレイプしたという噂があります。以来、彼女の姿を見ていません。崖から突き落とされたのかもしれません――

私は「遺書」の文言を思い出し、西森の顔をまじまじと見遣った。風俗通いの西森か。女好きのレイプ魔。しかも、西森は最初から私を目の敵にしているから危険だった。

なのに、どうしても逆らいたい気分の私は、こう言ってしまった。

「すみません、おしっこしたいんです」

「わかった。じゃ、俺の見ている前でしろ」

変態だ。要注意、要注意。私はすぐに訂正した。

「では、我慢して行きます」

「馬鹿」と、西森は薄笑いを浮かべた。「最初から言えよ」

瞬間、自分でも信じられない大きな怒りが沸騰しかかって、私は自分を抑えるのに苦労した。こんな経験は初めてだった。鳩尾を殴られた時よりも、西森が憎かった。私は、圧倒的に優位に立って、相手をさらに貶める人間が大嫌いだ。西森を苦しめることができたら、何でもするだろうと思った。

「母のカレーライス」の「私」も、何ごともなかったように帰宅する父親の背中を見て、同様に思ったに違いない。私の中で、自分の書いた虚構と現実がごちゃ混ぜになっていく。だから、「母のカレーライス」の「私」は、もっと過激に苛烈に造型しなければならないのだ。

事務室には秋海が一人いて、何やら電話の応対をしていた。住所を伝えているので、東森の家族に、病院の住所でも教えているのではないかと聞き耳を立てたが、西森に「コラア」と小突かれた。

「マッツ夢井さんです」

所長室のドアをノックして、西森が言う。

中からドアが開けられて、多田が顔を出した。私の目を見ないで、「入ってください」と早口で言う。

今日はさすがにコカコーラ・ゼロも、氷入りの水も出ないだろう。私は半ばふてくされて所長室に入った。果たして、私の「作文」が机の上に広げられているのが見えた。

「マッツ夢井先生ですね。初めまして」

いきなり女の声がして、私は驚いて振り返った。ソファの端っこにちょこんと先客が座っていた。先客は立ち上がって、私に小さな手を差し出した。

白衣を着た小柄な女性だ。歳の頃は、私とそう変わらない。ショートカットの髪に、赤いフレームの、度の強い眼鏡を掛けている。眼鏡の奥の目は、理知的で優しい。「ちびまる子ちゃん」の親友、「たまちゃん」を想起させる女性だった。何でも受け止めてくれる、たまちゃん。

「こんにちは」

私も思わず手を出すと、相手はにこにこしながら、私の手をぎゅっと握った。小さな手だが力は強い。

「相馬といいます。週に一度、こちらに来る精神科の医師です。一応、ここにおられる皆さんの健康と精神の管理をしています。不安なことがあったら、何でも相談してください」

この人が、「相馬女史」？

この人が、「七福神浜のメンゲレ」？

——狂気が凶器になると考えている人間がいて、そんな人間が科学者だとしたら。

菅生の書いた「相馬女史」と、あまりに印象が違うので、私は唖然としたまま、ぼんやりとした顔で頭だけ下げた。

「私、ご著書を何冊か読んだことがあります。マッツ先生にお目にかかれて光栄です」

相馬は恥ずかしそうに顔を赤らめて言うではないか。私はまた「遺書」の文言を思い出していた。――相馬は人当たりがよく、一見フレンドリーですので、つい気を許しがちですが、選別した対象者には何をしてもいいと承知しているところがあり、その残虐性は類を見ないと思います。作家としては、痺れる人物です。

菅生静が書いたことは真実なのだろうか。

ひょっとして、あの「遺書」そのものが悪意に満ちて偽造されたものだったら？

永遠に出られないという言辞そのものが虚偽なら？

私は混乱して正常な判断を下せず、ただ阿呆のように突っ立っていた。

「どうぞお座りください」

相馬に言われて、私はスプリングのへたったソファに腰を下ろした。相馬の口調は、優しいというより、自信がなさそうだった。高圧的でない分、気が楽だ。それも、菅生の「遺書」によれば、「フレンドリー」ということになるのか。

「このたびは突然の収監で驚かれたと思いますが、マッツさんは、環境の変化にも耐えて、よくやられているようですね」

その言い方はどこか懐かしかった。例えば、小学生の時、保健室にいた若い保健婦さんや、学校事務の若いお姉さんを彷彿させた。彼女たちは化粧気がなく、髪も染めずに空気が抜けるように喋り、まるで童（わらべ）のように無邪気に見えた。

「そうですか？　戸惑っています」

「いいえ、よく順応されていると思いますよ」

順応とは、ずいぶんと屈辱的な言葉ではないか。私は内心で反発を募らせた。相馬はそんな私の表情をじっと窺うように見ている。

「先生は、いつも火曜日にいらっしゃる」

多田が口を挟んだ。

「それより、先生。作文ありがとうございました。驚きの展開ですね」

多田が、デスクの上に広げられた、私の原稿用紙を指差した。

「そうですか」

私はとぼけて横を向く。

「私も拝読させて頂きました。マッツ先生の肉筆かと思うと、ちょっと震えました」

相馬が、純真さを感じさせる声で言う。

「まだ未完ですので」私は多田に厭味を言った。「いつの間にか部屋からなくなるので、どうしたんだろうと思っていたら、こういうところにあるんですね、いつも」

「先生、これは治療ですから」

多田が、心外という顔をする。

「マッツさんの書く物語は、とても人間心理に則ったものだと思いますよ。愛憎がもっとも人間の面倒な感情ですから、『母のカレーライス』は、それがよく出ていると思いました」

おや？　私は自棄になって書いたのに、相馬はこの作品を認めるのか。だったら、どう治療するのか。

「本当ですね。人間の感情は一筋縄ではいかない。私は素人ですが、それがよく書けていると思いましたよ。特に、この後妻の様子ね。憎たらしいこと、ほんとに。こういういけしゃあしゃあと生きている人間を書くのが、先生はとてもお上手ですよ」

そんなつもりではないと言いたかったが、いつの間にか二人は、「母のカレーライス」を褒めちぎっているのだった。私は薄気味悪くなって黙っていた。

「治療はうまくいっていると思いますので、この調子で頑張って書いてください。一番困るのは、書かないことなんです。書いて書いて情動をフル活動させてください。でないと、なかなか治療がうまくいきませんので」と、多田。

ふと、不安になって訊いてみた。

「あの、他の入所者の方々も、皆さん、作文を書いていらっしゃるんですか？」

多田が何も言わずに、相馬の方を見遣った。相馬がにこにこ笑って答える。

「はい、治療の一環ですから、皆さん書いておられますよ。中には、中世の物語や、ＳＦを書く方もいらしたりして、ヴァラエティに富んでます。私たち読む方も楽しくてね」

「そうですね。中には地球が破滅するって話があったりね」と、多田が頷く。

強烈な違和感があった。我々はプロの作家なのに、なぜこんな作文を書かされて、素人の多田と相馬に見せねばならないのだ。才能の無駄遣いではないか。「作文」は物笑いの種にして、稀にできたよい作品は自分たちで浪費して表には出さない。

私がいつの間にか仏頂面をしていることに気付いたのだろう。相馬が微笑んで言った。

「マッツさんは、何か悩みとかはありませんか？」

悩みだらけだと答えたら、精神安定剤を処方してくれるのだろうか。

「いいえ」

否定すると、相馬が何ごとか考えるように、唇を窄めて視線を逸らした。何か策を巡らせているように見えたので、私も目を伏せた。


菅生静の「遺書」は、絶望をもたらしたが、その一方で、不思議な安堵も感じさせたのだった。

私は、七福神浜療養所の人間たちが、何を思ってこんなことをしているのかわからず、不気味でならなかった。だから、ひたすら恭順の姿勢を示して、ここから一日も早く去る努力をしようと思った。

だが、菅生の「遺書」にあった彼らは、俗物そのものだった。

脳科学者の相馬を面白く思わない多田は、秋海と不倫をしているという。そして、多田の妻に嫉妬を隠さない秋海。休日には、風俗通いをする西森。

どう見ても田舎のおばさん風の蟹江が陰の実力者で、粗暴な「おち」は、文学的な人間らしい、という意外なオチ。そして、女医の相馬は、なんと「七福神浜のメンゲレ」だ。我々を、実験材料にするか否か、選別するという。

多田以下スタッフたちは、欲望にまみれた俗物でしかないという事実が、私をほっとさせた。彼らがストイックで高邁なアスリートなんかでなく、自分の中の醜い欲望や愚かな認識を肯定できずに、他人を責めているのだとしたら、怖れるに足らない。彼らは、文学や芸術に表れる欲望や業を、決して理解はできないだろうから。

私はすでに、多田も相馬も怖くはなかった。むしろ、減点を7に留めて、早く出所しようとあがいている時の方が恐怖に縛られていた。

しかし、ここに一生いなければならないのなら、考えることはただひとつだ。ここを脱出する術を得ること。

そう思って、窓外を見遣ると、どんより曇った陰鬱な空が見えた。海からは、どーんどーんと崖に打ち付ける波の音。台風がくるのか、やたらと蒸して無風の日だったから、風力発電のタービンの音は聞こえない。

湾に紛れ込んだ一艘のヨットなど、希望ではなかった。本物の希望は、私が正気を保つことだ。

多田が、私の変化を感じ取ったのか、少し妙な顔をした。

「先生、何かあったんですか。昨日と印象が違いますね」

「そうですか？　何もありませんよ。今日はお昼ご飯がなかったので、空腹なだけです。だから、今食べたいものを考えています」

何が食べたい？　とは訊かずに、多田は不機嫌な顔で黙っただけだ。私は構わず喋った。

「さっきからお好み焼きが食べたくてたまらないんです。千切りキャベツと天かすをたっぷり入れたお好み焼きが。変ですね、そんなに好きじゃなかったのに、お好み焼きが頭を離れなくて困っています」

私が笑ってみせると、多田は困ったように愛想笑いをして頭を振った。

「先生、ちょっと躁状態じゃないですか」

「躁状態？」私はすかさず相馬に訊ねた。「相馬先生、これって拘禁ノイローゼじゃないですか？」

「違うと思いますよ。二週間では、ノイローゼになるには早過ぎます。それよりも、多田さん、今日は昼食抜きだったんですか？」

相馬が赤い眼鏡のフレームに指で触れながら、巧妙に話を変えた。

「はあ」と、多田が頷いた。「今日の朝はちょっとごたごたしましたでしょう。人手がないもんですから、昼ご飯を作ったり、呼びに行ったりする手間を省いたんです」

「いつもそうなの？」

相馬は唇を尖らせて、多田を責める。

「はい。療養者によるトラブルが起きた時は、反省も含めてそうしてもらってますね」

「どうして私たちがトラブルの連帯責任を取らなきゃならないんですか？ それで昼食がないなんて、おかしいですよ。人権を無視しています」

私が文句を言うと、相馬が一緒に頷いた。

「同意見です。それは虐待です。第三者委員会に言いますよ」

「第三者委員会なんてあるんですか？」

私は内心可笑しかった。どうせアリバイ的に設置されただけだろう。この国は腐っているのだから。

「はい、もちろん。有識者によって設置されました」

「どんなメンバーなんですか？」

「後で調べておきますよ、先生」と、多田が笑いながら言う。

相馬は素知らぬ顔で、メモ用紙にさらさらと何か書いている。

私は、思わず相馬の横顔を凝視した。つるりとした白い皮膚はぴんと張って、好人物を表すような垂れ目は黒目がちであどけない。上唇の両端が微かにめくれているのは、両方の八重歯が口を閉じるのを邪魔しているからだろう。優しげに微笑む顔からは、何の邪気も感じられない。

だが、そんな風貌の相馬が、真面目な顔をしたり、考え込んだりすると、邪悪に感じられる瞬間があるのはなぜだろう。私は、相馬の童のような幼い顔を、しげしげと見つめた。

「私の顔に何か付いてますか？」

相馬が私の視線に気付いてボールペンを置き、少し顔を赤らめた。

「すみません、じろじろ見たりして。先生がとても若く見えるからです」

「若く見えると、医者として信用されないことも多々ありますよ。医者にとって経験は大事ですから」

相馬が、同意を求める風に、多田の顔を見たが、多田は俯いたまま顔を上げない。同意するわけにもいかず、言葉に詰まったのだろう。

相馬を最初に見た時は、私と同年くらいかと思ったが、しゅうしゅうと常に空気が漏れ出るような、たどたどしい物言いは可愛らしく、二十代半ばと言っても通じそうだった。

相馬は照れ笑いのような表情を浮かべた。

「私、幼く見えるってよく言われます」

赤いフレームの眼鏡の奥で、優しい瞳が愉快そうに瞬いた。

「お医者様としては、損なのでしょうか」

私は内心どうでもいいことだと思いながら、訊ねた。所長室で、こんな話を続けて何の意味があるのだろうと、虚しくてならなかった。

「そうですね、先ほど言いましたように、医者は経験がものを言うところがありますから、若い医者よりは、年長の医者の方が重用されるように思います。ところで、マッツさん、私、本当はいくつだと思います？」

難しい質問だった。何と答えればいいのだろう。殊の外、自分が若く見えることを誇りたいのだとしたら、三十歳ぐらいだろうか。しかし、いくら何でもそんなに若い医者が、この療養所を任されるのだろうか。

考えあぐねていると、相馬の方から答えを言った。

「私、四十五歳なんですよ」

聞いた途端に寒気がした。異様に若い。

「お若く見えますね」

うふふ。相馬は小学生の女の子みたいな表情で笑ったが、笑い声は嗄れていて低かった。

「幼稚って言いたいのかな」

「まさか。とんでもない」

「ありがとう。マッツさんとは気が合いそうですね」

相馬は、テーブルの上にあった書類を取り上げて眺めた。私に関する資料らしい。

「減点が7もあるんですか。何をなさってこんなことになったのかしら。これじゃ、七週間もここにいなくてはなりませんね」

「マッツさんは、すでに二週間以上消化していますよ」

多田が口を挟んだ。

「確かに入所日は六月二十七日とありますね」相馬が、自身のノートをめくって、裏に印刷されているカレンダーを眺めながら言う。「だったら、あとひと月ちょっとじゃないですか。もうじき出られますよ。もう少し辛抱されて、研鑽を積んでください」

私は血が逆流する思いだった。菅生静の「遺書」を読んだ今、そんな言葉を信じられるわけがない。

「研鑽って何をするんですか？」

反抗的な私の態度に驚いたのか、多田が椅子から立ち上がった。

「先生、今日はどうしたんですか」

「反抗的ですか」

「そうです。氷の入ったコーラでも飲みますか?」

多田がせせら笑った。

「いい加減にしてください。どうせ何週間経ったって、出られないんでしょう? ここは刑務所と同じだっていうじゃないですか。私たちは無期懲役の囚人同然なのでしょう? いったい私たち作家が何をしたというんです。ただ、小説や評論を書いていただけじゃないですか」

「誰がそんなデマを言ったんですか?」

相馬が心配そうに眉根を寄せてから、多田の顔を見た。多田が困惑した様子で、自分じゃない、という風に首を振る。

「言われなくてもわかりますよ、そんなこと。突然、こんな僻地に連れてこられて収監されたんだから。収監の理由は、私の書いている本にレイプシーンがあるからだと、それも読者の側からの告発だと、メチャクチャなことを言う。そんなの嘘でしょう? そちらが勝手に判定しているのでしょう? 私の言い分も聞いてくれないのなら、一方的な拉致監禁じゃないですか。そして、私が何かすれば、勝手に減点を科して、監禁の日にちを延ばしていく。私は何もしていないんだから、これは犯罪です」

喋れば喋るほど激昂していく自分がいる。私は自分を止められなかった。

「マッツさんは、何もしてなくは、ないです」相馬が気の毒そうに私を見た。「現行の法律では、有害図書と認定されたら、その図書への課税率が上がるだけではなく、作家の側の更生が必要なんです。私たちは、その更生のお手伝いをしているだけで、拉致監禁だなんて人聞きが悪いです」

相馬が眉根を寄せ、痛々しい表情を作った。怒りんぼでおっちょこちょいのちびまる子を心配して、きつい意見もたまには言う、たまちゃんそっくりだった。

「いつ、そんな法律が出来たんですか。知りませんよ、そんなの」

多田が落ち着いた声で答える。

「あれ、前に先生にお話ししたはずですよ。一年半前に、ヘイトスピーチ法と並んで、成立しました」

「あなたたち、何言ってるの、勝手にでっち上げないでよ」

「でっち上げてなんかいません」

相馬が高い声を上げた。

「いえ、でっち上げです。だって当の私が知らないんだもの」

「それは先生の勉強不足ですよ。新聞なんか、ちゃんと読んでないでしょ。こっちだってね、好き好んで、こんな仕事をしてるわけじゃないです。国家の仕事としてやっているんですから、私らの私見など通るはずもないんです。私ら、国家公務員なんですから」

「じゃ、どうやったら私は家に帰れるんですか？」

「習作に励んだのち、風紀紊乱(びんらん)を招くような作品は二度と書きません、という誓約書にサインすれば、赦されます」

「しなかったら？」

「更生できるまで、一緒に頑張るだけです」

相馬が善人面で宣った。

「できますよ。こないだまで、頑張ってたじゃないですか」

多田が笑いながら言ったので腹が立った。圧倒的優位に立つ者特有の、自分でそれを意識しない高圧的態度。ついさっき、西森に感じたものと同様の、激しい怒りだった。

「いい加減にしてよ。早く私を家に帰して」

思わず叫ぶと、ノックと同時にドアが勢いよく開いた。私の興奮した声が聞こえたらしく、秋海と西森が立っていた。

秋海が興奮する私を見て怯えた顔をしたので、思わず言った。

「あら、秋海さん、あなた、多田さんと不倫してるんですってね」

秋海は明らかに動揺して多田の方を見てから、慌てて視線を外した。多田は反射的に相馬の方を見遣る。相馬は、怒りの色も露わにして多田を睨んだ。二人の様子を見て、今度は秋海が相馬を睨み付ける。

西森が三人を見比べた後、何事か察したかのように薄笑いを浮かべた。

「多田さんは、若い女が好きなのね。相馬先生、あなたも多田さんと何かあったんですか。多田さん、水戸にいる奥さんはどうされたんですか」

「ちょっとちょっと」

多田が呆れた風を装ってうんざりした顔をしてみせたが、目には怒気がある。

「西森さんは風俗好きだって伺いました。皆さん、生きるのが楽しそうね」

「黙れ」と、西森。

「拘禁ノイローゼかもしれないですね」

相馬が言ったので、私は嘲り笑った。

「さっきは違うって言ったじゃないですか。藪医者のくせに何を言ってるの」

私の言葉を聞いて、多田がふっと笑ったのが見えた。相馬はじっと俯いて堪えている。

「みんなバカみたい。一生、ここから出られないのに、あたかも出られるかのように振る舞ってる。そんな猿芝居はお見通しですよ。みんなで寄ってたかって、私をメチャクチャにする気でしょう。そうはいかないからね。幡ヶ谷伊之助や、長城万里は負けたんでしょうけど、私はそうじゃない」

私は哄笑した。気が狂ったように見えただろうと思ったが、笑いは止まらなかった。すぐに、男たちに引き倒されて、床に動けないように押さえつけられた。何かが腕に刺さったのがわかった。次第に気が遠くなる。きっと薬物でも注射されたのだろう。

「幡ヶ谷さんとか長城さんのこと、どうして知ってるんでしょう」

秋海の声がこだまのように耳に残ったから、私は全然怖くなかった。私は変じゃない。これでいいのだ。

第三章 混乱

1

気分の悪さと寒気とで目が覚めた。吐きたいけれど、体が動かない。仰向けになっているのはわかったから、このままでは吐瀉物が気管に詰まって死ぬだろうと思った。でも、どうにもできない。すると、誰かが私の体を横向きにして、背中をさすってくれた。七福神浜で、こんな優しい手をした人間にあったのは初めてだった。私は感動のあまり涙を流したが、えずいた涙と一緒だったので、相手にはわからなかっただろう。

「大丈夫ですか？」

聞き覚えのない女性の声だった。私は声を出せずに呻くことしかできなかったので、緩慢に頷いた。目を開けようとしたが、その力はまだなかった。

その女性が、私の口元を濡れたタオルで拭って、綺麗にしてくれた。吐瀉物も片付けてくれたのか、臭いはしない。

私はきっと、例の地下室で拘束衣を着せられて横たわっているのだろうと思った。親切にしてくれたのは、以前、目が合ったベッドに縛り付けられた女性かもしれない。彼女は、拘束衣から逃れられたのだろう、よかった。吐き気がおさまったら、再び意識を失った。

ベッドサイドに、多田と誰かが私の顔を見下ろしながら、ぼそぼそ喋っている夢（現）を見た。

『最初から問題児だったけど、こんなことになるなんてね』

『いきなり減点7ですからね。最近、おとなしくなったと思ったのに、何があったんですかね』

『今、調べてます』

『それにしても、彼女はなかなか引っかからなかったですね。意外と用心深いんだね』

『崖から飛び降りてくれるのが一番楽だったんだけど、仕方ないな。相馬さんが欲しいなら、くれてやるよ』

『彼女、今に問題になりますよ』

『わかってるよ』

あの声は、A45ではないか。崖下にいた初老の男は、療養所のあれこれをよく知っていて、教えてくれたものだが、巧妙に、私を一定方向に導いていたのだろうか。

ヨットが来たと言われて、崖下に見に行こうと思ったことはある。としたら、A45は私に、絶望とそこから逃れる術、つまりは自死を唆していたことになる。

私は目を開けて男の正体を見ようとしたが、残念ながら、瞼(まぶた)が重くて開かなかった。

何を打たれたのだろう。体は動かないが、意識はあるのだから、ただの睡眠薬ではなさそうだ。

全身の筋肉は動かないが、自発呼吸はできた。菅生静の「遺書」を思い出して、私は相馬に人体実験をされたのかと恐怖心が湧いた。しかし、希望はあった。自分の正気と、時々やってきて世話をしてくれる女性の存在だった。

「今日はよさそうだね」

彼女は始終声をかけてくれて、顔をタオルで拭い、口の中を濯(すす)いでくれた。紙おむつも彼女が取り替えてくれた。私は彼女が来てくれると安心して、もっと昔の夢も見ることができた。

昔の夢とは、七福神浜の誰も現れない夢である。子供時代だったり、金ヶ崎有と暮らしていた頃の、性的には満足した時代の思い出だったりした。また、ある時は、出版社のパーティに出席していて、見知らぬ子供にママと呼ばれて驚く夢だったりもした。

『いつの間にお子さんがいたんですか』と、夢の中で知り合いに声をかけられ、楽しく笑ったり、戸惑ったり、酒を飲んだりしていた。まるで、失われた時間を惜しむように、私の脳味噌が狂い咲きしているかのようだった。そんな時、私は喋ったり、声を上げたりしていたらしく、いつもの彼女が優しく背中をさすってくれたのだった。

ある日、すぐ近くで、女性の話す声が聞こえた。

一人は蟹江だったから、これは夢(現)だと思った。が、もう一人は聞き覚えのない低い声だった。二人は、風呂がどうこうと喋って、その後、どこかへ去った。

食堂で、風呂場に何かある、と示唆した女性だろうか。結局、洗濯機の電源は怖ろしくて、スマホの充電のためにプラグを差し込むことができなかったし、湯気で曇った高窓に描かれたスマイルマークの謎も、私には解けなかった。

今思えば、すべてが絶望の淵に向けて、仕組まれた罠だったのだろう。しかし、その真実も、夢か現かわからないのだから、このように考えることが、すでに妄想なのかもしれないとも思い、私は死に向かう重病人のように、意識が戻ったり、遠のいたりして、何日間かを過ごした。いや、もしかすると、それは数週間に及んでいたのかもしれない。

目覚めた時、すべての記憶をなくしていたらどうしよう。私はそのことに怯えた。覚醒するたびに、何のためにこうなっているのかを必死に思い出そうとしては、何度も怒りを呼び覚ました。だが、それも、どうでもよくなりつつあった。怒りにはパワーが必要なのだ。

ある日、私はいつもと少し違う自分に気が付いた。瞼が開いたのだ。突然、光が体内に入ってきたので、私は戸惑いながら、瞼を閉じたり半眼にしたりして、光に慣らした。

これまで意識があっても体が動かない、という不自由に耐えてきたから、自分の体に筋肉があることをすっかり忘れていた。瞼を動かすにも、筋力が必要なのだった。

寝かされている部屋は、地下室ではなく、自分の部屋のようだった。天井に埋め込みの蛍光灯。見覚えのある染み。私は天井の照明にカメラが設えられていると信じていた。それが本当だとしたら、私の目が開いた様子を誰かが見て、ここに来るはずだ。

目が開いた時刻は、光からすると、昼前のようだった。ブーンと微かにタービンの音が聞こえた。そして、アブラゼミの鳴き声。目が見えた途端に、それらが明瞭に聞こえてきた。聴覚と視覚はどこかで通じ合っているのだろう。

目が開いて嬉しいというよりは、私は自分の部屋にまだいることがショックだった。助け出されたとは思っていなかったが、またしても自由への闘いが続くのかと思うと、すでに体力を使い果たした私は溜息さえも出なかった。

次に指が動いた。ようやく私の体が長い眠りから目覚めたらしい。だが、全身を動かそうとすると、動悸がした。何日間、寝ていたのだろうか。

そう若くはない上に、寝たきりだったのだから、私の筋力は、元に戻るのに長い時間を要することだろう。しかも、ここの貧相な食事では、生きながらえることも難しいかもしれない。

腕を動かしてみて初めて、点滴に繋がれていたことを知った。静脈で栄養を取っていたと見える。人体実験された私は、どんなデータを相馬に提供したのか。

どのくらい時間が経ったのだろう。体を動かすのに疲れて寝入っていた私は、体を拭いてくれる手に気が付いて目を覚ました。

「あ、目を開けたね」

その女性が嬉しそうに言った。知らない顔だった。私より年上らしい女性は、生え際に少し白髪が交じった髪をポニーテールに纏めていた。

女性が白い上着とズボンを穿いていたので、医療関係者だとわかった。もし、地下室に閉じ込められていた女性だったら、収容者だから灰色の制服を着用させられているはずだ。それに、何となく雰囲気が違っていた。例えば、声音や指の感触が。

私は女性が地下室の彼女ではないことに落胆した後、警戒した。

「大変だったね。お水、飲んでみようか」

そう、喉が渇いているから、口も利けない。私が頷くと、どこからか吸い飲みを出して、口の端に差し込んでくれた。水は潮気もなく、冷たくてうまかった。

「おいしい?」

頷くと、女性は嬉しそうに笑った。

「私は看護師の三上です。あなた、十日間も意識を失っていたんですよ。でも、これからは一気によくなると思うから、頑張りましょう」

三上が言うのは本当だった。私は一気に回復に向かい、夕方には、少し口が利けるようになった。そして、その日から夢と現ははっきりと分かれ、どちらとも判然としないものは見なくなった。

「相馬先生は？」

翌朝、三上に訊いてみると、三上は難しい顔をした。

「相馬先生はしばらくいらっしゃらないようです」

「私はどうしてこんなことになったんですか？」

「さあ、それはよくわかりません」

私の部屋には、三上以外、誰も訪れない。本当にここは七福神浜療養所で、多田や西森がいるのだろうか。彼らはどこに行ったのだ。なぜ、私の部屋に顔を出さない。

もしかすると、ここは本物の刑務所なのではないか。元気になっても、外に行けないのかもしれない。私は、七福神浜療養所のささやかな自由を懐かしんでいる自分に気が付いた。

2

不思議なことに、三上と話すことができたのは、覚醒した瞬間だけだった。その後の私は、赤子のようにベッドに横たわっていることしかできなくなった。

勿論、赤子だった頃を思い出すことなどできないし、自分の手で世話をした経験もない。だから、赤子がどういう心理で、何をどう感じているのかわかるはずもないのだが、ひたすら周囲の気配に耳を澄まして、世界を受け入れるだけの存在として生きていたという意味では、赤子に等しかったのではないだろうか。

赤子となった私の世界を統べているのは、看護師の三上だった。三上は、私の母親となった。私は何もせず、何も考えず、三上にただ与えてもらうだけの存在になった。水分と栄養を与えてもらい、排泄の世話や、床ずれ防止のための体位変換までしてもらって生きながらえていた。

三上は部屋に入ると、私の顔を覗き込んでは、「お腹空いたんじゃないの」とか、「お水飲みたいでしょ?」、そして「おしっこする?」などと我が子にするように尋ねてくれた。その都度、私は頷いたり、顔を背けたりして意思表示をした。

いっそ、赤子のように泣けばよかったかもしれないが、三上が事前に訊いてくれるので、それほど欲求が募ることもなかった。いや、涙を流して泣き声を上げるという激しい感情表現ができることを、すでに忘れていたのかもしれない。

だから、三上の姿がしばらく見えないと、私は不安になった。すると、どこからか三上が現れて、「大丈夫よ、ちゃんといるからね」とでもいうように、重たい布団の裾をとんとんと叩いてくれるのだった。そんな時、三上からは母性愛に近いものさえ感じた。目を合わせてにっこり笑ってもらえると嬉しくて、私も微笑むようになった。

私の左腕には常時、点滴の針が刺さっていた。針は、暴れて抜かないように、プラスチックのケースのようなもので覆われて腕に固定されていた。左手首は、さらにベッドの囲いに縛り付けられている。

左手が思うように動かせないと気付いた時、患者をベッドに拘束すると告発されていた精神病院のことを思い出した。しかし、私は恐怖も憤りも感じなかった。ただそのことを想起して、ああ、同じだな、と感じただけだった。常に思考は深まらず、現象だけを受け入れていた。

輸液ボトルからは、ぽっつんぽっつんと一定のリズムで、薄黄色い液体が落ちていた。呼吸よりも遅く、しかし呼吸のように途切れることなく、その液体は私の体内に流し込まれていた。私は、薬液が落ちるのを見るのが好きだった。他に動くものがなかったから、落ちる液体だけが、時間の経過を知らせてくれるような気がした。

点滴の管の途中に、Y字型の注入口があり、三上が始終何かを、注射針で混入していた。栄養だけではなくて、何かの薬液も入れていたのだろう。しかし、私はそれが何かと考えることもせずに、ただぼんやりと眺めていた。知りたいと思う気持ちもなく、ここから助かりたいとも思わなかった。赤子のように世界のすべてを受け入れていたが、赤子が外の世界に興味を持つようには、決してなれなかったのだ。

私は、自分の部屋のベッドで寝かせられているらしかった。それがわかるのは、絶え間なく聞こえる、あの風力発電のタービンが回る音のせいだった。収容所まがいの療養所だとわかっていても、タービンの微かな音と振動は、知っている場所にいるという安心感を私にもたらしていた。だから、ここから脱出したいと焦っていた日々など忘れたかのように、このままでいいと思った。そして、地下二階に移されていないことを確かめて、安堵していた。

だが、時折、風雨だけでなく、高波が海崖(かいがい)に打ち付ける轟音と振動が微かに感じられる日もあって、そんな日は決まって心が不安定になり、眠れなくなった。いつまでも目を瞠っている私に気付いた三上は、いつもと違う色の薬液の入ったパウチを持ってきて点滴した。その点滴をすると、私は夢を見ることもなく、気絶したように眠ることができた。それは、ある意味、僥倖だった。

ああ、どのくらい時間が経ったのだろう。知りたかったが、知る術もなかった。

頭の後ろ側にある窓を開けられることもなかったし、周囲を見ることもできなかったので、私は外気をまったく感じることもなければ、時間を知ることもなく過ごしていた。


ある日、私はまた声を出すことができるようになった。それは、三上が私のおむつを交換していた時の、突然の出来事だった。

何か嫌なことでもあったのか、その日の三上が難しい顔をして、手付きもいつになく乱暴だったからだろう。三上が不安定だと、私も不安定になる。三上が舌打ちしたのが聞こえた瞬間、私は反射的に謝っていた。

「すみません」

口中が渇いていたので、声が嗄れたが、私の声ははっきりと響き渡った。三上が驚いた顔をして手を止めた。

「今、あなた、すみませんて言ったね」

私は声に出さずに頷いた。自分の声を久しぶりに聞いて、誰よりも驚いていたのは自分だった。

三上は、両脇にあるおむつの紙テープを手早く止めてから、心配そうに私を見つめた。

「どんな調子？　気分は？」

私は急激な自分の変化に驚いていて、次の言葉が出なかった。言葉を発したことによって、何かを取り戻した気がしたのだ。それは、自己とか自我とでも呼ぶようなものだ。

にわかに、自分がどこで何をしているのだろう、という疑問が浮かび、おむつまでされて横たわっている自分は、いったい何の病気なのだろうと慌てていた。

「ね、どんな調子なの？　喋ったの久しぶりでしょう？」

三上が腕組みをして私を見下ろしている。結い上げた髪が前より後退して、生え際の白髪が増えている。

「はい、久しぶりです」

かろうじて答え、私は考えをまとめるために目を閉じた。

「久しぶりに声を出したのに、あなたの中で混乱はないみたいだね。どこにいて、どうしているのかわかってる？」

混乱？　私は一度も混乱などしたことはない。ただ、やる気も考える気も何もなく、なされるがままだっただけだ。それを三上は混乱と呼ぶのだろうか。

私は質問には答えず、逆に尋ねた。

「相馬先生は？」

「今日は診察日じゃないのよ」

「いつだって診察日じゃないでしょう」

明晰な思考と明晰な言葉。私は急に賢くなったような気がした。突然、いろいろな疑問が浮かぶと同時に、たまらない気持ちになってゆく。その疑問のどれにも、誰も答えないだろうということがわかっていた。

「そんなことないのよ。毎週、火曜にはいらっしゃるし。今は学会なんかがあるから、来られないかもしれないけど」

「学会?」

相馬は学会に出て何を喋るのだろう。こんな収容施設のような「療養所」で適当な仕事をしている医者が、何を研究するというのだ。

私の中にもともとあった、相馬に対する強烈な反発が風船玉のように膨れ上がってきた。そして、看護師である三上にも。母親と赤子の蜜月は終わったのだ。

「あの人、学会で何をするんですか?」

「あの人?」

突然、寝たきりで何もできなかった私が矢継ぎ早に喋るようになり、しかも攻撃的なので、三上は仰天したらしい。少し落ち着いてから、私をいなすように言った。

「ああ見えても、相馬先生は脳科学の研究者として優秀らしいですよ。精神科の先生って、脳科学のお勉強も必要ですから」

「相馬先生が何を研究していようと、私にはどうでもいいです。脳味噌の研究なんかしたって、肝心の心がわからないんだから」

私は違和感を言葉にしようと、ゆっくり喋った。

「先生に失礼じゃないかしら。だってね」

三上が苦く笑いながら何か言いかけたのを、私は強引に遮った。

「それよりも、家に帰してください。不当な監禁でしょう、これって。しかも、勝手に注射とかして気を失わせておいて。傷害事件ですよ」

「監禁とか傷害なんて、人聞きが悪いわね」三上は気を悪くしたように、あるかなきかの薄い眉を顰めた。「マッツさんは妄想が酷くなって、発作を起こして暴れたんですよ。ご自分で何をしたか、忘れたんですか?」

「発作じゃないです。正当な抗議です」

「抗議ではなく、攻撃でした。あなたは統合失調症の疑いがあると聞いています。妄想で攻撃的になるのが特徴だそうです」

「勝手に病気を作らないでよ。私は正常な人間です。作家だからという理由だけで、不当な目に遭ってるの」

私は苛立って怒鳴った。久しぶりに声を張り上げたので、うまくコントロールできずに、甲高く裏返った。

「作ってなんかいません。あなたは更生のためここに来たのに、監禁されて一生出られない、と勝手な妄想を作って言い募ったのよ。それで、皆が違うと言うと、激しく抵抗したでしょう。自分が異常だって、どうしてわからないんですか。それが病気の証拠じゃないんですか」

「私は異常なんかじゃない。皆がよってたかって、病気にしてるのよ」

私は激昂して、左手に塡められた点滴のカバーを、腕から無理やり剝がした。その勢いで、点滴の針が血管から引き抜かれた。針の先から、薄黄色の液体が落ちて、シーツを黄色く染める。

私は、自分でも思いがけない力が出たことに驚いていた。だが、そこまでだった。起き上がろうとしても、できなかった。長く寝たきりだったために、筋力がすっかり衰えていたのだ。私は固定された左手でベッドの枠に摑まり、半身を起こそうとしたが、三上が全身で覆い被さって私を押さえ付けた。

私は三上の予想外に重い体に押し潰されながら叫んだ。

「誰でもいいから呼んでよ。多田はどうしたの。秋海と不倫している多田だよ。風俗好きのナルシスト、西森でもいい。誰か呼んで、私に説明して。あんたなんか部外者だから、知らないでしょう。他の人、呼んで。三上、あんた、どこから来たの。知らないで来たくせに、私に説教しないでよ」

一気に、菅生静の「遺書」の内容が蘇って、正気に戻ったような気がした。

「わかりました」

三上が静かな声で言ったと同時に、どやどやと数人が部屋に入ってくる気配がした。それは多田でも西森でもなく、医療従事者らしい白い制服を着た男たちだった。

誰だと訝しく思った瞬間、男たちの骨張った大きな手が、私の目や口を押さえ付けた。私は暴れたが、すぐに呼吸ができなくなった。気を失いそうになった瞬間、また二の腕に注射針が刺さるのを感じた。やがて、血の気が引くように体中の力が抜けていった。

次に覚醒したのは、激しい頭痛のせいだった。そして、右足の先に感じる耐え難い痺れはどうしたことか。私は重い布団を、痺れていない左足で蹴り上げて暴れた。言葉が出ずに誰も呼べないことが恐ろしかった。布団を蹴落とすと、誰かが部屋に入ってきて、私の顔を覗き込んだ。

「どこか痛いの?」

三上だった。三上はもう慈母ではなかった。冷たい眼差しで、暴れる私を観察している。私は点滴をしていない方の手で頭を指差し、左足をばたつかせた。

「頭が痛いの?」

「うん、痛い」

「我慢できないくらい痛いの?」

三上は冷静さを感じさせる声で訊いた。

「助けて、痛い」

「手のかかる人だね」と、呆れたように言う。

「ねえ、私に何をしたの?　何の注射?」

私は必死に訊いたが、三上は硬い表情で答えない。私は苦痛に喘ぎながら、三上の顔を凝視した。

三上の眉間には縦皺が二本出来ていて、ひどく疲れて見えた。三上は「ちょっと待ってて」と言って、部屋を出て行った。

待つ間、私は恐怖に怯えていた。間欠的に襲ってくる頭痛は、もはや悲鳴をあげるほどになっていたし、右足の痺れは太股のあたりまで広がっていた。まるで死が這い上ってくるかのようで、死がこのような苦痛を伴うことがひたすら恐ろしかった。

私は必死に左足を蹴って、見えない死を追い払おうとした。

「マッツさん、どうしたの」

八重歯の隙間から空気が抜けるために、たどたどしく聞こえる自信なさげな女の声。相馬だった。私は脳味噌が爆発するかと思うほどの痛みと闘いながら、相馬の顔を見遣った。こんな目に遭わされたはずなのに、なぜか感情は平板で、今なら素直に何でも言うことを聞けるような気がした。どころか、相馬が来てくれたことに安堵さえしていた。誰でもいいから、助けてほしかった。痛みで何も言えない私に代わって三上が訴えたが、どうでもよさそうな声だった。

「頭が痛いんですって」

三上の報告を聞いてから、相馬はゆっくり頷いた。三上に何か言いつけている。三上が出て行くと、相馬が囁いた。口から、インスタントコーヒーの匂いがした。

「お薬の副作用だと思いますよ。頭痛の治まるお薬と、妄想のなくなるお薬を出しますので、それを飲んでおとなしくしててね。あなたには統合失調症の診断が出ています」

違う、絶対に違う。私は統合失調症ではない。それに、診断が出ていますって、おまえが出したんだろうに。そう言いたかったのに、声がまったく出なかった。私は痛みと本物の恐怖に怯え、どうしたらいいかわからなかった。

やがて、また男たちが二人入ってきて、二人がかりで口を大きく開けさせられた。私がコンブに下痢止めを飲ませた時のように、錠剤を喉の奥に押し込まれる。飲むものかと歯を食いしばっていたが、息ができなくなり、仕方なく飲み込んだ。

「やっと飲みましたね」

私は、こんな恐怖と屈辱を与えられたことはないと涙ぐんだ。

「あ、泣いてる」

相馬が嬉しそうに言って、男たちがどっと笑った時、私は殺意が湧き上がるという、生まれて初めての経験をした。それまでは憎らしいと思うことはあっても、殺意まで芽生えることはなかった。私はここを脱出することができたら、まず最初に相馬を殺してやろうと思った。

薬を飲むと、割れそうな頭痛は治まったが、今度は脱力が始まり、私は何もできなくなった。もちろん暴れることも、力を出すことも、頷くことさえ億劫だった。筋肉が弛緩してゆく。今に呼吸も止まるかもしれない。

前はただ赤子のように安心して受け身になり、何も考えずに生きていたが、今は考えようとしても、体中がだるくて身の置きどころがなかった。このまま、薬漬けにされて生ける屍（しかばね）になるのかと思うと、情けなくて震えがくる。

やがて、その錠剤は毎日飲まされるようになった。そして、数日後にまた数錠増えた。錠剤が増えた途端、私は悪夢を見るようになった。

悪夢はストーリーのない、恐怖だけのものだった。あの海崖から落下して、七福神浜の最も卑猥な形の岩に頭を打ち付けられる寸前の夢だったり、アブグレイブ刑務所のように、動けないのに獰猛な犬がけしかけられたり、はたまた異形の幽霊が現れて恐怖した。

私は脂汗をかいて、自分の悲鳴で目を覚ました。悪夢を見るのが怖くて、目を瞑ることができなかったが、眠気に負けてついうとうとする。するとまた、悪夢に襲われるのだった。

この世に、こんな悲しみはないと悲嘆に暮れる夢。何かに襲われて恐怖に震える夢。何かを提出しなければならないのに時間がなくて、ひどく焦る夢。後悔してやまない辛い夢。死者が戻って来て、私を詰る夢。悪夢のパターンは、ひとつとて同じものはなかった。まるで、私の心の中の、すべての負の感情、生きる責め苦が飛び出してきたかのようだった。

そのうち夢の中に、自分で書いた小説の一部が現れたりもした。追い詰められたり、詰られたり、他人を苦しめたり、とんでもない試練があったり。私の書いた主人公たちが、書いた私を逆に苦しめ始めた。

私はよく眠れなくなった。そのため睡眠不足に苦しみ、相変わらず訪れる頭痛と気怠さに苛まれて、次第に弱っていった。

「マッツさん、お加減はいかがですか？」

また何週間か経巡ったらしく、相馬が現れた。相馬は髪を切り、ベリーショートに変えていた。

以前よりも俄然、垢抜けて見える。どういう変化があったのだろう。が、私には、相馬に何かを訊ねたり、逆らうような気概は、もはや失われつつあった。

「先生、怖い夢を見るんです」

よほど私の声が哀れだったのだろう。相馬が優しく尋ねた。

「どんな夢ですか？」

「変な怪物に追いかけられたり、蛇が懐にいて這い上がってきたり、崖から落ちたり、銃で撃たれたり」

私は思い出すだけで、その時の恐怖やおぞましさが蘇って、それ以上喋れなくなった。相馬は、カルテに書き入れていたペンを止めた。

「それは大変ですね」

「だから、よく眠れないんです」

「わかりました。では、悪夢を見ない薬を出します」

また薬が増える。だが、私は安堵して嘆息した。悪夢を見ずに眠れるのなら、それでいい。すでに薬に搦め捕られていた。どれかひとつでもやめれば、他の薬が作用して、私の体と心に害を及ぼす。では、どれを減らしてどれを増やせばいいのか、薬の作用はまるでパズルのように複雑に入り組んでいて、私には到底わからない。

「そうそう。あなたは不当な監禁とか仰っていたみたいだけど、弟さんから入院同意書を頂きましたよ。ご家族の同意が得られたのだから、あなたの入院措置は正当なものになりました。もう変なこと言わないでくださいね」

相馬が、私の眼前にぺらりと一枚の紙片を出した。それは弟「松重信弥」の名で、「家族として、姉・松重カンナの入院に同意する」旨が記してあった。どこで偽造したのだろうと疑ったが、何度見ても、まさしく弟の筆跡だった。コンブを捜すビラに弟の携帯番号を記したことで、弟の安否を気遣っていたが、その無事をこんな形で確認するとは思ってもいなかった。

「私は最初、ブンリンからの召喚状でここに呼ばれました。でも、今は入院ということになるんですか」

「そうですね。あなたは研修中に病を発症したことになってるわね」

相馬は、カルテに目を落としながら答えた。自分が決定を下しているのに、他人事のように言うのが、相馬の癖らしい。いや、癖ではない。責任回避だった。

「私、病気ではありません」

私は諦めながらも抗議した。

「皆さん、そう仰います。それも、この病気の方の特徴だと思います。だから、自分が病気かどうか考えたりせずに、少し脳を休めた方がいいですよ、マッツさん」

相馬は微笑んで言った。私は絶望して項垂(うなだ)れた。「マッツさん」とペンネームで私を呼んだ弟は、もう助けてはくれないだろう。「マッツさん」は、いつの間にか統合失調症を発症したために、どこかの療養所で治療を受け、ゆっくりと養生している、と弟は思っているに違いない。

「気分転換のために、お部屋を変わりましょう」

私の同意などどうでもよいらしく、また白衣の男たちがストレッチャーを持って入室してきた。意気消沈した私は、おとなしくストレッチャーに乗せられて部屋を出た。久しぶりに廊下に出た私は外を眺めるのを楽しみにしていたが、目隠しのためにタオルを被せられて、何も見ることはできなかった。その間も、点滴はずっと続けられていた。

二階の廊下のどん詰まりの方へと向かう。扉が開く音がした。こんなところにエレベーターがあるとは知らなかった。このあたりの部屋に、食堂で「ふろ」とひと言示唆してくれた女性がいるはずだ。私はその人が出てきて、ストレッチャーで運ばれる私の姿を見てくれないかと願ったが、何の物音もしなかった。

私はエレベーターに乗せられ、降下した。やはり思った通り、ストレッチャーの着いた先は、地下二階だった。あの女性が繋がれていた地下の病室だ。私も拘束衣を着せられて、誰彼構わず、絶望の眼差しを向けるようになるのだろうか。

部屋は冷房が効いてひんやりしていた。窓はなく、外光は一切入らない。ＬＥＤらしい照明が天井に埋め込まれて、オレンジ色の光を放っていた。部屋の隅には、監視カメラがある。

「先生、私、ここで何をしたらいいんでしょう」

部屋には、ベッドとトイレがあるのみだった。二階の私の居室にあった、小学校の机のような小さなパイプ机と椅子が懐かしかった。

「何もしないで、脳を休めてください」

相馬は眼鏡の赤い縁に手で触れながら、抑揚のない物言いをした。脳の研究をしているという相馬の脳味噌はどうなっているのだろう。私は髪を短く整えた相馬の頭部を、ぼんやりと眺めた。何もしなければ、想像しかすることがないではないか。脳を休めるどころか、酷使することになる。しかし、脳を休めるために（脳の活動を停止するために）、私にはたくさんの種類の薬が投与されるのだろう。私は人体実験よろしく、様々な薬を試されて、ぼんやりした無気力な人間になっていくに違いなかった。私は相馬に「選別」されたのだろうか。文学は狂気という実証のために。

「これからはすべて服薬にしますね」

相馬が、私の腕から不器用に点滴の針を抜きながら言った。試す薬の中には、点滴に入れる薬液になっていないものもあるのだろう。

相馬が針を抜くと、乱暴だったので左腕の注射痕にぷつっと赤い血が滲んだ。脇に控えていた三上が、その上から小さな絆創膏を貼った。

服薬。どんぶりいっぱいの薬を飲まされるのかもしれないが、それなら薬を断つこともできる、と私は密かに期待した。

「言っておきますけど、飲まないで誤魔化すことはできません」相馬が私の心を読んだように言った。「薬の時間は厳密に、そして看護師たちが、それを嚥下（えんげ）するまで見届けていますからね」

また動物のように、錠剤を喉の奥に押し込まれるのだろうか。私はそれをどうやって防いだらいいだろうと考えていた。そのためには、筋力を鍛えなければならない。だが、私はまだベッドから一人で起き上がることも容易ではなかった。

3

地下の病室に移されてからは、風雨の気配や、タービンの音などがまったく聞こえなくなった。聞こえてくるのは、四六時中、ゴーッと唸っている空調と、遠くでバタンとドアを閉めるような音、そして廊下を歩く足音だった。

どうやら地下に、職員の食堂や居室があるらしいとわかったのは、たまに男たちが何か喋りながら、どっと笑う声などが廊下に響き渡るからだった。

私は、風雨やタービンの音よりも、彼らが立てる足音や声、ドアの開け閉て(あたて)の音などを好んだ。点滴に縛られて、薬液の落ちるところしか見るものがなかった時は、現実のすべてを受け入れつつも、時折、言いようのない不安に駆られたものだ。

だが、誰かが近くにいて、普段通りの生活をしていると感じるだけで、少し気が楽になるのは不思議だった。その誰かは、とても邪悪だというのに。

相馬は、「これからはすべて服薬にしますね」と言った。私は大量の薬を飲まされて、生ける屍になるのだろうと怖れていたが、実際は、点滴に繋がれていた時よりも、少し感覚が鋭敏になったように感じられた。

それは、食事が供されるようになったことが大きかった。相変わらず、冷たい白飯と少ない総菜だけの、まずいことこの上ない、劣悪な食事内容だったが、口から食物を摂るだけで、私は少し元気になった。

また、完全看護ではなくなったために、おむつが外され、部屋に設えられた小さな洗面所で洗面ができ、トイレも使えるようになったのも嬉しかった。

従って、三上の訪れは少なくなった。以前は母親のように、四六時中そばに付き添ってくれていたが、今は三度の食事時しか現れない。

三上の腕時計を盗み見て時刻を確認したところ、どうやら食事時間は、朝八時、昼一時、夜七時だった。療養所の食事時間と微妙にずれているのは、療養所の残飯をこちらに回しているせいではないかと思われた。それほどまでに、内容はひどかった。

朝は、食パンと牛乳と、冷凍食品を使ったタンパク質と野菜がほんの少し。昼は、汁気を吸って太くなったうどんに俗悪な色をしたなるとが少し、あるいは肉が入っていないカレーライスもどき。夜は、冷えた飯と貧弱なおかず、そして薄い味噌汁。このメニューが飽きもせずに繰り返された。

三上は、そんな粗末な食事を載せた盆を運んできては、私が食べる間、ずっと横に立って見張っていた。食べ終わるや否や、錠剤の入った小さな紙コップを手渡し、私がすべて飲み終わるまで脇で監視していた。どんぶりいっぱいどころか、三上から手渡されるコップには、白や黄色や紫色の錠剤が十錠程度入っているだけだった。

それでも、薬を飲まされると必ず眠くなり、私は用を足した後、ベッドに横になってすぐ眠った。しばらく眠ってから覚醒して、ぼんやりしていると、また三上が盆を運んでくる。そして、食事をして薬を飲み、用を足して眠る。

それを繰り返しているうちに、時間の感覚が失われるようになった。なので、私は必死に三上の腕時計の針を眺めて、正気を保とうとした。

その一方で、悩まされ始めたことがあった。食欲の増進だ。急に食事を摂らされるようになった当初は、食べるのが苦痛だったが、そのうち食べられるようになり、苦痛どころか、食事が唯一の楽しみになった。

療養所のまずい飯でも、食欲が増せば、待ち焦がれるようになる。ある時などは、薬が切れる前に、空腹で目が覚めたことさえあった。そんな時は、退屈紛れに食べたい物を考えて楽しむようになった。

いつも食べたいのは、炊きたての飯に梅干しを載せたものだ。末期の食べ物もそれでいいと思った。梅干しから連想して鰻重とくる。鰻から連想して穴子とくる。そこから好きな鮨ネタのあれこれを思い出すと、涎がだらだら流れ出た。

また、ある時は、甘い物が食べたくて、気が狂いそうになった。苺大福、セブンの生シュークリーム、ガリガリ君。ボワシエの羽のように薄いチョコレートに、カロリー満点のエシレのバターサンド。あるいは、フルーツ。メロンにマンゴー、マスカットにオレンジ。

伊勢丹地下の花畑のような食品売り場を思い出すと、あれほどの天国はあるまいとうっとりした。食べては寝て、食べては寝て、食べ物のことばかり考えているのだから、私は太ったに違いなかった。私は時々、自分の腹の肉を摘んでは、己の醜い姿を想像して気を滅入らせた。

鏡がないから確かめようがないが、私はおそらく豚のように太っているはずだ。豚のように丸くなり、犬のように飼い慣らされた私は、娑婆に戻っても何もせず、考えず、一日ぼんやりして過ごせるようになるだろう。そう、廃人になったのだ。

ある日、私は朝食を運んできた三上に訊ねた。

「ねえ、私、太ったでしょう？」

三上は、ろくに私の方を見ないで朝食の盆を脇に置くと、電動ベッドの背を立てて、私の上半身を垂直に近い角度に起こしながら答えた。

「前よりふっくらしたけど、太ったってほどじゃないよ」

私は首を捻って、盆の上の朝食を見た。ビニール袋に入った二枚の食パンと、マーガリン。ぺしゃんこに潰れた冷凍食品のコロッケ。プチトマトが二個。

差し出された湯呑みの白湯（さゆ）で口の中を漱（そそ）ぎ、うがいをした。

「鏡を見せてくれないかな。見たい」

「禁止だよ」

三上はにべもなく答える。なぜ鏡を禁止するのだろうと、不思議に思った。自身のあまりの変貌に衝撃を受けるからだろうか。私は自分の変貌を確かめたかった。

「何で禁止なの？　せめて洗面所に鏡をつけてくれないかな。基本的人権の侵害じゃないの」

「いいから、早く食べて」

私はおとなしく食パンを手に取った。そして、たまにはマーマレードやジャムが食べたいと考えた。

その時、朝食のパンやマーガリンを我慢して残し、昼に食べたことを唐突に思い出した。七福神浜療養所でのことなのだから、つい最近の出来事なのに、以前の記憶などほとんど思い出しもしなくなっていた。どうやら、食物への飽くなき欲望が、記憶をも喚起したに違いない。

「たまには、苺ジャムとか食べたいな」

三上は無視している。

「茹で卵も食べたい」

茹で卵に付いてきた塩も、全部使わないで、袋の中に半分残して取っておいたっけ。あの塩はどうしただろう。

病室に閉じ込められてから、どのくらいの時間が経ったのだろう。日常の時間も、今が何月の何日なのかもわからない。時間の喪失は、自己の喪失でもある。私は今に自分が誰かわからなくなるのではないかと怖れた。

「茹で卵くらい、今に出るから」

三上が苛立ったように、貧乏揺すりをしながら言う。

「明日食べたい。そう言っておいて」

「わかった、わかった」

三上は面倒臭そうに答え、私に早く食べるよう、手で促した。

「茹で卵のこと、誰に言ってくれるの？」

その質問を発した途端、「蟹江」という名前が浮かんで、私は息を呑んだ。やっと思い出してきた。蟹江が厨房を仕切っていて、その姪が秋海。所長が多田で、精神科医が相馬。そして、職員の西森と東森と「おち」。時々、廊下から聞こえる男たちの笑い声や足音は、西森たちか。それとも見知らぬ白衣の男たちか。

「所長か相馬先生に言っとくから」

三上は適当に誤魔化して、マーガリンをなすりつけた食パンを、私ががつがつと食べ終わるのを、辛抱強く待っていた。

「茹で卵リクエストって、ちゃんと言っておいてね。お願いします」

「しつこいね。食べ終わったら、早く薬飲んで」

私は素直に錠剤の入った紙コップに口をつけた。水の入ったグラスが、素早く差し出される。その時、たまたま紫色の錠剤が口からこぼれて、私とベッドの間に落ちた。私はさりげなく毛布の中にはたき入れた。

「口の中見せなさい」

私は薬をすべて飲み込んだという証拠に、大きく口を開けて舌も動かし、内側を見せた。三上は安心したのか、盆を持って部屋を出て行った。

部屋には監視カメラがある。私は寝るふりをして横を向き、毛布に手を隠して錠剤をベッドのマット下に挟み込んだ。紫色の錠剤を飲まないことで、どんな変化が現れるのか楽しみだった。

紫色の錠剤は、睡眠薬ではなかったらしい。睡眠薬なら寝ないで済むだろうと思ったのに、案に相違して、私はよく寝た。しかし、覚えていられないほどのたくさんの夢を見たから、目覚めたら、疲れ果てていた。

いつもは夢もまったく見ないのだから、紫色の錠剤を飲まなかったことで、少し脳が動き始めたらしい。よい兆候だった。

昼食後の服薬は、誤魔化すことができなかった。だが、夜はうまく数錠を口の端からこぼすことができた。気を抜いた三上が、一瞬目を離したのだ。三上は夜になると疲れが出るのか、気もそぞろのことが多く、狙い目だった。

その夜のことだった。いつも通り、寝入ったと思ったら、割と早く目が覚めたような気がした。地下室は外の気配がわからないから、夜も昼もないのだが、夜間は監視カメラで見える程度に照明が落とされるので、夜とわかる。

ところが、驚いたことに、部屋は照明が消えて真っ暗だった。いつもは熟睡してしまうために、深夜の照明が完全に落とされることには気付かなかったらしい。あるいは、今日だけのアクシデントか、それすらもわからない。

真の暗闇は、しばらく経験していなかったから、私はこれ幸いと、マットレスの下に滑り込ませた錠剤を指で探り当てた。そして、ベッドの金具に押し付けて、片手で磨り潰す作業に熱中した。細かい粉にしてしまえば、証拠は残らない。

三錠目が異様に硬くて難渋したが、何とかすべてを粉にできた。私は粉末がシーツ上に残らないように、必死にはたいて下に落とした。三上が床を見て、数錠分の粉末に気付くのではないかと思うと不安だったが、闇の中でどの程度の粉が落ちているのかわからない。明日の朝、確かめるしかなかった。

突然、かちりとドアノブが回されるような音がした。深夜の見回りか。私は凍り付き、気のせいではないかと動悸を抑えながら、耳を澄ませた。

暗闇の中、そろそろとドアが開けられるような、微かに空気が動く気配が伝わってきた。懐中電灯の光もない。明らかに、誰かがこの病室にこっそり忍び込んできていた。

恐怖だった。遂に殺される時がきたのかもしれない。こうやって何人もの作家が謀殺されては、ひっそりと療養所から運び出されたのではないだろうか。いよいよ自分の番かと、恐怖で声も出なかった。硬直していると、入ってきた人間がベッド脇に立つ気配がした。

三上ならいいのに、と思ったが、その人物は三上ではなかった。なぜなら、三上からは絶対にしない、あるにおいがしたからだ。微かに潮気を帯びた外気のにおいと、酒気だ。

男だと感じた途端、寒気がするほどの別の恐怖を感じた。無抵抗の私に何をする気だろう。答えはわかっていた。男の手が布団の中に入って、私の制服をまさぐり始めた時、私は思わず声をあげた。

「誰？」

男は無言だったが、はっとしたように手を止めた。が、それも束の間のことだった。また、まさぐろうとする。レイプする気か。私が何も知らずに熟睡していた時も、そうされていたのだろうか。知らなかった。私は屈辱に身を震わせた。

『以前、療養所に若い女性作家がいたのですが、西森がレイプしたという噂があります。以来、彼女の姿を見ていません。崖から突き落とされたのかもしれません』

菅生静の「遺書」の一節を思い出した私は、激しく抵抗した。

「やめて、西森？」

「しっ」

男の手が私の口を塞いだ。男も監視カメラには映りたくないし、音声もモニターされたくないのだ。私は口を塞ぐ手をはがそうとして、必死に暴れた。ごつい手に覚えがあるような気がした。男は諦めたように、手を離した。

「あんた、誰」

もちろん、男は答えない。外気と酒気の塊が、すっとベッドの端から離れて行く気配がする。ばれないうちに、逃げるつもりなのだろう。

「待って」私が声をかけると、男が一瞬戸惑ったように立ち止まるのがわかった。「あんた、『おち』でしょ？　わかるよ、そのくらい。もっと大きな声を出そうか。そしたら、騒ぎになるよ。いくら何でも、患者をレイプしてたんじゃ問題になるでしょう」

「レイプなんかしねえよ」

低い声で囁くように喋る。

「だって、体に触ったじゃない」

「あんたがもう、死んだも同然になってるんじゃないかと思ったからだ。薬漬けだろ？」

「だから、触りに来たの？」

「そうじゃねえよ」

「おち」は酔っているらしく、呂律が回らなかった。何か、私に言いたいことがあるのだろうか。

私はまた菅生静の「遺書」を思い出した。

『越智は何のためにいるのかわからない人物で、仕事にうんざりしている粗雑な怠け者に見えますが、時折、知性を感じさせます。一番謎の多い人物です。でも、飲まないで来て』

「ここにこっそり入れるのなら、明日も来てよ。でも、飲まないで来て」

「おち」は何も答えずに、入ってきた時と同様、ひっそりと出て行った。

私はしばらく眠ることができずに、あれこれと考えていた。使っていなかった脳味噌を酷使したせいか、やがて疲労を感じて気絶するように寝入った。


翌朝、三上が朝食を運んできた時、何か変化がないかと私は目を凝らして三上を見つめた。LEDの照明も常夜灯も消して暗闇にされたのが、何かの陰謀かもしれないと思ったのだ。そのくらいのことはする連中だった。

「どうしたの。じろじろ見て」

三上に、夜中、「おち」が病室に入ってきたと伝えたら、どんな顔をするだろう。見たい気もあったが我慢した。

「別に」

朝食は、食パンと茹で卵だった。茹で卵の殻はすでに取り除かれていた。萎びたブロッコリーが二株。そして、相変わらず、地元産の薄くてまずいパック入り牛乳が添えられていた。

「あなたがリクエストしたから、茹で卵になった」

三上が、私が喜ばないので面白くない顔をして言う。

「偶然でしょ?」

「相馬先生のご尽力ですよ」

三上が澄まして言った。固茹で卵くらいで「尽力」と言うとは情けない話だった。

「それはどうも。先生は私が統合失調症だと言ったけど、いったいいつになったら治るの? そういうことは教えてくれないの?」

「しばらくここで療養する、としか聞いてないけどね」

三上は他人事のように言う。

思考能力を取り戻しつつあった私は、急に不安になった。一生ここにいることになったら、どうしたらいいのだろう。

当然のことながら、入院費は家族が払う羽目になるのだろう。私の場合は、弟だ。弟は入院同意書にサインしたほどだから、私の発病を疑ってはいないだろう。

たとえ弟が不審に思って、問い合わせたとしても、多田や相馬は、病状をはっきり告げないどころか、私が入院している場所も教えないだろう。弟は一生、何も知らないまま、私の入院費を払い続けることになる。

最初は、ブンリンから「願い書」が届いて、審議会に出席を乞われる。その時、出席を拒否した者、あるいは「願い書」を無視した者には、「召喚状」が届く。召喚されてC駅まで赴くと、七福神浜療養所に連れてこられる。

療養所では自由を奪われ、作家としての尊厳も損なわれて、恥ずかしい転向を強いられる。「更生」に屈せず、しかし、思い切って反抗できない者は、あの手この手で、密かに狂うのを待たれる。弱い人間は、崖から飛び降りたくなるに決まっていた。自殺を選ぶ人間がいたら、ブンリンとしては御の字だ。それは弱い作家の自己責任なのだから。

だが、反抗的な者や、素直に罪を認めない者、扱いに手こずる者には、次の段階が用意されている。つまり、強制入院である。強制入院になると、自由もまったくないし、自殺もできなくなる。一生薬漬けで、ベッドに縛り付けられ、逃亡など夢のまた夢だ。家族の経済的負担も大きい。自殺した菅生静は、その意味では幸せ者だったのかもしれない。

私は、七福神浜療養所の仕組みがやっとわかって、空恐ろしくなった。以前、西森と「おち」に両腕を摑まれ、地下に連れてこられたことがあった。拘束衣を着せられて寝かされていた女性の姿。彼女を見せたのは、警告だったのだ。次の段階はこうなるぞ、という。

だから、鏡など必要ないのだと気付いた。鏡は言うなれば、自分を客観的に見たい衝動を叶える代物だからだ。それは社会性に通じる。この病室で一生を過ごす人間に、社会性はいらない。

「私の弟が入院同意書にサインしたみたいだけど、彼から連絡はないんですか?」

無駄とは思ったけど、私は三上に訊いてみた。

「えっ？」三上は、何度も腕時計を覗き込んで、私の食事時間が長いことに苛立っていた。「さあね、私はそういうことはわからないから」

「誰に訊けばわかるんですか」

「相馬先生じゃない？」と、気のない返事が返ってくる。

「でも、いつも相馬先生はいないじゃないですか」

「学会だからね」

「だったら、弟に会いたいから連絡してもいいですか」

「駄目だよ」

三上は、まだ食べている途中の朝食の盆を取り上げて言った。茹で卵を食べようとしていた私は、手を伸ばして茹で卵を取ろうとしたが、素早い動作ができない私の手から、茹で卵は滑って床に落ちた。

あっと声を出して、私と三上は同時に床を見た。錠剤の粉末が少し落ちている。その上に茹で卵は落ちたのだ。

「何だろ、この粉」

茹で卵を拾い上げた三上が怪訝な顔をしたが、私はその茹で卵を奪って粉を払い、口に入れた。塩気も何もなかったが、むせながら無理に食べた。

「呆れた、汚いじゃない」

三上は床の上の粉のことも忘れたらしく、私のいやしさに露骨に嫌な顔をした。

「早く薬飲んで」

朝食後の薬はすべて飲まざるを得なかった。喉の奥にうまく隠せるといいのだが、それには、少し訓練が必要だった。私は残念に思いながら、午前中は居眠りをして過ごした。

昼食は、残りご飯を古い油で炒めたような焼き飯だった。具はなるとを刻んだものとネギが少し。饐えたにおいがして、気持ち悪かったが、すべて食べた。

普段なら、腐っているのではないかと、三上に文句を言うところだが、私は何も言わなかった。薬ごと吐いてしまえばいい、と思ったのだ。

三上は何も気付かずに、私に薬をすべて飲ませて部屋を出て行った。三上が部屋を去ってしばらくしてから、私は監視カメラを意識してえずく真似をして、トイレに向かった。食中毒ならば、文句は言えまい。全部吐いてしまった後はすっきりしたが、午後は気分が悪いふりをして寝て過ごした。

夕食は、冷たいトンカツと萎びたキャベツが少しだけと、底が透けて見える、春菊の味噌汁だった。そして、べちゃついた飯。

どう考えても残飯としか思えない食事だった。それも日々酷くなる。テレビで見たことがあるが、刑務所の食事の方がずっとマシだろうと思われた。これも虐待の一種なのだ。私の衰弱を狙っているのは明らかなのだから、早く逃げなければ助からない。

「お昼、吐いたんだって?」

監視カメラをチェックしたらしい三上が、憮然として訊く。

「何か気持ち悪くなって」

「ご飯が腐ってたんじゃないの。そういう時は言わなきゃ駄目だよ」

「気付かなかった。お腹空いてたから、がつがつ食べたもんで」

「最近、いやしいものね」三上が呆れたように笑う。

笑ってやり過ごしたが、昼食を吐いたために、空腹で死にそうだった。仕方なく、誰彼の茶碗からこそげ落として集め、水をかけて洗ったような飯をかっ込んだ。トンカツは衣ばかりで、中身との間に一センチの隙間があったが、衣もカロリーだと思って食べた。

薬を飲む時は、また三上が一瞬目を逸らした隙に、数錠口からこぼして下に落とした。素早く、毛布の中に入れる。三上が出て行った後、こっそり覗くと、紫と白い色の楕円形の薬だった。その薬が何かはわからなかったが、三上を欺けて嬉しかったのは確かだ。潰すと粉状になるので、トイレで流した。

今のところ、三上を油断させることしか、方法がなかった。あと、もうひとつ。「おち」の本心が何か、探り当てることだ。

結局、睡眠薬は飲んでしまったらしく、私はすぐに寝入ってしまった。すると、誰かが、とんとんと肩を叩くので、目を覚ました。だが、あたりは漆黒の闇で何も見えない。

「おち」がベッドの横に来ているらしいが、喋ることも難しいほど眠かった。

「ごめん、眠い」

私はそれだけ言って、また気絶するように眠った。「おち」が私に何をしたかはわからない。明日の夜も来てくれるかどうか、それもわからない。すべて、わからない。

4

最近、三上は何だか機嫌が悪い。私が話しかけても、どこか上の空で、ろくに返事もしないことが多い。今朝も無言で、勢いよくドアを開けた。監視カメラの死角らしき場所に立ち、着替えをしようとしていた私は、さすがに文句を言った。

「ドアを開ける時は、ノックくらいしてください。私は入院患者で、囚人じゃないんですから」

三上は仏頂面を隠さなかった。

「ずいぶん威勢よく喋るようになったね。何か、いいことでもあったの？」

内心、冷やりとした。錠剤を落としたり隠したりして、少しずつ誤魔化しているうちに、脳の働きが活発になったことは、自分でも実感していた。

「いいことなんか、何もないですよ」私もふくれっ面をする。

「お腹が空いてしょうがないもの。もっと美味しいものを、たくさん食べたい。ここは食事が貧相過ぎます。私を殺す気ですか」

「あら、じゃあ、苦しむこともわかってきてるんだね。前は何もできずに、寝てるだけだったのに」

権力を持つ者特有の、厭味な言い方だった。なら、苦しめてやろうか、というような脅しが仄見(ほのみ)

える気がする。以前は、母親のように感じられた三上が意地悪くなった。その変貌ぶりが薄気味悪く、また不快で堪らず、私は感情を抑えるのに必死だった。

「空腹は苦痛ですよ」

「そうでしょうね。だったら、早く食べて」

三上が、自分で運んできた朝食の盆を指差した。

相変わらず、ビニール袋に入った食パンが二枚とマーガリン。牛乳パック。白いプラスチック皿には、向こう側が透けて見えそうな薄いハムが一枚と、しおれたレタスの欠片が数枚載っていた。以前は備えられていたプラスチックのフォークも、経費節約のためか、盆から消えていた。だから、マーガリンは、直接パンになすり付けざるを得ない。私は、マーガリンの包み紙も食べんばかりに、舌ですべて舐め取っていた。

「あなたは、楽ちんな生活をしているように見えるけどね」

三上は、ベッド脇のテーブルの上に、朝食の盆を乱暴に置いた。

「楽ちん？　私のどこが楽ちんなんですか？　監視されて閉じ込められてるんですよ。おまけに劣悪な食事」

私は喧嘩腰になる。

「とはいえ、毎日、寝て暮らしてるだけじゃない」

三上が鬢(びん)のほつれ毛を手で押さえながら、薄笑いを浮かべた。

「そのことだけど、三上さんにお願いがあるんだった」

「何よ」

三上が警戒するように、眉根を寄せた。

「退屈だから、テレビを見たいんだけど駄目ですか？　駄目なら、ラジオでもいいです。それも駄目なら、何でもいいから本を読ませてくれないかな。それも駄目なら、紙と鉛筆ください。自分で何か書きます」

「全部駄目だと思う」

「何で？　どうして？」私はムキになった。「入院してるのなら、退屈しのぎに何かしててもいいでしょう。こんな刑務所みたいな生活は嫌です」

「あなたは治療中でしょう。刺激になるようなものは禁止だよ」

三上は、早く朝食を食べるように仕種で促した。私は牛乳パックの小さな穴に、ストローを差し込みながら、小声でぶつぶつ言った。

「テレビなんか刺激にならないよ。ただの退屈しのぎだって、言ってるじゃない」

ついでに、ばれないように三上の腕時計を盗み見る。午前八時十三分過ぎ。今日は、三上の訪れが少し遅い。

「わかった。相馬先生に訊いてみるから」

三上は必ずそう言う。だが、お伺いを立てたことなど、一度もないに決まっていた。地下に移されてから、相馬が診察に訪れることもなかった。

「相馬先生は、また学会？」

「多分」

「どこで学会を開いているのかしら」

「さあ、知らない」と、にべもない。

「ところで、多田所長は元気なんですか？」

地下に収容されてから、多田の姿も見たことがなかった。

「何でそんなことが知りたいの？」

三上は気がなさそうに答えた。

「この部屋は隔絶されているから、顔見知りの人がどうしているのか知りたいだけ」

三上が怪訝そうに私の顔を見た。

「あんた、何か、やたらと元気になったね」

「そうかしら」と、とぼける。

「眠っていれば、お腹なんか空かないはずだし、他の人のことなんかどうでもいいはずだけどね」

私が薬を飲まないようにしているのが、ばれたのだろうか。少しはらはらしたが、一方ではどうにでもなれ、という気持ちもあった。こんな生活を続けていたら、確実に自分は廃人になる、という恐怖の方が強い。

「三上さん、今は何月？　外が見えないから知りたいの」

「九月だよ」

三上がすんなり答えたので驚いた。だが、今度は三上が嘘を吐いているのではないかと心配になる。七福神浜療養所に来てからというもの、猜疑心ばかりが増大して、普通の会話というものを忘れてしまいそうだ。

「もう九月か。ここに来て三カ月になるのね。九月何日ですか？」

三上はそれには答えず、「早く食べて。食器を下げなきゃならないから」と焦れて言う。

「三上さんて、家族とかいないの？　ずっとここにいて、誰にも会えないの辛くない？」

一瞬、間があったような気がしたが、三上は私にパンの袋を押し付けた。

「いいから、早く」

仕方なく、パンにマーガリンをなすり付けているうちに、食欲が湧いてきて抑えられなくなった。私はあっという間にパンを一枚食べてしまった。ハムとレタスはもう一枚のパンに載せて、メインディッシュのごとく、ちびちび惜しんで食べる。

そんな私を、三上は哀れむように眺めていた。不意に、私を貧弱な食事で苦しめるために、食欲を増進する薬も調合されているのかもしれないと思った。拒食症患者には、ステロイドが処方されると聞いたことがある。私の場合もそうなのではないか。このところの食欲亢進は少々異常だ。

「はい、薬、飲んで」

紙コップに入った十数粒の錠剤。三上が監視しているので、私は少しずつ口の中に入れた。水で飲み込んだふりをして、一錠だけは奥歯と頬の隙間に隠すことができた。この方法は、どの錠剤と狙いを定めて隠すことは難しい。

三上に口の中を見せたのに、三上はなかなか部屋を去らず、なぜかぐずぐずしている。私は、口中の唾で溶け始めた薬の苦さに耐えながら言った。

「食べたら、トイレに行きたくなった」

三上が疑わしげに私を振り返りながら、部屋を出て行く。足音が聞こえないから、外で中の様子を窺っているのはわかっていた。私はトイレに辿り着くと、まず薬を吐いた。白い錠剤だった。水を流してから、ベッドに戻って布団を被った。口中で除いた薬は睡眠薬ではなかったらしく、やがて意識を失うようにして、食後の深い眠りに入った。いったいいつになったら、ずっと起きていられて、「おち」と話せるのだろう。私は心配しながら、寝入った。

昼頃目覚めたが、その日の昼食は抜きだった。私は、いつまで待っても三上が昼食を運んで来ないことに落胆して、必死に眠ろうとしたが、今度はなかなか眠ることができなかった。こうなると、睡眠薬が欲しくなる。

ベッドにいて、何もすることがないのは、拷問に近い。少し前なら、食べ物をあれこれ思い浮かべては、唾を溜め込んでいたが、飢餓に近い状態の今では、苦痛でしかない。

ふと、性的な妄想が浮かんだ。思っている以上に早く、死が近付いてきているのかもしれないと思った。生物としての死がすぐそこにある時、人は生命を輝かせるのだろうから。

私は、「おち」のごつい指が身体中をまさぐる幻を見ようとした。しかし、「おち」の目的が何か気になって、集中できなかった。

昼食が抜かれたせいか、夕食は少し早めだった。私はほっとしながらも、複雑な気持ちで三上を迎えた。三上が食事を持ってくることによって、常に飢えている私は、三上を救世主のように崇めてしまいそうだ。それが嫌だった。

「お腹空いたでしょう?」

三上は入るなり、優しく言った。朝の態度と違うので、私は、思わず三上の顔を見た。三上は私のベッドの背を立てている最中だったが、その手付きも優しげだ。

「今日はどうしてお昼抜きだったの?」

「よく知らないけど」

三上は誤魔化した。

「お腹が空いて、死にそうだった」

「だから、そのために睡眠剤があるのよ」

「どうして、そんなに私を寝かせたいの?」

「考える必要がないからでしょう。その方が早く治るわよ」

そんなはずはない、と確信しているが、こんな生活しかできないのなら、確かに眠り続けていた方が幸せだろう。

「もう二度と目覚めない人もいるんじゃないの?」

私の厭味に、三上は静かに笑った。

「まさか」

「どうだか」

私の憎まれ口を微笑みで受け流して、三上が盆を差し出した。

「夕食よ」

今夜のおかずは煮魚だった。小さな切り身が、茶色の煮汁に浸って、黒い皮が反っている。薄い味噌汁と、誰かが食べた後の飯碗からかき集めたような白飯は、いつもと同じく少量だった。空腹だった私は、すぐに箸を摑んだ。

味噌汁を飲むも、冷えているし、薄くてがっかりする。煮魚の身をほぐして口に入れた。何の魚かわからず、調理も下手だから生臭い。もちろん、我慢して食べた。まずい飯は茶碗に半分もなかったから、すぐに食べ終わった。

「今日はご飯が足りないでしょう。これは、私からプレゼント」

目を疑った。三上がポケットから、ちらっと見せたのは、カロリーメイトだった。懐かしい黄色いパッケージ。私が呆然としていると、三上が布団の中にカロリーメイトを滑り込ませた。

「たまには、こんな楽しみがないと、身が保たないでしょう」

その通りだ。有難くて涙ぐみそうになったが、一方では、急に親切になった三上が何を企んでいるのだろうと、不安だった。このまま食べてしまっても大丈夫だろうか。これは罠の毒リンゴで、これを食べたことによって、もっと酷い仕打ちが待っているのではないだろうか。

「疑ってるのね。心配しなくても大丈夫よ」

三上が、監視カメラを意識してか、あまり口を動かさないようにして早口に言った。

「本当にいいんですか」

「布団の中で食べてね」

「はい」

「じゃ、お薬を飲みましょう」

薬を手渡された。少し小さめの黄色い錠剤が怪しい。私はなるべく黄色を最初に口に入れて、素早く舌で奥歯と頬の間に差し入れた。水で薬を流し込んだ後、三上に口の中を見せる。

「じゃ、おやすみ」

三上が出て行った後、またトイレで錠剤を吐いた。狙い通り、黄色の錠剤だった。少し溶けていたので、眠くなるかもしれない。


その夜、いつもの習慣で少しうとうとしたが、本格的な睡眠はやってこなかった。代わりに、空腹を感じて辛かった。私は布団の中で、カロリーメイトをお守りのように握りしめている。

さっきパッケージの表記を確かめたところ、メープル味だった。メープル味。何と魅惑的なネーミングだろうか。私はとうとうパッケージを開けて、がつがつと一本食べた。とても甘く感じただけで、味はわからなかった。三本とも食べてしまいたかったが、何とか我慢して、マットレスとベッドの間に隠す。

まんじりともせずに待っていると、やがて照明が落とされて、部屋は真っ暗になった。果たして、「おち」はやってくるだろうか。私は待ちきれずに、ベッドに半身を起こした。

やがて、ドアが開く気配がした。誰かが、ゆっくりと忍び寄ってくる。「おち」だとわかっていても、何をされるのだろうという恐怖に、身が痺れる思いがした。実際に、手は細かく震えていた。

「マッツ、起きてるか？」

「おち」がベッドの横にやってきて、囁くような声で問う。集音マイクが拾わない程度の小声なのだろう。私も同じように囁いた。

「起きてる」

今夜の「おち」からは、酒のにおいはしなかった。代わりに、夕食に出た煮魚のにおいがする。食堂で給仕をしているうちに、服ににおいが染みついたのだろう。

「何とか生きてるみたいだな」

闇の中で、声を出さずに頷く。

「何か甘いにおいがする。何だ」

「おち」が不審そうに訊いた。三上にカロリーメイトをもらったと、告げようかと思ったが、「おち」も信用できるかどうかわからないのだから、聞こえないふりをする。「おち」は、しばらくにおいを嗅いでいたようだが黙った。

「真夜中は暗くなるのね。知らなかった」

「そうだ。午前一時半から三時半まで、省エネのために完全消灯になった。廊下の監視カメラは暗視だから気を付けないと危ないが、各部屋はそれほど厳重じゃない」

「じゃ、この部屋も大丈夫？」

私は、闇をかき分けるように、部屋の隅にあるはずの監視カメラの方向を指さした。

「大丈夫だろう。あいつらは、そこまであんたを危険視してないよ」

「ねえ、あなたは何者なの？」

私は声を潜めて訊いた。

「俺は越智ヒロトという作家だよ」

名前を聞いたことがあるような気がしたが、精神活動が弱っていたせいか、すぐに思い出せない。

「どんな小説を書いている人？」

「俺はミステリー作家だ。反原発小説を書いた途端に、呼び出しを喰らって、放っておいたら、ここに収監された」

「いつからいるの？」

「一年前かな」

「なのに、ここで、どうして作家のあなたが働いているの？」

「転向したからさ」

越智が簡単に言い放ったので、私は驚いた。

「転向？」

思わず大きな声が出て、越智に口を押さえられた。

「静かにしろよ。俺と話しているのが見つかると、拘束衣を着せられるぞ」

拘束衣を着せられて身動きもままならなかった彼女を思い出して、私は沈黙した。あの人は今頃どうしているのだろう。同じ地下の病室にいながら、物音も叫び声も聞いたことがない。

「あなたは、私と話していても罰せられないの？」

「マッツをこっそりレイプしにきたと言えば、笑って許されるさ。むしろ、よくやった、と褒められるかもしれない。ここは、そういう下劣な場所だ。被収容者は、徹底的に屈辱を与えられるんだ。あんたがレイプされないで済んだのは、西森たちが、あんたのような中年女には見向きもしなかったからだ」

だから、越智は最初、私の身体をまさぐっていたのだ。私が騒いだりしたら、レイプしにきた、と言い訳するつもりだったのだろう。

「とても不快な話だ」

ふん、と越智は鼻先で嗤った。

「ねえ、あなたが転向した時のこと、教えてくれない」

「いいよ。講習が終わって転向を決めた者は、ブンリンに宣誓書を書いて提出するんだ。そして、一生、ブンリンの意に沿った作品を書き続けるか、物書きを辞めてここで働くか、どちらかを選ぶ。書くこと自体に嫌気が差して、ここで働くことを選ぶ者もいる。前者を選べば、一生監視され続けることになる」

「自殺したり、気が狂う人は？」

「怒りや絶望のあまり、自殺する人間は多い。つか、それが多田の狙いだ。気が狂うのはあまり聞いたことがないな。むしろ、弱みのある人間や、作家に未練がないヤツは簡単に転向する」

「それがあなた？」

私は、越智に地下の病室に連れてこられ、関節技をかけられた時の恐怖を忘れていなかった。だから、信用できない。

「俺だけじゃない。そして、俺は少し違う」

「どう違うの?」

「表向き転向しただけだよ。ここを探るために」

「何とでも言えるんじゃないの」

私は懐疑的だった。

「本当だよ。俺はあんたを助けようと思ってきてるんだよ。信用した方がいい」

「どうやって助けてくれるの?」

「外の連中と連絡を取っている。そいつらが時機を見計らって、車を出すことになっている。その時、あんたを外に連れ出す」

嬉しいが、怖ろしくもあった。失敗して、一生拘束衣を着せられることになったら、どうしたらいい。恐怖で再び身体が震えてきた。

「助けられたいか?」

「もちろん」でも、怖い、という言葉を、ぐっと呑み込んだ。

「他に転向した人はいるの?」

「いる。三上さんもそうだよ」

三上は作家だったのか。私は驚いて叫びそうになり、慌てて自分の口を押さえる。

「三上さんは、木目田蟻江だ」

衝撃で言葉も出なかった。木目田蟻江は、パワフルなセックスシーンを書くエロ作家で、私は密かに憧れ、その才能に嫉妬していたのだ。それが、あの疲労を滲ませた三上だというのか。しかも、あれだけの才能がありながら、易々と転向したというのか。

「信じられない。木目田蟻江が転向しただなんて」

「三上さんは、幼い娘がいるんだよ。その娘を人質に取られたような形になって、泣く泣く転向した。要するに、弱みを握られたんだ。今、娘は養護施設に入っている。それがどこかに移されたというので、気を揉んでいた」

三上が不機嫌だった理由がようやくわかった。今日の夕方、顔が明るかったのは、何か情報が得られたのかもしれない。

家族のいない独り身の自分は、コンプ以外の弱みはない。母は認知症で、娘の顔もわからないし、弟も独身だから、一人で何とかやっていけるだろう。つまり、自分のような作家が一番頑固で、手を焼かせるのだ。

「菅生静って作家はどうしたの？　自殺したんでしょう？」

「菅生静は、崖から飛び降りて死んだ。あそこから飛び降りたら、死体はぐちゃぐちゃだよ。回収に苦労するから、地元の警察は嫌がると聞いた。でも、多田は相馬が嫌いだから、それが嬉しいんだ」

「どうして？」

「相馬が脳味噌を狙ってるからだ」

「私は菅生静が書いた『遺書』を読んで、自棄になったんだよね。ここにいて、恭順のふりをしていても仕方がないって。あの『遺書』は本物だったのかな」

「さあ。ブンリンはいろいろ仕掛けるからな」

では、越智自身は「仕掛け」ではないのか。私は暗闇の中で喋っている越智の顔を見ようとした。だが、常夜灯すらも点いていない闇の中では、顔の位置さえもわからない。

「みんな嘘だらけなのに、あなたを信用してもいいんだろうか」

「はっきり言うけど、俺を頼る以外に、あんたがここを出られる可能性はゼロだよ。あんたは、今は抵抗しているだろうけど、いずれは弱って出された薬をすべて飲むようになるだろう。そして、何も考えず、何も望まず、精神的に死んでゆくんだ。そのうち、本当に死ぬかもしれないが、誰も気にしないだろう。喜ぶのは、相馬だけだ。相馬が興味を持っているうちは、崖から落とされはしない。そういう事例を見ていれば、俺たちが転向を表明したのは、賢い選択だとわかるだろう」

「今から転向はできるのかしら」

「地下病棟に入れられたら、もう駄目だ」

「前に私が会った女の人は？」

「死んだよ」

「何て人？」

「名前は知らない。あんたは多田に唾を吐いただろう。それだけでおしまいなんだ。でも、俺はあんたのような作家は生きて、真実を書くべきだと思う。だから、助けるよ」

「考えさせて」

「考える力もないくせに何を言う」

その通りだった。私は越智の話が信じられなかった。まるで悪い夢の中にいるかのように、ひどく疲弊して寝床に頽れた。「また来る。どうするか、決めておけ」と囁いて、越智が部屋から出て行く気配がする。私はこのまま死んでしまえたらいいのに、と願った。

第四章

転　向

1

越智の申し出は罠か。それとも、最初で最後の脱出のチャンスなのか。

欺されるな、欺されるな、うまい話には欺されるな。慎重というより、猜疑心に満ちた自分が自分に囁き続ける一方で、こんな状況が続くのならば、いっそ欺されて死んでしまった方がマシではないか、と自棄にも似た気持ちが湧き上がる。どちらに転ぶかわからない賭けをする時が迫っていた。今夜にも、返事をしなければならない。

薄汚いエプロンを着けた越智が、粗暴で冷酷な態度を見せつけたり、私に容赦なく関節技をかけたことなどが蘇ると、あいつはどうも信用できないと思う。だが、越智の提案が、劇的な展開、いや、劇的なる希望をもたらしたのは事実だった。

私は決めかねて一睡もできず、ベッドの中で悶々とした。が、このように悩むことさえも、休耕状態になっていた脳には強い刺激になったらしい。重い布団を上から被されて逃げられず、懸命に息を継いでいるような苦しい状態のところに、突然、トンネルが開通した気がした。トンネルの向こう側は薄明るく、外界のにおいや音がぴゅうぴゅうと入ってくるではないか。私はやはり越智を信用しよう、いや、しなければならない、と思い始めていた。

どうやら未来への希望が生まれると、人は過去を反芻するようにできているらしい。経験則が、来たるべき未来への、心の準備を整わせるのだろうか。

その夜、無意識に封印していたらしい、いろんな思い出が絶え間なく湧き上がってきては錯綜して、私を混乱させた。あれは本当のことだったのか、それとも己の脳が作りだした幻影か、私の書く小説のように。

果たして、どちらか判然としないままに、昔見たであろう景色や、その時感じたであろう感情が頭を過ぎっては消え、消えてはまた過ぎり、私を疲弊させた。

夜が明けたらしい。廊下を通り過ぎる複数の足音とともに、若い男の高笑いが一瞬だけ耳に入ってきた。こんな僻地の療養所で、「囚人」相手に働いて、何が面白くて笑っていられるのだろう。腹立たしく思うよりも、たった一枚のドアに遮られているだけで、世界がこれほどまでに違うことが、奇異に感じられる。

ドアの外には自由がある。私は自由を奪われて獄に繋がれているのに。これまで当たり前としていたことが、当たり前に思えなくなった。

不意に、これと似た感情を経験したことがある、と思い出した。そう、過去の反芻が始まったのだ。

あの時の私は、この先続くであろう気鬱な作業や、我が家を覆う暗雲を思って、かなり落ち込んでいた。だが、ドア一枚隔てた向こう側には底抜けに楽しそうな笑いや希望がありそうだ。私は暗い側に留まりたくない、と叫びそうになっていた。

父が死んでいる、という知らせが、誰からもたらされたのかは、今でもわからない。電話を受けたのは母だったが、私が「誰からの電話だったの？　誰が教えてくれたの？」と訊いても、はっきり答えなかった。「仕事関係の人みたい」と曖昧な答えに終始していたように記憶している。

母は専業主婦だった。今であれば「意識高い系」とでも言うのか、生協活動を半ばボランティアで熱心にやっていた。有機栽培の野菜や平飼いの卵に凝り、フェアトレードだのエシカルだのと、それらの言葉が流行る前から口にしていた。

その母も、七年前に認知症の診断を受けてから、ずっと施設に入っている。今では、私の顔もわからないのだから、この電話のことなど覚えているはずもない。

父が亡くなったのは、私が大学二年の時だから、今から二十年以上も前の話だ。私の父は新聞記者だったが、社会部から整理部に回されたことを恨んで新聞社を退職し、ノンフィクション作家になった。（記者時代に取材していたものをネタにした著書が数冊あるが、今はすべて絶版になっている。）

父は、代々木にワンルームマンションを借りて仕事部屋にし、そこに泊まり込んで仕事をしたり、取材に行くと称して、何週間も家を空けることが多くあった。今のように携帯電話で頻繁に連絡を取る時代でもなかったから、家族は誰も気にしていないと思っていた。が、それは思い違いだった。父は、その仕事部屋で倒れているところを、死後一週間以上経ってから発見された。死因は心筋梗塞で、事件性はないとされた。

父が死んで、そんなに時間が経っていなかったが、マンションの引き渡しがあるから、早く掃除しないと間に合わない、と母に言われて、父の部屋の後片付けを手伝う羽目になった。当時は、事故のあった部屋を片付けてくれる特殊清掃士のような業者もなく、後始末は家族の仕事だった。

私はいやいや父の仕事部屋に向かった。その部屋は、思ったよりも片付いていて清潔だったが、父が倒れていた場所は、カーペットに半月状の黒い染みが残っていて、気持ちが悪かった。私はその染みをできるだけ見ないようにして、父の本棚から本を抜き出しては、段ボール箱に詰める作業をした。

母はデスクの周辺を片付けていたが、始終、メモや手紙類を目にしては手を止めた。その度に眉を寄せ、「あっ」とか、「何よ、これ」とか、そんな尖った声を上げていた。母は私に何事かと訊ねてほしかったのだと思う。が、私は母の苛立ちが嫌で、なるべくそちらの方を見ないようにしていた。

やがて母は父のノートパソコンを立ち上げ、パスワードを入力するところで往生して私に言った。

『信弥だったら、パスワードがわかるかしら』

弟は高校生だった。

『お父さんのパスワードなんか、わかりっこないよ』

『いいから、電話して。もう帰ってきてると思うから』

父の仕事場にあるファクスと一体になった電話機から家に電話をすると、部活をしていない弟はすでに帰宅しており、面倒くさそうに電話に出た。

『お父さんのパソコンのパスワード知ってる?』

弟は大人びた口調で一蹴した。

『知るわけないでしょう。適当な言葉とか数字入れてみればいい』

母はしばらく、家族の誕生日だの、飼い猫の名前だのを入力していたが、そのうち諦めて嘆息した。

『これはパンドラの匣だわね。何が飛び出してくるのか、見たいような見たくないような嫌な気持ちだわ。どうせ開けられないのなら、いっそ壊しちゃおうか』

母は自分の言葉に激したのか、手近にあったホチキスをモニターに投げつけた。その鬼気迫る様子が怖くて、私は早く外に出て行きたくて顔を背けていた。母の中に停滞している黒い疑いは、去らない梅雨前線のように、永遠に我が家の上に留まって決して晴れることはないのだろう、という暗い予感だけがあった。実際、母は認知症を発症するまで、父の死をきっかけに、疑心暗鬼に苦しむ人になってしまったのだった。

母がホチキスを投げつけた瞬間だった。マンションの外廊下を、若い女が二人、笑いながら通り過ぎて行ったことを鮮明に思い出す。

『ねえねえ、私たち、どうなっちゃうわけ？　こうなっちゃうわけね』

若い女の浮かれた声が、私たちのいる部屋にまで届いた。どうなっちゃうわけ？　こうなっちゃうわけね。その時の私は、ドア一枚を隔てているだけで、どうして外と内の世界は違うのだろう、と絶望にも似た気持ちを味わったのだった。私も外に出て、どうなっちゃうわけ？　こうなっちゃうわけね、と誰よりも甲高い笑い声を立てたかったのだ。

そんなことを思い出している間、私は毎日苦しめられていた空腹感を忘れることができた。やはり、越智の言う通りにすべきだ。そしたら、来たるべき脱出の日まで、食後に服用させられる睡眠剤を、極力飲まないようにして眠らず、脳を活性化させるために、悪い夢を見なくなる薬も何とか避けて、体力を付けなくてはならない。

決意を新たにした途端、まるで図ったかのようにいきなりドアが開き、三上が現れた。今朝は、看護師の白い制服の胸のところに、コーヒーでもこぼしたのか、小さな黒っぽい染みが付いていた。それが、父の仕事部屋のカーペットの染みを連想させた。違うのは、父の染みは乾いていたのに、三上の胸の染みは、たった今こぼしたかのように、まだ濡れていたことだ。

「おはよう」

三上は、変わったことがないかと、病室の中を見回してから、ぶっきらぼうな抑揚のない声で挨拶した。目の下に隈が出来て瞼が落ち窪み、いっそう疲れた顔をしていた。

「おはよう。三上さん、疲れてる？」

「うん」と、三上が私の方を見ずに言う。

転向してどんな気持ちですか、と三上に率直な意見を聞きたかったが我慢した。よほど、じろじろと三上の顔を凝視していたらしく、三上は不機嫌さを隠さずに私に言った。

「私の顔に何か付いてる？」

私が首を横に振ると、三上は肩を竦めた後、朝食のために、私のベッドの背を垂直に立てた。そして、朝食の盆を私の膝の上に乱暴に置いた。相変わらずの貧しい食事だった。食パンと三角パックの牛乳。薄いハムが一枚と数枚の萎びたレタス。

「その染み、どうしたの」

私は三上の胸の染みを指差した。

「紅茶こぼしたのよ」

三上はどうということのない顔で答える。

「紅茶か、いいな。アールグレイのアイスティとか飲みたい」

私は反射的に言った。すると、何かが手の中に押し込まれた。

「これで我慢して」

「あっ、ジャム」

私は驚いて苺ジャムの小さなパッケージを見て叫んだ。本物の苺など一粒も入っていない代わりに、赤くて甘い苺ジャムだ。私が子供の頃、学校給食によく出てきた。しかも、マーガリンはまた別にある。贅沢な気分だった。

「しっ、小さな声で」と、三上に叱られる。「あなた、苺ジャムを食べたいって言ってたでしょ。だから、特別に持ってきてあげた」

驚喜したが、私は少し警戒した。どうした風の吹き回しだろう。昨日はメープル味のカロリーメイトで、今日は苺ジャムの差し入れだ。カロリーメイトは、越智が去った後、暗闇の中で最後の一本まで食べてしまった。なまじ甘い味を味わうと、もっともっとと欲しくなる。そんな時の苺ジャムだから嬉しい。

「どうもありがとう」

「カメラ」と、三上が低い声で囁く。「声に気を付けて」

私はすぐにパッケージを開けてジャムを舐めたかったが、我慢して布団の中に隠した。ばれて取り上げられたら、元も子もない。

「嬉しいな」

「たまには、楽しみがないとね」

三上が照れ臭そうに言う。もしかすると、三上は私を監視する気がなくなりつつあるのかもしれない。越智と共謀しているとは思わなかったが、私の味方のような気がした。

「みつねむる」

私は思いきって、木目田蟻江の近作のタイトルを呟いた。三上は眉毛ひとつ動かさない。

「それ何？」

「私の好きな作品」

「何だ、それ」

三上は笑わずに言って、私の肩をどやしつけた。そんなことをしても、三上こと木目田蟻江は内心喜んでいる、という確信があった。

「それより早く食べて」

私は食パンのビニール袋を開けて、二枚のパンにマーガリンをなすりつけた。ジャムという楽しみが控えているのが嬉しくて、思い切り豪勢に食べたい気がした。だから、二枚のパンにハムとレタスを挟んで、サンドイッチのようにして食べた。食べ終わった後満足して、三上にもっと甘えたくなった。

「みゅーしゃも、好きだったな」と、小さな声で言う。

『みゅーしゃ』とは、木目田蟻江の大問題作だ。叔父と姪が肉体関係を持つ話で、そもそも近親相姦というタブーを破った上に、女の自慰本とまで言われた激しい性描写が有名だった。マンガ化もされていて、そちらもよく売れたと聞いている。

三上の表情が曇って、目許が潤んだように見えた。それで、私は図に乗った。

「みゅーしゃって知ってる? すごいエッチな女の子の話」

畳みかけたつもりだったが、三上は不審の目を向けただけだった。

「あんた、今日は何か変じゃない? 何かあったの? いや、今日だけじゃないよね。最近、ちょっと様子がおかしい」

眉根を寄せたと思ったら、私が掛け布団の中に隠したジャムのパッケージを素早く奪った。あっという間の出来事だったので防ぎようがなかった。

「ジャム、くれたんじゃないの? どうして持ってっちゃうの?」

私はひどく落胆して恨み言を言った。まるで子供みたいだと思ったが、そのまま転んで泣き叫びたいほど悲しかった。

「やめたよ。昨日のはどうした?」

三上ははっきりとカロリーメイトと言わない。もうない、とばかりに、私は首を振った。三上は了解したように頷いて、錠剤が幾種類か入った紙コップを手にしたが、気が変わったのか、また盆に戻した。

おや、今日は薬を飲まなくていいのか。私は、三上の異変を不安に感じたものの、奪われたジャムが惜しくて三上にまた懇願した。

「もう二度と余計なお喋りしないから、返してくれないかな」

三上は私を無視して、盆の上に空になった食器を重ねた。それを見つめながら、私は何とか三上の気を引こうといろんなことを言った。

「ねえ、三上さん。三上さんは、本当は何ていう人なの？　三上さんも作家だったんでしょう？」

三上が鋭い目で私を睨んだ。しまった、木目田蟻江の著作のことや、三上自身のことに触れたのは大失敗だった。反省したが、すでに遅い。三上は盆を持って、憤然と部屋を出て行ってしまった。

三上が私に薬を飲ませなかった理由はすぐにわかった。小一時間後、会いたくもない客がぞろぞろと私の病室に現れたからだ。先頭の紺のポロシャツを着た、陽に灼けた男は多田だった。久しぶりに見た多田は、少し髪が伸びていた。その後ろに立つのが、相馬だとしばらく気付かなかった。相馬は眼鏡をやめていた。コンタクトにしたらしい。赤い縁の眼鏡を掛けていた時は若く見えたが、外した途端に年相応に見える。相馬は、私の全身を鋭い目付きで一瞥した。

多田は私の病室に一歩入るなり、悪臭を感じたかのように鼻を押さえた。ポケットから急ぎ紙製のマスクを取り出して装着する。

「臭い。何の臭いだ、これは」

多田が振り返って訊いた相手は三上だ。一番後ろに三上が控えて、入室はしないで廊下に立っていることに気付く。

「さあ、患者は全然風呂に入っていませんからね。隔日で清拭は一応していますけど、それじゃおっつかないでしょう。その臭いじゃないですか」

三上が首を傾げながら答える。

「いや、体臭だけじゃないね、これは。精神が腐った臭いだよ。ああ、臭い臭い」

多田が不快そうに手で空気を払う真似をする。いきなり多田に一発かまされて、私は無性に腹が立った。言い返そうとしたが、相馬が取りなした。

「たいしたことじゃないでしょ」

ちびまる子ちゃんの「たまちゃん」はいなくなり、相馬は底意地の悪いホストのような雰囲気を漂わせていた。

「いや、相馬先生。マッツは、性悪ですからね。恭順するふりをして、腹の中で舌を出して嗤うタイプですよ。平気で反省したふりもするし、こちらの意図を読んだような駄文も書いてみせる。こんなヤツは作家でも何でもない。大嘘つきのろくでなしです」

多田が思い切り私を貶した。

「この人の元の性格なんかどうでもいいですよ。そんなことより、今の症状が深刻だということです。三上さんの報告だと、ずいぶん攻撃的で、ちっとも治ってないそうじゃない。それも最近顕著だというじゃないですか」

相馬がそう言って、狂気を探すかのように、私の目を覗き込んだ。

「私は正常です。病気をでっち上げないでください」

「これだよ」と、多田。「その態度が病気なのに」

からかうような多田の言い方に、またしても腹が立った。

「三上さん、嘘の報告しないでよ」私は思わず、薄暗い廊下からこちらを窺っている三上に怒鳴った。「適当なこと言わないで。私はあんたが少し親切になったような気がしたんで、ちょっと気を許しただけじゃない。早く取り消してください」

三上が私の語尾におっかぶせるように反論した。

「嘘です。この患者はあれが食べたい、これが食べたいと文句ばかり言って、それが通らないと言葉の暴力をふるう。最近は特にその傾向が強いので気になってました。何か気持ちの変化があったのに違いありません」

「何かって何だよ」

多田がマスクの中で独りごちた。

「私にはわかりません。作家じゃないんで」と、三上。

私は反射的に半身を起こし、廊下にいる三上の方を指さして毒づいた。

「何言ってるの。私はあんたが木目田蟻江だって知ってるんだよ。あんたは即座に転向しやがったクソ作家のくせに、私のことを何か言う権利があるのか」

「まあまあ、抑えて。興奮しないで。興奮するのが一番よくない。なぜなら、あなたの場合は病気だから、とめどがなくなる」

相馬が両手で制したが、私は相馬の言う通り、とめどなく罵った。

「私はすぐに気がついたよ。あんたが木目田蟻江だってね」と、これは嘘だったが、何とかして三上をやり込めたかった。

「あんたの書くものを好きで尊敬していたのに、何だ、このていたらくは。そんなに作家根性がないなら、崖から潔く飛び降りて死ねばよかったんだよ。うちにある、あんたの本はすべて破り捨ててやるからね」

私の金切り声が響いたのか、廊下に数人の男が集まってきているのが見えた。その中に、越智がいたような気がしたがわからなかった。

「よく言うね。あんたはクソ作家じゃないのか。え、マッツ先生？　あんたの書いたコンテンツなんて、ろくでもないじゃないか。だから、読者からクレームがくるんだよ」

多田が嘲笑う。

「コンテンツじゃない、作品だ。私が血と汗と涙で書いた作品だ。それをコンテンツだなんて呼ぶな。あんたらは、所詮コンテンツだから、あれは駄目だ、これは駄目だって言えると思ってるんだろう。そんなの間違っているよ。誰かが書いた作品に軽重もないし、良し悪しもない。勝手に差別するんじゃないよ」

私はベッドの鉄枠を摑んで、下りようと思った。下りて、多田や三上を殴り倒したかった。だが、筋力が弱っているから、上体を起こすのがやっとで、脚を下ろすことなんかできなかった。

「何を言ってる。自由には制限があるんだ。何でもいいなんてことはない。それが社会の常識じゃないか」

多田が言い返す。

「つまらん理屈を言うな。作品は自由だよ。人間の心の中は自由だからだ。何を表現してもいいはずだ。国家権力がそれを禁じてはいけない。それをやったら検閲だ、ファシズムだ」

「じゃ、ヘイトスピーチはどうなんだ。やりたきゃ自由にやれよ。できないだろう。同じように、作品だって差別や異常な性癖は書いちゃいけないんだよ」

私はうんざりして多田の顔を見た。

「前に言ったじゃないの、多田さん。ヘイトは作品ではない。私が言ってるのは、作家が責任を持って表す作品のことだよ。虚構のことだよ。虚構はいろんな人間を描く。その中には差別的な人間もいれば、そうでない人間もいる。だって、それが人間社会じゃない。ありとあらゆる人の苦しみを描くのが小説なんだから、綺麗事だけじゃないよ。差別が目的のヘイトスピーチと混同するなって」

言う端から、悔しくて涙がぼろぼろと流れた。何度言えばわかるのだ。いや、わかるはずなんかない。こいつらは、自分たちに都合の悪いことはすべて禁止するつもりで、まず皆が賛同しやすい人種差別やポルノを禁じ、それからどんどん範囲を広げて、自由を狭めていくのだ。

「何をノーベル賞作家みたいなことを言う。あんたはただのエンタメ作家じゃないか。人が読んで面白がるコンテンツを作るヤツらを、エンタメ作家というんだよ」

「だから、それは差別だと言ってるんだよ。ノーベル賞作家だけが自由だなんて、ただの権威主義だ。私たちをポピュリズムの道具に貶める気か。分断するな」

多田と私の論争を黙って聞いていた相馬が、大きな嘆息をした。

「マッツさん、あなたの反抗的態度と攻撃的なところはまったく治ってないね。三上さんも困ってるし、治療方針を少し変えます」

「拘束衣をお願いしますよ」と、多田。

私は急に冷静になった。相馬はこの療養所の権力者だ。相馬が「拘束衣」と言えば、私は即日、拘束衣を着せられてしまうだろう。

「それだけはやめてください」と、低い声で頼む。

相馬は権力を楽しむように、しばらく答えなかった。

「さあ、どうしようかな」

「お願いだから。これから心を入れ替えて、何でもしますから」

私は勢いを失って懇願した。多田が馬鹿にしたような口調で言う。

「何だ、今さら。何が心の自由だって。よく言うよ、笑っちゃうね」

「お願いします。拘束衣だけはやめてください。三上さんからも頼んで。相馬先生、やめてください。お願いします。私はあれだけは嫌だ」

多田が私の弱点を知ったかのように高笑いした。

「土下座しますか？　マッツ先生」

「します」と私は答えた。「しますとも」

「わかった、わかった」

多田が勝ち誇って笑った。その時、廊下の向こうから、声が聞こえたような気がした。『ねえねえ、私たち、どうなっちゃうわけ？　こうなっちゃうわけね』。そう、こうなるのだ。私は恥を掻き、かつ苦しんで死ぬだろう。

2

「マッツさん、ずいぶんとまた下手に出たものですね。さっきまでと全然違うじゃないですか」

相馬が、クリアファイルに入った書類のようなものを、取り出して眺めながら、驚いたように言った。

「あんなに威勢がよかったのに、拘束衣と聞いた途端、これですからね。現金な人ですよ」

多田が可笑しそうに口許を歪める。

「相馬先生、私はもう二度と逆らいませんから、拘束衣だけはやめてください」

私は諦めずに懇願した。

「怖いのですか？」

「当たり前じゃないですか」

腹立たしかったので、強い口調で言う。相馬がかちりと音を立てて、持っていたボールペンをノックした。

「あのね、マウスの脳だって、ネガティブな恐怖を記憶するんですよ。だから、恐怖は乗り越えられるものなんです。恐怖の記憶を消せばいいだけなんだから。それには楽しい記憶が必須です。要は、脳の問題なんです」

相馬はどこか楽しげに言う。

「私はマウスじゃありません、先生。マウスのように単純じゃない」

つまり、多田に逆らった時、地下室の拘束衣に包まれた女性を見せられたから、余分な恐怖を植え付けられたということを言いたいのか。それを楽しい思い出で乗り越えろと？　ここに何の楽しい思い出がある？　ちゃんちゃらおかしくて、私こそ顔が歪んだ。

相馬はその様子を観察していたようだ。

「では、あなたはマウスでなく、何ですか？」

好奇心を感じたように、私の顔を覗き込む。

「私は人間です」

「そうですか。もっと属性を言ってください」

何を言わせたいのだろうと不安に思いながら、思いつくことを言う。

「人間で、女性で、ある人たちの娘で、ある男の姉で、今は誰かの親ではありません。コンブという名の猫の飼い主ではありました」

相馬は最後のところで、くだらないと思ったのか肩を竦めた。

「お仕事は？」

「小説家です」

「どんな」

「どんなって、小説は属性で分類できない」

「そうですか。ここに、昨日の新聞に載っていた子供の質問があります。ノーベル賞作家の講演で、中学生になる男子生徒が訊ねたそうです。『良い小説と悪い小説を見分けるにはどうすればいいのか？』と。あなたの書いたものは、良い小説ですか、悪い小説ですか？」

「良い小説だと思います。というか、私はそのノーベル賞作家の答えの方が知りたいです。どうやって見分けるのか、という」

多田が鼻先で笑ったのが横目で見えた。が、相馬は大真面目な表情で、私の答えを書類に書き殴っている。

「では、あなたの考える『良い小説』の定義は？」

「自分に正直な小説です」

「つまり、読み手の側には立ってないということですね」

「ある意味、そうです。私たちは自分の書きたいことしか考えていません。それが読み手に合うか合わないか、心を打つか打たないか、など関係ありません。まずは自分が書くことに心を打たれないと」

相馬が、かりかりと何か書き留めている。が、私には、真面目に答えたところで相馬には通じないのではないか、という無力感があった。

「ずいぶんと立派なことを言うんですね」

相馬が言うと、背後にいた多田が声を上げて嗤った。

「当たり前のことです」

「そうですか。ここに来てから、あなたはとても不安定なようですね。私たちと話していると、必ずや激昂する。それは何が原因だと思いますか？」

「私は病気じゃないからです。なぜ、療養所に収監されるのか意味がわかりません。重大な人権侵害だと思います」

「私は科学者ですから、病気に対する考え方が違います。マッツさんの意見には承服しかねますね」

冷厳に返されて、私はカッとした。

「どうやったら、相馬先生は私を許してくださるんですか。そして、いつ娑婆に帰してくれるんですか？」

「許す？」相馬は首を傾げた。「私はあなたに何の悪感情も持っていないですよ。だって、あなたは、ただの患者に過ぎませんから」

「私を患者にしたのは相馬先生じゃないですか。何度も言いましたが、私は病気じゃありません。あなたたちがよってたかって、病気と決めつけているんです。一日も早く帰してください」

「病気の人は必ず自分が正常だと言います。ここは水掛け論なのでやめましょうよ」

「嫌です」

私たちの話を聞いているのに飽きたのか、「やれやれ」という多田の声が聞こえた。多田は入り口付近に下がって、男たちと何やら雑談を始めた。相馬も議論に疲れた様子で、小さな溜息を吐く。

「相馬先生は髪型を変えてコンタクトにして、イメージチェンジしましたよね。私も早く娑婆に戻って、美容院に行ったり、友達とＬＩＮＥしたりしたいです。何かきっかけでもあったんですか？　それとも、そんなプライバシーに関わることは聞いちゃいけませんか？」

相馬は何も答えようとせず、見当違いのことを言う。

「つまり、あなたは社交的に暮らしたい、ということでしょうか」

「当たり前じゃないですか。こんな風に自由を奪われて、変な薬をたくさん飲まされて、人体実験されているんでしょう？　私、今に拘束衣に繋がれて死ぬんですね」

言う端から、自分が哀れで涙ぐみそうになった。

「誤解されているようだから、申し上げますけれども、私は長年、脳の研究をしています。精神病と呼ばれている病気は、心の病気と言われていますが、実は脳の器質的な問題なのではないかと考えているのです」

「へえ、それが何か？　どうせ作家はみんな、脳の器質的問題とやらを抱えた者だと思ってるんでしょう。文学は狂気？　マジですか？」

私は悪態を吐いた。冗談のつもりだったが、相馬は頷く。

「作家の皆が皆とは思いませんよ。正常で正しい思考をお持ちの立派な人は、たくさんいます。ただ、中には奇妙な思考しかできないグループがいます。この人たちは、どんな脳をしているのか、その器質的変化を調べたいと思っています」

「どうやって調べるんですか?」

「では、奇妙な思考って、どういうことでしょう?」

相馬が答えなかったので、私は続けて質問した。

「人には思いもつかない凶悪犯罪への執着や、激しいヴァイオレンス、ペドフィリアなどの異常性癖をテーマに取り上げること、差別の助長、倫理性の欠如、国家への反逆、そして反社会的な思考。これら全部を併せ持って書く人もいます」

「では、相馬先生は、それらを書く人々は、奇妙な思考しかできないとお考えですか?」

「確定はできないけれども、その傾向はあると思っています」

「では、私は奇妙な思考しかできないと?」

「ええ。私は、あなたの本を読みましたが、ちっとも面白くありませんでしたし、反社会的であると思いました。あなたは異常性癖をよくお書きになる。どう考えても変でしょう。あなた自身がそういう性癖があるのかと思いました」

「作品で判断しないでください」

「それはそのとおりですね。作品だけではわからない」と、相馬はいったんは首肯した。「でも、ひとつの偏向は見て取れます。だから、あなたの遺伝的な形質も見ていますよ。あなたのお父さんは、新聞記者でしたね。かなり反日的な立場だったそうですね。それが原因か、当時付き合っていた女性と、あなたのお母さんとの間で悩んでいたのか、原因はわかりませんが、自殺されたそうですね。お母さんは、そのことがトラウマになられて引きずったのか、七年前から認知症を発症されている。認知症は脳が縮む病気です」

父親は自殺だったのか。知らなかった私は衝撃を受けて身悶えした。

「父のことは知りませんでした」

『ねえねえ、私たち、どうなっちゃうわけ？　こうなっちゃうわけね』という声が脳内で響いた。

「お母さんは外聞が悪いと思って、子供たちには隠されたのでしょうけれど、それは、逆にお母さんのためにはストレスになってよくなかったわね」と、相馬はしたり顔で言う。「ところで、弟の信弥さんは、反社ですか？」

いきなり、反社という語が出て、私はびっくりした。

「どういう意味ですか？」

「つまり、反社会的行為をする人々なのか、という質問です。だって、大麻取締法違反で逮捕されたことがあるじゃないですか」

相馬は軽蔑を隠さずに、口元を歪めた。そんなことまで知っているのかと、私は少々慌てた。

「それはちょっと違うんです」

「でも、事実でしょ」と、ぴしゃっと言う。「コカインとかもやっていたんじゃないの？」

容赦ない口調なのは、信弥を犯罪者だと決めつけているからだろう。

「コカインはやってないと思います」

「さあ、どうだか。弟さんは舞台のお仕事をされているみたいですね。そういう芸能関係の人は薬物汚染が多いですからね。そういう行為を平気でするのも、遺伝的な問題かもしれません。だけど、あなたの入院費は死ぬまで払うと仰ってますから、何とかまっとうな社会生活を送って頂きたいと願ってますよ。それにしても、弟さんも大変だわね。お母さんの費用もあるし、あなたの入院費もあるし、負担が大きい」

少なくとも、信弥は娑婆にいて無事らしい。私は安堵したが、ここで信弥の犯歴を指摘されるとは思ってもいなかった。

信弥は、十年以上も前、自宅に大麻を所持していたという容疑で、逮捕されたことがあった。その大麻は、当時付き合っていた恋人のもので、たまたま信弥の部屋に持ち込んでいたのだ。信弥は大麻とは無関係だったと聞いているが、結局、大麻所持ということで有罪になった。懲役六カ月、執行猶予三年という判決だった。

さらに、相馬がクリアファイルから、小さな紙切れを出して読んだ。

「それから、あなたと一年間同棲していた金ヶ崎有(かねがさきゆう)さんという人は、最近、殺人で逮捕されたんですね。偶然でしょうが、反社ということでは重なります」

冷酷な言いように衝撃を受けて、私は息を呑んだ。この療養所に収容された日、コンブの死を報せようと、金ヶ崎有にメールをした時のことを思い出していた。「母親」と名乗る人物から、自殺したというメールが届いたのだ。

金ヶ崎有は死んではいなかったが、人を殺していた。綺麗な顔が取り柄なだけの馬鹿な男だったから、人殺しができるとは到底思えなかった。

「あらら、昔の男の話だと、急におとなしくなるね」

相馬が、まるで噂好きの女のような下品な口調になった。

「何かの間違いじゃないですか」

「いいえ、ちゃんとここに」

紙切れを見せる。細かい字で何やら書いてあって、私には読めなかった。

「相馬先生が言うことは、全部ショックです。父が自殺したことも、金ヶ崎が逮捕されたことも、知りませんでした。父の場合は、何となく思い当たらないわけでもないですが、金ヶ崎はどうしたんですか？　何があったんです？」

相馬が、書類をめくったが、それには書いていないらしく、ポケットからスマホを出して慌ただしくタップした。プリントアウトする暇がなかったのだろう。報告書らしきものを、きんきんと高い声で読み上げた。

「金ヶ崎有は年上の女に取り入るのが得意で、マッツと別れた後も、プロのヒモのような生活を続けていた。この三年は、十三歳年上の飲食業、Rと同棲。正業に就かず、Rから小遣いをせしめて暮らしていた。ある日、愛想を尽かしたRに出て行くように言われ、どこにも行くところがないからと懇願した。しかし、Rに断固拒否されたため、手近にあったRのゴルフクラブで殴りつけたという。Rは頭蓋骨陥没で、運ばれた病院で死亡が確認された」

私は、自分が金ヶ崎有に冷たくして追い出したから、このRという女性が死ぬことになったのではないかと、まったく根拠はないけれども、何となく関係がありそうなことを思って、沈んだ。有は、ゴルフクラブで女を殴るような男ではなかったはずだ。

「あなたの関係者は、みんなこんな人ばかりなんですよ。調べれば調べるほど、いろんなことがわかる」

相馬は感情を籠めずに言う。

「金ヶ崎は、親族ではありません」

「関係性という意味では、無関係ではない。マッツさんの中にある何かが、金ヶ崎に影響しているのかもしれない」

「あれ、科学者にしては非科学的なことを仰るんですね」

「脳は記憶を司る部位でもあるんです。エピソード記憶がほとんどですからね」

よくわからないことを自信たっぷりに言われて、私は憂鬱になった。

「では、先生はどうしたいんです。私を実験材料にしたいんですか?」

「いえいえ、死後脳の研究をしたいだけです」

「死後脳って何ですか?」

「いえ、あなたには関係ない」

口が滑ったと思ったのか、相馬は慌てて取り繕った。死後脳とは、文字通り、死者の脳味噌か。私は彼女の研究の礎(いしずえ)になるのだろうか。だから、死ぬのを待たれているのかもしれない。そう思ったら、恐怖で震えてきた。

「先生、転向しますから、許してください」

恥も外聞もないとは、このことだろう。しかし、私はそう叫んでいた。

「転向って小林多喜二の時代じゃないんだから、そんな大時代なこと言わないでくださいよ。人聞きが悪い」

相馬が笑った。

「なぜ笑うの。私は苦しみたくないし、死にたくもない。特にあんたたちのためにはね」

私はそう叫んでベッドから手を伸ばして、相馬の喉を摑もうとした。相馬が慌ててのけぞり、振り向いて叫んだ。

「マッツが暴れてます」そして、今度は冷静に言った。「拘束衣」

それからのことは、あまり記憶にない。私はすぐに駆けつけてきた男たちの手で、ベッドから下ろされた。

嫌がって暴れたが、二人の男が両側から私の腕を引っ張って体を浮かせ、無理矢理歩かせようとする。左腕を摑んでいるのは、いつの間にか現れた越智だった。私は「助けて」と懇願して越智の目を見たが、越智は低い声で怒鳴りつけた。

「B98、諦めろ」

筋力の弱った私は、両腕を持ち上げられてふわりと宙に浮いた。芝居の幽霊のように吊り上げられながら、灰色の鋼鉄ドアの外に出る。

外は、白い無機質の廊下が続いていた。古い七福神浜療養所の地下に、こんな近代的な空間があるとは知らなかった。

両腕を引きずられて、拘束衣を着せられた女の部屋に連れて行かれた時と同じ場所か、この廊下を非番の男たちが談笑しながら歩いていたのか。私は混乱した頭で周囲を見回す。

やがて階段が見え、私は浮遊したまま階下へと運ばれた。

『私たち、どうなっちゃうわけ？　こうなっちゃうわけね』

あの時耳にした、はしゃいだ叫び声が何度も耳の中で谺した。拘束衣の中から、悶えるようにして抵抗していた女の両目。「羊たちの沈黙」のレクター博士。ああ、私も「こうなっちゃうわけね」。

私はてんで意気地がない。拘束衣を着せられて、そのまま憤死するのだ。そして、私の脳は、「器質的変化」を見つけるために、相馬が嬉々として眺めるのだろう。いったい何人の作家の脳がここにあるのだろうか。恐怖でがたがたと震えがきた。その震えが伝わるらしく、両腕を支える男たちの太い腕に力が籠もるのがわかった。

地下二階はやはり薄暗く、死の臭いがした。

「お願いだから、やめて。助けてください。何でも言うことを聞くから、拘束衣だけはやめてください」

私は首を捻って後ろを振り向き、背後を歩く人影に叫んだ。三上の姿はなく、相馬と多田が、ひそひそと相談しながら、ついてくるのが目に入った。だが、二人とも、私のことなど無視して、何ごともなかったかのように平然と話をやめない。

「何でも言うこと聞くから、お願いします」

「先生、遅いです。少し時間をかけて、病気を治しましょう」

やっと多田が顔を上げて厭味たっぷりに言ったので、私は恥知らずにも頷いた。

「治します。どんな薬も飲みますから、拘束衣だけはやめてください」

多田は答えない。相馬に何か告げると、そのまま踵を返して戻ってしまった。

私は廊下のどん詰まりの部屋に入れられるらしい。ひとあし先に向かった相馬が、その部屋のドアの鍵を開けている。ドアが開いて、相馬が手招きした。

「マッツ先生を入れてください」

窓のない、薄暗く狭い部屋にはベッドがひとつあるだけ。私の病室に設えられた洗面所やトイレもなく、まるで独房だった。それもそのはず。私はこれからベッドに繋がれて、息絶えるのだ。

「助けて」

私は、左腕を摑んでいる越智にしがみついた。みっともないとわかっていたが、恐怖がそれに勝っていた。私には、閉所恐怖症があるのだ。頭部ＭＲＩの検査の時も、逃げ帰ったではないか。暗く狭い部屋で、上半身を拘束されて寝かされるままになる、という状態は、想像するだけで失禁しそうなほど怖かった。

しかし、越智は私を突き飛ばすようにして、ベッド横に立たせた。

相馬が部屋の隅にあったロッカーから、大きな白いジャケットのようなものを取り出した。それを背後からすっぽりと被せるようにして着せられる。ジャケットには、何本か長いベルトが付いていた。

私は必死に抵抗したが、男たちに無理矢理、両の腕を長い袖に入れられた。袖の先は、両腕を腹側で交差する形で背中に回し、ベルトで固定されるようになっている。さらに、何本かあるベルトで、ジャケットをぴたりと着せられた。つまり、自分自身を抱くような形で固定されてしまうから、上半身はまったく自由を奪われた状態になる。ジャケットの布自体は柔らかいものの、両腕が使えないから、顔に触ることもできない。

そのままベッドに仰臥させられた私は、両脚もベッドに縛り付けられたのを知って泣きそうになった。ここで野垂れ死にかと情けなくなる。

「助けて」と、もう一度力なく言って、越智の目を見たが、越智は無表情に視線を合わせようとしない。

落胆した私は、無駄と知っていたが、ニキビだらけの膚をした右隣の男にも「お願いだから、助けてください」と頼んだ。

男はベルトを締め直すふりをして、私の右胸を素早く触った。ああ、こういうこともされるのか、と絶望感がいや増した。

「相馬先生」

出て行こうとした相馬に、私は話しかけた。

「何ですか」

相馬が面倒くさそうに振り向いた。

「私はいつまでこの状態を続けるんですか」

「あなたの興奮が治まるまでです」

「それは誰が判断するんですか？」

「医師の私です」

相馬はポケットからスマホを出して、ちらりと見た。

「何が基準になるんですか。私はこんなにおとなしいのに」

「あなたの興奮の閾値を知りたいだけです」

「じゃ、早くやってください。それまで飲まず食わずですか？　排泄もできないんですか？」

相馬は困ったように首を傾げた。

「服薬で何とかなるでしょう。排泄はそのましてください。後で洗い流します」

犬猫以下なのだ。私はうち沈んだが、気力を振り絞った。

「もうひとつだけ。質問させてください」

数歩行きかけて、明らかに部屋を早く出たがっている相馬は、うんざりした声を出した。

「何ですか」

「先生はどうしてイメチェンしたんです？」

相馬が苦笑しながら振り向いた。

「そんなこと言う必要があるの？」

「ないけど、知りたいだけです。作家的興味でしょう」

「あなたの邪悪な脳はどんな妄想を抱くのかしら」

「さあ、ＬＧＢＴＱであると、カミングアウトしたとか」

「ほら、邪悪だ。差別的なことばかり考えている」

相馬がむかついた顔をした。

「差別的ですか。私はＬＧＢＴＱと知っても、別に何とも思わない。差別感情がないからです。そういう人たちだって、昔は脳の病変じゃないかって言われたことがあるんじゃないですか。先生は心の病気は脳の病気だと言ったけど、そうも限らない。人間は複雑なんです」

相馬はそれに答えず、部屋を出て勢いよくドアを閉めた。鋼鉄のドアが閉まる音。私はたった一人で、静寂の中に取り残された。

3

どのくらい時間が経ったのだろう。などと考えているうちは、時間は思うほどに経っていないことを、私は幾度となく学んできた。また、この楽しみが続いてほしいと願えば願うほど、時間は飛ぶように過ぎ去ってゆくものだとも。子供時代からずっと、あらゆる場面で、私は時間と闘ってきた。しかし、今度の闘いは終わりが見えないがゆえに、一番苦しいものになりそうだった。いや、終わりは見えていた。ただ、その行程が見えないだけなのだ。私は悲壮な決意で、一人きりの闇に耐えていた。

部屋は真の闇ではなかった。ドアにほど近い壁に照明スイッチがあって、その横に常夜灯がほんのりと点っていた。その親指の先ほどしかない、小さなオレンジ色の光が、この部屋の中に存在する唯一の希望のように思えて、私はそろそろと顔だけを動かし、その光を見つめていた。

なのに光は、まるでO・ヘンリーの古めかしい短編のように、ちかちかと寿命切れの点滅を繰り返し始めた。いずれ消えて真の闇になることを思えば、最初から希望などなかった方がどんなにかいいのに、と思った。

光が次第に弱々しく、間遠になってゆく。やがて、消えるだろう。私は自分が転向者であることを思い出していた。『先生、転向しますから、許してください』と、相馬ごときに懇願した私。転向。何と古めかしい言葉だろう。

相馬が笑いながら吐き捨てた言葉は、まことに正しかった。

『転向って小林多喜二の時代じゃないんだから、そんな大時代なこと言わないでくださいよ。人聞きが悪い』

だが、私は転向した。変節した。想像力を勝手に使って作品を書いてはいけない、と言われたことに対して、はい、そうしますから許してください、と屈服した。それも、この拘束衣を着せられるのが怖かったばかりに、である。

多田に嘲られたのは無理もなかった。今頃、多田や西森たちは、「口ほどにもなかった」と、私の怯懦（きょうだ）を嗤っていることだろう。

しかし、自分が一度ならず、転向する、と叫んだことを思うと、私の心は逆に落ち着くのだった。その程度の作家なのだから、このまま朽ちても構わないではないか。そうすれば、相馬も私の死後脳になど興味を抱かないだろう。

木目田蟻江のような天才作家こそが、ためつすがめつ死後脳を研究されるべきだった。が、木目田も簡単に転向して、看護師・三上に転身してしまった。万が一、私も解放されることがあったら、転向者として、チクリ屋の看護師や、越智ヒロトのような暴力的な使用人となって、ここで生きるのか。

まっぴらごめんだ。越智ヒロトが、どんな作品を書いていたのか知る由もないが、ここで生きるくらいなら、菅生静のように、潔く崖から飛び降りて死んだ方がずっとマシだった。とはいえ、あの断崖絶壁を前にすれば足が竦んで怯(ひる)むに決まっていた。飛び降りろ、と言われたら、私はまたしても、許してください、転向します、と叫ぶだろう。では、この無尽なループから逃れるには、どうしたらいい。

「生きろ。」

いきなり、「もののけ姫」の宣伝コピーが、ぽこんと頭に浮かんだ。生きろ？　どうやって？　どうやって生きるというのだ。私の末路は、このまま苦しんで苦しんで、それでも誰も助けが来ずに苦しんで死に、死後脳を相馬のブレインバンクに入れられるか、ゴミ箱に捨てられるか、のどちらかだ。

だからこそ、私は生きることなど、とうに諦めたがゆえの平穏を得て、こうして拘束衣に繋がれても慌てず騒がず、パニックにならずに落ち着いていられるというのに、なぜ今さら、「生きろ。」などという不穏な言葉が心に浮かぶのか、わからなかった。

私の家族も、懸命に生きる「生」には縁のなさそうな、不運な人間ばかりだった。父は母と女の板挟みに悩んで自殺し、母は若くして認知症を発症した。弟は恋人のせいで前科者と呼ばれ、私の同棲相手は殺人者となり、そして、この私はいつの間にか措置入院患者とされた。そんな私が飼った可愛い猫も、どこかで誰かに殺された（はずだ）。

不意に、私の書いた提出作文「母のカレーライス」を思い出した。私は多田の要望に沿った、つまらない物語を創作した気になっていたが、あれは、私と弟の実話だったのかもしれない。私小説。私と弟の脳は、両親の諍い（いさか）によるトラウマで傷ついているのだろう。あまりにも類型的で、哀れな私たち家族。そんなありきたりな家族から、素晴らしい作家など生まれるはずもなかった。すべてが絶望的に感じられ、号泣したかったが、水分が奪われているのか、涙は一滴も出ない。

あれやこれや。想念ばかりがぐるぐると頭の中を経巡っている。疲弊した私は、うとうとしたらしく、短い夢を見ていた。蟹江がしていたような薄汚いエプロンを着けた相馬が、鍋を掻き回している夢だった。

鍋の中には死後脳が入っている、と相馬が言うので、おそるおそる覗き込むと、ただのクリームシチューだった。

なあんだ、クリームシチューじゃない、と声にして言うと、相馬が「脳は火にかけると溶ける」と、言い訳する。脳はシチューのルーと同じだという。濃い脳は濃いシチューになり、薄い脳はたくさん集めないと濃いシチューにならない。気持ち悪いような、可笑しいような、後味がいいのか悪いのかわからない夢だった。

　私の死後脳も火にかけると溶けるが、底が見えるほど薄いだろう。その程度の脳味噌なのだ。無駄死にに値する脳味噌。夢はいやらしかったが、有難いことに目が覚めてもまだ、穏やかな気持ちは続いていた。

　突然、微かな物音がした。物音は希望でもあったから、希望を排除したことで成り立っていた平穏が破られて、私は激しく動揺した。今にも「助けて」と叫びだしそうで震えがくる。今、両手が使えたら、私は叫ばないように口を押さえて、指を歯で嚙んでいただろう。

　ドアが少しずつ開く気配がする。やがて誰かが忍び足で入ってきた。懐中電灯の光の輪が近付いてくる。

「大丈夫?」

　その人が低い声で問う。三上だった。一瞬、三上の密告のせいで、こんな目に遭わされているのだと思ったが、私はただただ嬉しかった。

「ええ、まあ」

　どうしてこんな間抜けな返答をしたのかわからない。

「強いわね」

「まさか」

　しばらく声を出していなかったし、水分が足りていなかったので、声は嗄れていた。だが、私の中では、またしても「生きろ。」という言葉が湧出していた。

「これ飲んで」

三上がそっとガラスの吸い口を唇に当ててくれたので、私は潮と土のにおいのする温い水をごくごく飲んだ。七福神浜療養所の水の味だった。三上は布団をめくって、素早くおむつを当てた。

「これで我慢してて。また来るから」

「いつ来てくれるんですか？」

焦った私は早口になった。

「しっ」と、三上は私を宥めるように、私の体の上に両手を置いた。仕方なしに、私は口を開くのをやめた。三上は、すぐに部屋から出て行った。

途端に、平穏な気持ちなどどこへやら、私は急に息苦しくなった。同じ姿勢で、まったく身動きできないことに耐えられなくなってきた。ここから出してくれ、と叫びたくなる気持ちを必死に抑える。それでも、抑えられない恐怖が、いずれ私を大声で叫ばせるだろう。

でも、パニックになって叫んだらおしまいだとわかっていた。相馬の思うつぼだから。あれは何と言うのだっけか。易刺激性？　易怒性？　怒りやすいということ？　その通り、私は四六時中、怒っている。というか、怒りが蘇ってきた。

私は目を閉じて、違うことを考えようとした。もし、三上の来訪が今回だけで、二度と現れなかったら、私は三上を恨んで死ぬだろう。そのくらい、今ここで、希望が生じたことが怖かった。

しかし、待てど暮らせど、三上はなかなか現れなかった。三上の再訪を願うあまり、喉は急激に渇き、尿意を覚えて寒気がした。地下で見せられた、拘束衣を着せられた女性は体を左右に揺らして、私のために抗議してくれた。彼女のように、動いてみようか。私は体を捻ってみたが、むしろ自分が動けないことを思い知らされて、恐怖感が湧いてくるので即やめた。

目を開けたら、暗闇の只中にいることに気付いた。オレンジ色の光が、とうとう消え失せていた。闇の中で身動きひとつ取れないのは怖い。私にとって一番怖い死に方は、狭い空間に閉じ込められて身動きできないまま、水がじわじわと上がってきて溺れ死ぬことだ。洞窟。潜水艦。タイタニック。デイライト。アビス。これまでに見た映画の恐怖の場面の数々が頭に浮かんでは消え、消えては浮かんだ。私は酸素が欲しくて、金魚のようにぱくぱくと口を動かした。とうとうパニックが始まったのだ。動悸が激しくなり、自然に両手を動かそうとした。でも、できないから苦しさが増す。

その時、ドアが開く音がした。闇の中、またも懐中電灯の光の輪がゆっくりと近付いてくる。三上がまた来てくれたのだろうか。いや、二人いるから、私の動きをどこかでモニターしていた相馬が、誰かを連れて様子を見に来たのかもしれない。私は緊張しながら、相手が口を開くのを待った。

「マッツ、起きてるか?」

越智の低い声が耳元で囁く。私は大きく頷いてみせた。

「よし、ちょっと静かにしていてくれ」

もう一人の手が、私の脚をベッドの支柱に拘束していたベルトを外し始めた。三上だった。もしかすると、二人は私を助けてくれるのだろうか。期待というよりも戸惑いがあった。三上は密告し、越智はあれほど懇願したのに冷酷だったではないか。

しかし、両脚が自由になると、二人は私をベッドの上で横向きにして、手早く拘束衣を脱がせてくれた。私は自由になった四肢に、どっと血が通う感覚を味わって酩酊(めいてい)した。

「立てるか?」と、越智。

「わからない」

実際、わからなかった。私はほとんど寝たきり状態だったから、筋肉が相当量失われているはずだ。

「ゆっくり立って」

三上が、私の上半身を支えてベッドから起こしてくれたが、それだけで目眩がした。越智が私を抱え上げるようにして、両脚を床に付けた。二人に肩を支えられて、立とうとするけれども、まるで萎えたように脚には力が入らない。

「歩け。歩かないと助からないぞ」

越智に言われるまでもなく、二人の緊迫感から、それは伝わっていた。しかし、私の両脚はぐにゃぐにゃと折れ曲がり、容易に歩けない。

「無理もないよ。ずっと寝てたんだから」

三上が息を切らしながら、越智に言う。

「必死に歩け。今しかチャンスはない」

越智に言われて、私は必死に脚を前後に動かした。体格的には私より劣る三上が、へたりそうになったので、私はほとんど越智に寄りかかって歩こうと努力した。三上が懐中電灯で誘導する。

今、ここで逃げなければ、二度と七福神浜療養所から出ることはできない。三上と越智が、自分をどこに連れていこうとしているのかわからないが、少なくとも拘束衣よりはマシだと思った。死の訪れでさえも、拘束衣よりは有難い出来事なのだから、歩いてどこかに行けることは、たとえ途中で死んだとしても、大きな希望、いや平安を意味した。

「ありがとう」

小さな声で礼を言うと、三上に叱られた。

「黙って」

「礼は成功してから言えよ」越智が緊張した声で囁く。

私たちはのろのろと廊下に出た。廊下は点々と常夜灯だけが点っていた。夜中の二時間だけ、省エネで電源を落とすと越智が言っていたのを思い出す。今がその時間なのだろう。とすれば、私は飲まず食わず、トイレも行かずで、ゆうに半日以上、拘束衣で横たわっていたことになる。

三上は、越智と私を先導して、すぐ脇の小さなドアを鍵で開けて、素早く中に入った。三上が懐中電灯を消したが、私の部屋と同じ常夜灯が点っているので、部屋の様子は何となくわかった。棚に薬瓶が並んでいるから、薬品の倉庫らしい。

「これ、着て」

灰色の制服の上から、白衣を着せられる。ガードマンに見咎められたら、看護師か使用人と言い張るつもりなのだろう。

「トイレは行けますか?」

「我慢して。無理ならおむつにしなさい」

さすがにそれはできなかった。こうして、私はおむつで不格好に膨れた白衣姿で、ここを逃亡することになったのだ。

「この時間帯は見回りが強化されてるから、ちょっと待ってて」

廊下を誰かが歩く音がした。警備の男が見回っているのだろう。私は息を潜めて、足音が去るのを待った。見付かったらどうしようと思うと、怖ろしくてならない。

「今だ」

越智に言われて、私たちは廊下に出た。廊下の隅に階段がある。私は越智におぶわれて階段を二階分上った。一階に出た。波が海崖に打ち付ける音が聞こえる。そして、私の部屋からよく聞こえた、あのブーンと唸るようなタービンの音。多田や西森たちが近くにいるのではないかと私は怯えた。

だが、外気に触れていると、少しずつ気力が戻ってくるのがわかる。残念なのは、体力が気力についていけないことだった。私は相変わらず、幽霊のように越智におぶわれたり、肩を支えられて前に進むしかない。

越智と三上は私を連れて、躊躇なく食堂の方に向かった。そのまま食堂を素通りし、廊下の奥へと進む。厨房の付近には、給食室で作るシチューのような匂いが残っていた。私は夢を思い出して、一瞬、立ち止まった。誰かの脳味噌を使ったのではないかと連想したのだ。

「どうしたの。お腹空いてるんでしょうけど、もうちょっとの辛抱だから」

三上が子供に言い聞かせるように、私に囁く。

「そうではなくて」

夢の説明をしようとしたが、「早く」と、越智にどやされた。私はまだ現実感に乏しいようだ。

廊下のどん詰まりまで辿り着くと、越智が男風呂の脇の暗がりに入った。鍵を開ける気配がする。覗き込むと、貧相なドアが開けられ、その先にアスファルト舗装された細い道があった。両脇に丈高い雑草が生い茂っている。そんな道があることなど、まったく知らなかった。食料品を積んだトラックが横付けできるように作られた道らしい。

久しぶりに夜気に当たった私は、大きく息を吸った。潮のにおいがきつい。

「空気が美味しい」

「外は久しぶりでしょう」

三上が抑揚のない声で言う。

「最後なんだから、たっぷり吸うといいよ」

越智が低い声で言った。「最後」というのは、どういう意味だろうと思ったが、問い質す勇気はない。

「この辺に、いつも蟹江が立って見張っていた」

その光景は遠い昔のような気がした。が、私が七福神浜療養所に収容されてから、まだ数カ月しか経っていないのだ。あんなに蒸し暑かったのに、空気はいつの間にか冷涼になり、秋の気配がしていた。

「あなたたちが、この道を見つけないように見張ってたのよ」

そうだったのか。前は海崖で、背後は山と塀に囲まれた、隔絶された土地だと思っていたが、職員だけが知る道路が通じていたのだ。

「この先は？」

「県道に通じているが、門がある」

「その前に、これにサインしてね」

三上が一枚の紙を差し出した。懐中電灯に照らされた箇所に、私は言われるままにサインした後に、念のために訊ねた。

「これは何のためのサイン？」

「自分は、死後脳なんか取られたくない、絶望したので崖から飛び降りて死ぬ、という遺書だよ。俺が書いた」

越智が紙をかざして言う。

「だけど、私は閉じ込められているんだから、あなたたちの助けがなければ出られないでしょう？」

「そう。それを私が助けた、見ていられなかったから、と後で証言するの。収容者の自殺を幇助する分には、むしろ奨励される」

三上が説明する。私は急に腑に落ちたような気がして鳥肌を立てた。これで助かったと思ったのは、甘かった。おそらく私は今ここで、越智と三上に崖から突き落とされるのだ。菅生静の「遺書」も、こうして書かされて、次の収容者の枕に入れられたのだろう。だから、越智は「最後」と言ったのだ。

もはや、これまでか。どうせ突き落とされるのなら、自ら飛び降りた方がカッコいいだろう。それに、夜なら見えないから、そう怖くない。私は、衝動的にA45が潜んでいた崖の方に向かおうとした。すると、越智が腕を引き戻した。

「どこに行くんだよ」

「自分で死ぬからいい」

「何言ってるんだ、馬鹿。遺書はフェイクだよ」

「助かりたくないの?」

三上が声を荒げた。

「世話が焼けるな、マッツは」越智が苦笑いする。「あれを見ろ」

いつの間にか音もなく、無灯火の自転車がこちらに向かってきているのが闇を透けて見えた。黒い服を着た中年男が手を上げた。

「迎えが来たよ、マッツさん」

三上が私の背中を押した。二人も一緒に逃げるのかと思ったが、ここに残るらしい。

「木目田さんは行かないの?」

三上が肩を竦めた。

「私は木目田蟻江じゃないよ。木目田蟻江は、二カ月前に亡くなった。あなたが会った拘束衣の人がそうよ。私は三上春(はる)という名の劇作家よ」

私は驚いて、声を上げた。あの女性が木目田蟻江だったのか。必死にアイコンタクトを取って励ましてくれた人は、私の尊敬する作家だった。あの邂逅が最初で最後だった。

「木目田さんは、どうして亡くなったの？」

「拘束衣の後、衰弱して死んだ。相馬は、木目田さんの脳を調べたがっていた。今頃は、相馬のブレインバンクの中にあるだろう」

「私はてっきり、あなたが木目田さんかと思ってた。越智さん、何で欺したの？」

越智が嘘を吐いたことが解せない。

「あんたを怒らせたかったから。ひと悶着起こして地下二階に行くようにしないと、助け出せない」

確かに地下二階は、時折、従業員の男たちの声は響くが、地下一階ほどには人気はなさそうだった。皆に知れ渡った私の易怒性が、役立ったのだろうか。

「そろそろ時間よ」

三上が再び私の背中を押した。自転車の男がひっそりと横にやってきて、スタンドを立てた。黒縁の眼鏡を掛けた六十歳近い男だ。とても痩せていて、自分を乗せて山道を走れるのだろうかと心配になった。

「後ろに乗ってください。県道に車が置いてある」

私は越智に助けられて、後ろの荷台に乗った。荷物を積んで走る古い型なので、肉の落ちた尻が荷台に当たって痛かった。

「私に摑まっててください」

男に言われて、私は男の痩せた胴体に手を回した。自転車はふらふらと走りだした。まさか、自転車に乗って逃げることになるとは思ってもいなかった。

振り向いて見ると、三上も越智もすでに姿はなかった。白い鉄筋コンクリートの箱型の建物が夜陰に沈んで、ぼんやりと見えるだけだ。

「マッツさん、私のこと覚えてない？」

突然、男に言われて、私は男の顔を背後から覗き込んだ。

「私、成田麟一ですよ」

私は驚愕して、思わず手を離しそうになった。自転車がふらふらと揺れて、道路脇に倒れ込みそうになる。危ない、と成田がペダルを踏み込んだ。

「わからなかった。痩せましたね」

「ええ、マッツさんも変わりましたね。お互い、外で擦れ違ってもわからないでしょうね」

「円満に退所されたように見えたけど、ここでどうされてたんですか？」

「私はマッツさんと違って、転向と恭順の日々ですよ。もともとたいしたもの書いてないんで、へえへえ、ごもっともでございます、とあっちの言うこと全部聞いて、多田の使い走りみたいなことしてました」

それで覚え目出度く退所、ということか。最初にブンリンからきた封書を、そんなもの捨ててしまえ、と言ったのは成田だった。あれがそもそもの始まりではあった。

「それで、越智さんたちと知り合ったんで、私は外部から助けることにしたんですよ。面従腹背というヤツです。マッツさんみたいに勇ましくないからね」

「他の人はどうしたんでしょうね」

「例えば?」

「A45という人」

「ああ、彼はブンリンの職員ですよ。隠れ職員。草。だから、マッツさんのことは、逐一ばれてます」

成田は何でもないことのように言う。

「蟹江と秋海はどうしました?」

「蟹江さんは、最近ブンリンの本部に戻ったと聞いてます。秋海さんは多田さんと別れて西森と付き合ってます」

「多田さんは離婚したんですか」

「いろいろあったけど大丈夫ですよ」

成田は下卑た笑い声を上げた。自転車は軋(きし)む音を立てて、真っ暗な山道を行く。しかし、空は明るくなって来ていた。ふと、私は不安になった。

「これからどこに行くんですか?」

「マッツさんのご希望に沿います」

「車は？」

「この先に門があるので、そこを抜けると県道です。そこに置いてありますから、どこにでも行けますよ」

「そうですか、東京までどのくらいかかりますか」

折から上り坂に差しかかっており、成田は漕ぐことに夢中になり、答えなくなった。右手の林が切れた。断崖の上らしく、急に開けたが、ごうごうと波の音が聞こえるだけで、下にあるはずの海は見えなかった。本当に元に戻れるのだろうか。私は不安な思いで、再び振り返ったが、七福神浜療養所は、もう見えなかった。

急に辺りが明るくなった。朝日が昇り始めたらしい。

「さあ、マッツさん」

成田が自転車を停めて振り返る。私はごつい荷台に座ったまま、海に朝日が昇るのを見つめていた。太陽は赤黒く、まるでこれから陽が沈むところのように見えた。

「マッツ」

成田に再び名を呼ばれる。

「何ですか」

「早く行けよ」

しばらく私は荷台でぼんやりしていた。成田は左の脚を地面に付け、私が決心するのを待っている。

「ああ、そうか」

私は声に出して言った。この期に及んで、ようやく崖から飛び降りる意味がわかったのだ。脳味噌を粉々に砕けば、シチューに適しているかどうかを、誰にも見られなくて済む。

私はゆっくりと荷台から降り、おむつを着けた不格好な姿のまま、よたよたと崖の方に近付いていった。

本書は『文学』二〇一六年七・八月号、同九・十月号、同十一・十二月号、ならびに『世界』二〇一七年四月号〜六月号、同九月号〜二〇二〇年三月号（隔月掲載、二〇一九年三月号は休載）に掲載された原稿を元に加筆・修正を加えたものです。

桐野夏生

1951年，金沢生まれ．93年「顔に降りかかる雨」で江戸川乱歩賞受賞．99年『柔らかな頬』で直木賞，2003年『グロテスク』で泉鏡花文学賞，04年『残虐記』で柴田錬三郎賞，05年『魂萌(たまも)え！』で婦人公論文芸賞，08年『東京島』で谷崎潤一郎賞，09年『女神記』で紫式部文学賞，『ナニカアル』で10年，11年に島清恋愛文学賞と読売文学賞の二賞を受賞．1998年に日本推理作家協会賞を受賞した『OUT』で，2004年エドガー賞（Mystery Writers of America主催）の候補となった．2015年，紫綬褒章を受章．『ハピネス』『夜また夜の深い夜』『抱く女』『バラカ』『猿の見る夢』『夜の谷を行く』『デンジャラス』『とめどなく囁く』など著書多数．

日没

2020年9月29日　第1刷発行

著　者　桐野夏生(きりのなつお)

発行者　岡本　厚

発行所　株式会社　岩波書店
〒101-8002 東京都千代田区一ツ橋2-5-5
電話案内 03-5210-4000
https://www.iwanami.co.jp/

印刷・法令印刷　カバー・半七印刷　製本・松岳社

ISBN 978-4-00-061440-5　　Printed in Japan